中公文庫

ネメシス

警視庁墨田署刑事課特命担当・一柳美結３

沢村　鐵

中央公論新社

目次

主な登場人物

一柳《いちやなぎ》 美結《みゆ》　墨田署刑事課強行犯係。巡査。26歳。
戸部《とべ》シャノン梓《あずさ》　警視庁警備部警備一課特殊急襲部隊(SAT)所属。巡査部長。26歳。
吉岡雄馬《ゆうま》　警視庁刑事部捜査一課強行犯係主任。警部補。26歳。

佐々木忠輔《ちゅうすけ》　東京学際大学講師。28歳。
佐々木安珠《あんじゅ》　忠輔の妹で、アーティスト。美結と高校の同級生。26歳。
ゴーシュ　忠輔の研究室のインド人留学生。23歳。
イオナ　同じくハンガリー人留学生。18歳。
ウスマン　同じくセネガル人留学生。30歳。
小西哲多《てった》　墨田署刑事課強行犯係。巡査。29歳。
井上一文《かずふみ》　墨田署刑事課強行犯係長。警部補。44歳。
福山寛子　墨田署刑事課強行犯係主任。巡査部長。殉職。
長尾 昇　警視庁刑事部捜査一課強行犯係長。警部。56歳。
小笠原豊　警視庁刑事部捜査一課管理官。警視。41歳。
冨永耕児　警視庁刑事部第一機動捜査隊所属。警部補。28歳。
吉岡龍太《りゅうた》　警視庁公安部外事第三課課長。警視。雄馬の兄。30歳。
水無瀬《みなせ》 透《とおる》　警察庁情報通信局情報技術解析課課長。警視正。37歳。
陣内大志《じんないだいし》　警視庁警備部警備一課特殊急襲部隊(SAT)所属。巡査部長。27歳。
野見山忠敏《のみやまただとし》　警察庁長官。
奥島和明《おくしまかずあき》　警視庁公安部副部長。警視長。

王 超《ワン・チャオ》　中国人民解放軍諜報部所属の工作員。
チャールズ・ディッキンソン　サイバーテロリスト〝C〟の正体。英国人。
田中晃次　〝C〟の制裁リストの筆頭に挙げられた男。

ネメシス　警視庁墨田署刑事課特命担当・一柳美結3

ネメシス【Nemesis】――
運命の三女神の姉妹。（中略）りんごの木でできた有為転変《ういてんぺん》を表わす車をもち、傲《おご》りたかぶるものをこらしめる鞭《むち》を腰の帯につけていた。（中略）この女神は神に代わって正義を行なうものであり、報償と刑罰の両方を分配するのである。

（バーナード・エヴスリン『ギリシア神話物語事典』）

序曲――ネメシスの誕生

あたしは、まだ生きている？

そう問いながら地面を覗《のぞ》き込《こ》んでいる。

空が、街が仄暗《ほのぐら》い。時刻は明け方らしい。肌に当たる風の感じからすると、季節は秋。いつの間に夏は終わったのだろう。

あたしは季節が移り変わるということさえ忘れていた。

親戚が借りてくれた仮住まいのマンションはよそよそしくて温《ぬく》もりが感じられなかった。じっとしたままあたしは動かない。ただただ時間が流れてゆくのをぼんやり眺めている。

部屋にいても、自分がどこにいるのかしばしば分からなくなった。自分が誰かさえ忘れたかった。

気がつくと部屋を出て階段を上っていた。自分でもよく分からない衝動に突き動かされて、いつの間にか屋上に向かっていた。

そして屋上の柵は、高くはなかった。

あたしはゆっくりと柵に近づき、柵を越えて屋上の縁《へり》に立った。

縁の向こう、遥か下にあるはずの地面はすぐそばに感じられた。案外簡単なんだ――と頬《ほお》が緩んだ。あたしは確かめたかったのか。自分がまだ生きていること。そして、まだ生きる気持ちがあるのか、ということを。

みんな死んでしまった。

自分だけが生きている。

その意味がどうしても分からない。自分が生きたいかどうかも分からなかった。でも、十階建ての建物の屋上の縁に立って、はっきり感じる。身がすくんでいる。あたしの肉体は死を恐れているようだった。どうやら自分はまだしっかり生きている。痛みや、滅びを回避しようとしている。生存本能が足を止め、それ以上先に進まないよう命令している。

あたしは嘲笑《あざわら》った。自分を浅ましいと思った。三カ月ほど前、家族が想像もできないような苦しみを味わって死んでいったのに、自分だけが生きていたいなんて。

この夏を生きながらえてしまった。長すぎた――

あたしは一歩踏み出した。

ぐらり、と身体《からだ》のバランスが崩れる。もう戻れない。

でも――なぜか身体はそこで止まった。落ちていかなかった。

ふわり、と後ろに下がっている自分がいた。そこはもう安全地帯。もう少しだった、あとほんの少し身体を前に傾ければ、自由になれたのに。家族の所へ行けたのに。

でも、後ろに戻ってしっかり屋上の床を踏みしめさせたのは、死の恐怖ではなかった。

生への執着ではなかった。

暗い怒り。

沸々《ふつふつ》と煮えたぎる憎しみ。

それが自分を後ろへ引き戻した。あたしを生かした。そんな自覚があった。

見たことのない犯人の顔が目の前に浮かんだ。あたしの家であたしの家族に手をかけた男。直後に家に帰ってきて、立ち尽くしているあたしのそばをこっそりすり抜けて消えた。

そして今も、どこかで生きている犯人。

ヤツは生きている。なのに、あたしが死ぬ？

全身が震える。激しい思いが胸の底から噴き上げた。

死んだら、負けだ。あたしは死なない。

あたしの家族に起きたのと全く同じことを犯人に起こすまでは。

踵《きびす》を返し、自分の部屋に戻る。その瞬間に新しい人生が始まった。

新しいあたしが呼吸を始めた。

四月二十四日（水）

第一章　暗流

急迫不正の侵害に対して、自己又は他人の権利を防衛するため、やむを得ずにした行為は、罰しない。

刑法第三十六条第一項

1

輝く巨大な橋を渡ると、暁闇《ぎょうあん》に包まれた湾岸地帯が目の前に広がる。

ハンドルを握る小西哲多《こにしてった》巡査は、アクセルを緩めた。

後ろには小さな客が乗っている。数時間前から居座って去らない。俺はいつからお抱えの運転手になったのか。しかもこんな横柄な客などあったもんじゃない。一円も払わないどころか、ドライバーを命の危険にさらしても平気。そのくせ俺を馴《な》れ馴《な》れしくバディと呼ぶ。それでねぎらいになるとでも思っているのか。

いったいなぜこんなことになった。

「さあ、上陸だ。皇帝の島に」

小西は、指示されるがままに巨大な人工島の明かりの群れの中に車を入れ、指示されるがままに巨大パーキングの一画に車を駐《と》める。この車群の中なら確かに目立たない。車中の気配を悟られなければ、注意さえ向けられないかもしれない。

しかも見晴らしが良い。目標の建物がよく見える。

「あれか。田中氏の住居は」

小西は前方に聳《そび》える摩天楼を見据えた。

ただの直方体ではなく、角が削れている。上から見ると変則の八角形という感じか。まだ暗いが、質感が滑らかなのが分かる。磨き抜かれたガラス張りらしい。四十階建てほどだろうか。この人工島の中でもひときわ威容を誇っている。

小西はダッシュボードからコンパクトサイズの双眼鏡を取り出すと覗き込んだ。まもなく夜が明けるという時刻なのに、灯《あか》りが点《つ》いているフロアも多い。特に上層階だ。

「そう。あれがヤツの城。気取ってるだろ」

後部座席の少年が吐き捨てた。外国人だというのにその日本語には何の淀《よど》みもない。

「でも、オフィスビルだろ？」

「上層階は全部、ヤツの住居だ」

少年は分かりやすく口を歪《ゆが》める。

「ヤツには空じゃない、地下がお似合いだ」

小西は腕を組んで黙り込む。さっきこの英国少年に見せつけられた動画の内容を思い返した。じわりと鈍い恐怖感が腰の下の方から這《は》い上がってくる。

「チャールズ、お前……」

「ん？　何だいバディ」

やけに親しげな声。だが小西は、その先を続けられなかった。

お前正気か？　本当はそう言いたい。あの動画が本当なら、あんな男に戦いを挑むのは自殺行為だぞ？　だが言えない。フロントグラスの向こうにフラフラと視線を彷徨《さまよ》わせるだけ。

その時、見覚えのある車が視界に入った。

「むっ、あれは……」

小西はあわてて双眼鏡を覗き込んで確かめる。インプレッサがのろのろと進んできて、ビルの前に止まった。ナンバーを素早くチェックする。やはりそうだ、間違いない。やがて助手席のドアが開き、降り立ったのは——直属の後輩だった。

「なんで美結《みゆ》がここに？」

小西の声に反応して、チャールズ・ディッキンソンも現れた車に目を当てた。

「ふん。田中の道楽《パスタイム》だ。召喚《サモンド》されたんだろう、ミューが」

そう吐き捨てた。

「吉岡雄馬《よしおかゆうま》の野郎、何考えてんだ」

小西は思わずハンドルを叩《たた》く。運転席にいる人間もしっかり視認したのだ。やはりあの若僧警部補だった。

「あんな男のところへ、美結を……？」

「田中が望めば誰も止められない。ヤツは、会いたい人間には必ず会う」

小西が振り返ると、チャールズは奇妙な笑顔を作っていた。

「ぼくにも会いたいとさ」

「何？」

「メッセージが来た。少し前に。むろん無視したが」

「…………」

小西はしばらくチャールズの顔を見つめたが、ふいに車のドアに手をかけた。

「おい、出るな！」

ドアを開けて出ようとした小西にチャールズは血相を変えた。

「美結を止めなけりゃならん」

「お前が行ったらぼくの居場所がバレる。仇敵《きゅうてき》を見つけたらヤツは放っておかない。バディ、ぼくを殺す気か？」

「お前を突き出してやろうか」

小西は歯を剝《む》き出《だ》して顔を寄せた。チャールズは一瞬怯《おび》えた目をしたが、すぐ尖《とが》らせる。

「ぼくより田中を取るのか？　だとしたら、お前は本物の愚か者だ」

「冗談だよ」

小西は軽く返す。振り返って見ると、美結は正面扉からビルの中に入るところだった。

少し間を置いてインプレッサが走り去る。

小西はふんと鼻から息を吐き、シートにもたれかかると少し考えた。

「おい」

やがて通告する。

「俺を行かせたくないなら、今ここで保証しろ。美結の身の安全を」

「ミューは安全だ。なぜなら田中は、血を見るのが嫌いだ」

「なんだと？」

「目の前で人が死ぬのを見られない」

何の冗談かとチャールズの顔を見たが、ふざけている様子はなかった。

「あれだけ人殺しの道具をばらまいているのにか？」

「そこが厄介なんだ」

チャールズは深々と頷《うなず》いた。

「田中というのは、実に全く、面倒なヤツなのだ」

「お前が言うな」

小西はぶすりと返した。

「とにかく、美結に何かあったらただじゃ済まさねえ」

チャールズは口を噤んで、ごまかすように愛用のタブレットPCを覗き込んだ。たちまちタッチパネルに指を躍らせて何か操作していたが、やがて鼻歌を唄い出した。

Karma police, arrest this man, he talks in maths……

2

一柳《いちやなぎ》美結はインプレッサの運転席にいるバディに背を向けると、もう振り返らなかった。ビルの正面入り口に向かって真っ直ぐに歩く。

自動ドアが待ち構えている。ガラス扉ではなく、銀色の金属製だった。身体を近づけると、扉は音もなく開いて美結を迎え入れた。

一歩、二歩と足を踏み入れてすぐ立ち止まる。まばたきを繰り返す。

背後でドアが閉まり、空気の流れを遮断《しゃだん》した。雄馬は私の姿を見失った――

美結は行き場に困る。一階ロビーはひたすらに広い空間だった。正面奥には受付テーブルがあるが、人がいない。時間を考えれば当然。深夜、というよりも間もなく朝だ。だが、受付から少し離れたエレベータ扉の脇にひっそりと、一人の男が佇《たたず》んでいるのに気づく。じっとこちらを見ている。

美結はドキリとしたが、仕方なく男に向かって歩み出す。五メートルほどの距離で立ち止まると、声をかけた。

「あの……私……」

「一柳刑事ですね。お待ちしておりました」

人を迎える役とは思えないほど低い声。アジア系ではあるものの、他の人種の血も混じっていそうな不思議な顔立ちの男は暗い目を美結に据えた。年齢が分かりづらいが、三十代半ばといったところか。背丈は美結より少し低い。スーツと学生服の中間のような小綺《こぎ》麗《れい》な制服に身を包んでいる。秘書か執事という雰囲気だ。

「あの……すみません。警察の人間はどこに」

ロビーに警備部のＳＰが何人もいるものと想像していたのだ。だがひたすらにがらんとしている。

「要所に陣取ってもらっています」

執事風の男の答えにはそつがなかった。正面入り口にいない理由は説明しない。エレベータのボタンを押すと、どうぞ、と促す。

エレベータ扉が大きく開いて美結を待ち構えた。一瞬ためらったが、美結は足を踏み出す。箱の中に入った。無表情な男も乗ってきて、ボタンを操作する。

ドアが閉じ、上部についている階数表示ランプが移り変わってゆく。この箱は上昇している。だが音もなく、Gも感じない。最新式の技術で動いていると分かる。

やがてふわりとドアが開き、男が黙って箱を降りた。美結はあわてて男についてゆく。

執事風の男は美結を振り返ることもなく黙って廊下を進んでいく。するとその先に、男とは対照的に笑みを満面に浮かべた女性が待ち受けていた。

「ようこそいらっしゃいませ！」

居酒屋の店員かと思うほど元気な声。だが美結は、男以上に不気味なものを感じた。笑みが笑みに見えない。〝笑顔モード〟のスイッチを入れただけという感じがした。

「恐れ入りますが、身体検査をさせていただきますね」

にこやかなまま、両手を広げて近づいてくる。美結は仕方なくホールドアップした。覚悟はしていた。高い地位にある人間は常に危害に備えるものだ。

女性スタッフは綿密なボディチェックを開始した。手慣れている。この女性は特に強そうには見えないが、外見では分からない。田中氏の秘書兼ボディーガードではないか。

美結は身体から力を抜く。そもそも拳銃は携帯してこなかった。盗聴器も隠しカメラも持っていない。携帯電話と警察手帳だけだ。女性は笑みをキープしつつ、美結のポケットから出てきた物を矯《た》めつ眇《すが》めつし、やがて返してくれた。

「では、こちらへどうぞ」

女性は美結を奥へと誘《いざな》った。歩きながら言う。

「いま、ミスターは仮眠をとっています。申し訳ありませんがしばらくお待ちください」

「ミスター……」

田中のことか。だが女性は答えない。奥にまた別のエレベータがあった。乗り込むと、また上昇した。少しして扉が開く。何の変哲《へんてつ》もない廊下がある。その先には、上に続く階段。女性について上って行く。景色が開けた。そこは――

屋上だった。

上空の風が肌に冷たい。四月の明け方だ。美結は思わず身をすくめた。見渡す限りデッキが広がっている。縁の手すりの向こうにある景色に見とれる心の余裕もないが、人工の光に溢《あふ》れているのが分かる。その向こうには黒い拡がり――東京湾。

水平線が微《かす》かに白んでいる。まもなく夜明けだ。

女性の後をついていくと、黒い鉄製の壁が目に入った。ペントハウスのようだった。

厳《いかめ》しい外観だが、入り口部分はガラス扉になっている。女性が近づき、扉横にあるメーターのような機械――どうやら、指紋認証装置――に手をかざすと、ガラス扉がスライドした。中に入ると美結を手招きする。戸惑《とまど》いつつ中に入るとガラス扉が閉じた。女性について少し進むと、まるで高級ホテルの客室のような部屋に出た。スイート級の広さだ。十人掛けほどの贅沢《ぜいたく》なソファが部屋の真ん中にある。

「飲み物はそこからご自由に。軽食もございます」

女性が示した壁の方向には、シースルーの冷蔵庫があった。市販のドリンクが何種類も入っている。外国の飲み物、酒類もあるようだ。その横のサイドボードの上にはビスケットやチョコレート、バームクーヘンやフルーツが載っている。

「ここでお待ちください。遠慮なくおくつろぎになって！」

女性はそう言いおいて、来た方に戻っていく。美結は一人取り残された。

ふいに強烈な疲れを感じる。立っていられない。ソファに腰かけ、全身の重さを委ねる。フカフカだった。贅沢な最高級品……ここはゲストルーム、ということのようだ。

ふいに胸を刺すような感覚に襲われる。気を抜くな、と自分に活を入れた。

まもなくここに、チャールズが大量殺人者と名指しした男がやってくる。

あの動画通りだとしたら、世界中で最も恐ろしい男が。

美結は自分が唾《つば》を飲み込む音を聞いた。到底現実感はない。静かな室内……全くの無音。

人が現れる気配もなかった。そして、フカフカのソファ。

睡魔が襲ってきた。美結の意識は強奪され、抵抗する術《すべ》がなかった。

意識が途切れ、次に気づいた時には――

誰かが自分を見つめていた。

美結はとっさに身を引いて、両手で自分を抱え込む。

「ようこそ」

自分を見つめる男は言った。そして目尻を細めて笑う。

「ずいぶんお疲れのようだね。無理もないが」

美結はまばたきを繰り返した。目の前の顔を正視できない。俳優のように整った顔立ちをした男だった。ただ容姿端麗《ようしたんれい》なのではない、不思議な気品を感じる。美結は思わずロイヤルファミリーを連想した。紛れもなく、チャールズが作った動画に映っていた顔だ。だが映像の中では静止画がほとんどだった。生身で見る顔はずいぶん印象が違う。

これが――田中晃次《こうじ》。

「Cのおかげで東京は大混乱だ。警察のみなさんが疲労困憊《こんぱい》するのは当然でしょう」

田中はねぎらってくれた。その笑顔は快活そのもの。四十代だという話だが、もっと若く見える。

「よかったら、少し眠りますか？　ゲスト用のベッドルームもある」

「いいえ……大丈夫です」

美結は背筋を伸ばして固辞した。なおも目をしばたたかせながら言葉を押し出す。

「お気遣いありがとうございます。失礼いたしました、居眠りなどしてしまって」

「とんでもない。呼びつけたのはこっちですから」

田中は優しく言い、立ち上がって壁の方へ向かった。広いサイドボードの上にはノートパソコンがある。田中はそれを開いて起動した。

美結は少し逡巡《しゅんじゅん》したが、思い切ってその背中に声をかけた。

「あの……なぜ私を呼んだんですか」

「呼ばないわけにはいかないでしょう」

田中は即答した。振り返って目を細める。

「君の存在を知って、話をしたいと思わないとしたら、どうかしてる」

「えっ……どうして」

田中はそれには答えずに、またパソコンに向かいながら言った。

「お腹が減っているでしょう。食事にしよう。軽い朝食を一緒に」

「………」

そういえば、昨夜サイバーフォースで配られた仕出しの弁当を口にして以来、何も口に入れていない。

「すみません、それでは……」

空腹の、回らない頭でこの男の相手をするのも失礼だと思い、美結は甘えることにした。まさか毒をもられることもないだろう。自分には殺す価値もない。この男にとってはちっぽけな存在だ。

さっきの女性が現れて、トレーに載せて食事を運んできてくれた。キャスター付きのテーブルを運び込んでくると、何種類ものパン、グリルした魚にステーキ、様々なサラダやフルーツをテーブルの上に並べてくれる。一流ホテル並みの朝食だ。

実感を欠いたまま、美結は目の前に置かれたフォークを手に取る。サラダの皿からレタスやトマトを掬《すく》い取り、自分の皿に移すと控えめに口に運んだ。それからクロワッサンに手を伸ばす。

しばらく無言での食事が続く。腹に溜まりそうなものには手が出なかった。温かいコンソメ風味のスープを音を立てないように気をつけて飲んでいると、田中がステーキを頬張りながら唐突に言った。

「Cの送ってきた動画を見た？　私のことを描いた」

美結は危うくスープを吐き出しそうになる。

だが嘘《うそ》をついても仕方がない。慎重に頷く。

「どう思った？」

言葉に詰まる。しばらく考えた挙句、美結はポツリと言った。

「……フィクションだと思いました」

「フィクションじゃない」

当人が即座に否定した。笑みを浮かべながら。

「とてもよくできたノンフィクション。優れたドキュメンタリー作品だ。もう一度見ようか！　なかなか気に入ってるんだ」

「いや、それは……」

美結は拒絶感を露《あらわ》にしたが、田中はお構いなしだった。サイドボードの上にあった小さなリモコンを取ってボタンを押す。

天井《てんじょう》近くに設置された装置が光を放ち始めた。プロジェクターだ。レンズから流れ出る光が、壁で巨大な映像と化した。

3

美結……小さく名を呟《つぶや》きながら、吉岡雄馬は車を出した。夜明けの光に包まれながらアクセルを踏み込む。インプレッサはやがて人工島を離脱した。

バディを置き去りにしてきた。かけがえのない相手を、己が手で狼《おおかみ》の巣に放り出してきたような慚愧《ざんき》の念。だが一警察官として命令を遂行するより他になかった。引き裂かれるような思いで湾岸地帯から離れてゆく。どうにか気持ちを切り替えるしかない……やるべきことは山ほどある。

がら空《あ》きの一般道を飛ばしているうちに景色がはっきりしてくる。闇は去った。雄馬は晴海《はるみ》通りから内堀《うちぼり》通りに入り、神田《かんだ》を目指す。救急大学病院に行かなくてはならない。別種の沈痛感が襲ってきた。病院に到着するのもまた、目を背けたい現実に直面することだった。ふいに墨田《すみだ》署の井上《いのうえ》係長が気になって電話してみる。チャールズと小西を追っているはずだが首尾はどうか。だが、相手は出ない。

目指す病院が近づいてくると、井上も既に来ているかもしれないと思った。病院の裏の駐車場にインプレッサを駐めると中に駆け込む。広いロビーを足早に進んだ。最初に目についた看護師か医師に話しかけようと思っていたが、雄馬の目はその前に、見覚えのある男を捉えた。

「あっ、お疲れ様です」

「おお吉岡君」

そう気さくに返してきたのは、第一機動捜査隊の冨永耕児《とみながこうじ》警部補だった。雄馬より二つ上の二十八歳、初動捜査のエキスパートとして刑事部全体から評価の高い男だった。東京学際大学爆破事件の時も真っ先に現場に駆けつけたはずだ。ビジネスマン風の銀縁メガネがいかにも切れ者という印象を与える。雄馬は本庁でも時に顔を合わせるし、何度も現場が一緒になったことがあった。有能すぎて機捜を離れられないというのは皮肉な状況にも思えるが、本人に不満は見えない。だがいずれは捜査一課のトップを張る人材だと雄馬は思っていた。

どうしてここに、と訊《き》こうとして雄馬は思い留まった。冨永がかつて福山寛子《ふくやまひろこ》とよく組んでいた、というのは本人の口から聞いたことがあった。福山がタワーの展望台から瀕死状態で搬送されたと聞いて、たまらず駆けつけたに違いない。そして結果は——非情だった。

自分などまだ関わりが浅い方だ。この人の心痛に比べれば……そう思い、

「冨永さん、この度は」

と控えめに言った。だが冨永は意外に落ち着いている。

「俺よりも、ほら」

目配せする。待ち合わせスペースの端の方の椅子に腰掛けてうなだれている男がいた。

雄馬はその姿をじっと見て、思わず言った。

「……小笠原《おがさわら》さん？」

小笠原管理官だった。同じ刑事部の警視だ。なぜここに？　雄馬は、大学爆破事件の捜査本部が解散になってからは話していなかった。墨田署は小笠原の指揮下になかったのだ

から、もはや福山の死には何の責任もない。

冨永は疑問に答えてくれた。小笠原の耳には届かないように雄馬に耳打ちする。

「元夫婦なんだ」

「⁉」

雄馬は驚きのあまり声も出ない。

「二人は同期入庁だ。結婚は早くて、離婚も早かった。だから、二人が結婚してたことは古い人しか知らない」

「そんな……」

全く聞いたことがなかった。雄馬が入庁する遥か昔の話とはいえ、箝口令《かんこうれい》が敷かれていたとしか思えない。おそらく美結も知らない。

「どうして冨永さんは、知ってるんですか」

まだ若いのに。

「一緒の捜査本部にいた頃、福山さんがこっそり教えてくれた」

なるほど。福山自身は、気にしていなかった。過去は過去、若気の至りと割り切っていたのだろう。だが小笠原の方は……恐る恐る振り返る。

この世の終わりのように、床を見つめて茫然《ぼうぜん》自失している小笠原の様子が、胸に沁《し》みた。

雄馬は思い返す。捜査会議での二人の緊張感のあるやりとりは、今思えば……

ふっと小笠原が目を上げた。

雄馬は目を逸《そ》らしかけたが、思い直してしっかり頭を下げ、そばに寄っていった。

「お疲れ様です。あの……」

だがかける言葉がない。小笠原も小さく頷いただけで黙っている。

離れることもできずに雄馬は突っ立っていた。

「こいつはいつか、二階級特進する。してしまう」

小笠原はふいに呟いた。

「前からそう思ってた。だけど、大怪我《けが》から復活してからは……もう無理はしない。だから、殉職することはない。そう安心してた」

捜査会議の時の居丈高《いたけだか》な調子は微塵《みじん》もなかった。打ちひしがれた男やもめ。

「甘かった……あいつは、死ぬまで無理する女だった」

雄馬はただただ頷いて、突っ立っているしかできなかった。床を見つめている上司に、
雄馬は失礼しますと小声で言って離れる。小笠原にこれ以上喋《しゃべ》らせたくなかった。冨永のところへ戻ると、

「福山さんは？」

と訊く。冨永は下を指差した。

「地下の霊安室」

意を決して重い扉をくぐった。一人として生者のいない部屋に入る。

同僚が殉職したのは初めてではない。これほど辛《つら》い体験などあったものではない、できることならもう死ぬまで味わいたくない。常々そう思ってきた。

だが、美結との約束だ。ここに来られない美結の分も別れを言わないと。

奥の祭壇の前に、福山寛子は横たわっていた。

身体に白いシーツがかけられている。その起伏から、生前の福山がひどく痩せていたことが分かる。恐れを知らない武闘派の面影はない。

雄馬は一歩一歩近づいていった。引き裂かれる思いで、その顔を覗き込む。

福山の顔は美しかった。左の頬の古傷さえ美しかった。眉根のあたりの微かな皺《しわ》が生前の福山を偲《しの》ばせた。死してなお、その顔は剛毅《ごうき》だった。首元に目を移す。

赤い陥没したような傷――ここにレーザー照射のためのマーカーが打ち込まれた。雄馬は、それをモニタ越しに見せられていた。マーカー自体は既に取り去られている。医師が取ったのか。マーカーはどこへ行ったのだろう？　重要な証拠品だ、後で確認しないと。

しばし立ち尽くしてから、己を叱咤《しった》する。雄馬は足を揃《そろ》え、福山に向かって敬礼した。かけられる言葉などない。最大限の敬意を込めて見送るのみ。

踵を返し、ドアのところでもう一度敬礼すると、霊安室を出て一階の待合室に戻る。雄馬を待っていた冨永は、担当医から聞いた話を耳打ちしてくれた。

「村松《むらまつ》はＩＣＵに入っているが、命に別状はないというのがせめてもだ。ただ、撃たれた場所が微妙。腰椎のそばだから……障害が残らないとも限らない。予断は許さない」

辛い話だった。まだ経験の浅い初々しい刑事がこんな目に遭うとは。そしてＳＡＴの隊員たちが命を落とした。極秘ゆえ名前も分からないが、梓《あずさ》の同僚だ。どこへ運び込まれているのだろう。ここではない、ＳＡＴ独自の医療体制があるはずだ。梓は今頃そこで、仲間に対面しているだろうか。自分と同じようにやるせない怒りに包まれているだろう。

「王超《ワン・チャオ》は意識不明の状態のままだ」

冨永が言い、雄馬は表情を強張《こわば》らせた。奴《やつ》は——ここにいる。

「ＩＣＵで生かすべく手を尽くしている。だが、どうなるかは全く読めないな」

雄馬は思いが込み入りすぎて何も言えない。医師たちはただの患者の一人としか思わないかもしれないが、国民の敵だ。そして——警察の仇《かたき》。最凶最悪のテロリスト、Ｃに抹殺《まっさつ》宣言された標的でもある。いくら意識不明とはいえ死んだわけではない。一般人が入って来られる病院で、ただ治療を続けていていいものか……雄馬の懸念の表情に気づいた冨永が言った。

「監視要員をつけてある。心配は要《い》らないよ。それより、最も傷の軽い人間に話を聞こう」

「……はい」

そうだ。それが今できる最善のこと。気が逸《はや》る。

雄馬は、まだうなだれている小笠原に一礼してから、冨永に連れられて二階の一室を訪ねた。ドアをノックしても返事はなかったが、ゆっくりドアを開けてみる。

強い瞳《ひとみ》がそこにあった。

「よくご無事で……」

雄馬は肺の底から息を吐きながら、声をかけた。

佐々木安珠《あんじゅ》。佐々木忠輔《ちゅうすけ》の妹。ずっと墨田署刑事課の庇護《ひご》下にあった。東京ライジングタワーの上では絶体絶命と思われたが、強行犯係の福山と村松が命を懸けて守り抜いた。

安珠はベッドにいたが、横たわることなく半身を起こしていた。顔には無残な痣《あざ》や擦過《さっか》傷《しょう》。だが目は被害者のそれには見えなかった。雄馬は、自分と同じ怒りをそこに見た。

普通の女性はテロリストの前でただ震えていることしかできない。だがこの女性は刑事たちを救おうとした。自分の身を顧《かえり》みずに福山をレーザーから守ろうとした。それは、無謀でさえあった。自然と敬意が湧いてくる。

「怪我の具合は……」

と訊くと、

「大丈夫です」

という短い答え。自分のことなどどうでもいいという調子だった。吉岡さん、と雄馬の目を見て言う。

「福山さんと村松さんが……私を守ってくれました」

万感の思いが声に籠《こ》もっていた。たちまち目に涙が溜まってくる。

「二人は任務を全うしました。それが警察官の仕事なんです」

面識のない冨永が素早く言った。

「二人とも本望です」

雄馬もなんとか言った。

「あなたは、気に病むことはない」

たった今、地下で福山の遺体と対面してきたことは言わない。安珠に後ろを振り向かせず、ただ前を向かせたい。雄馬自身必死に自分にそう仕向けていた。

「でも……あたしなんかのために……」

「憎むべきは王超《ワン・チャオ》です。必ず生かして、全てを吐かせる」

「じゃあ、容態は」

「予断を許しませんが、医者は助けると言っています」

冨永が冷静に告げる。雄馬も頷いた。福山が自分の命も顧みずに生かした男だ。回復した後、許されるなら——雄馬は自分で王超を取り調べたかった。

その前に顔に一発入れたかった。死んだ仲間の苦痛を思い知らせたかった。

むろん許されない。そんなことをしたら取り調べ担当を外されてしまう。だが俺は殴り倒す気合で王超《ワン・チャオ》を締め上げられると思った。死なれてたまるものか！　必ず息を吹き返せ！

だが、胸に強い不安が過《よぎ》る。また政治が動くかもしれない……そうすれば王超に指を触れることができなくなる。政府の人間はどう感じている？　中国のスパイが、まだ瀕死でも生きていることを。死んでくれた方がよかった。そう思っているのではないか。生きている方が政府間の駆け引きが面倒になる。追いつめられた人間は何を喋り出すか分からない。日中双方が気が気ではないだろう。

だが現場の警察官の思いは一つ。秘密を、真実を吐かせたい。そして本当の黒幕を追い詰めたい。それ以外では仲間の弔いにはならないし、一連の悲劇の責任を取らせることもできない。

「兄貴はまだ、チャールズと話してるんですか？」

安珠が訊いてきた。

「兄上は懸命に説得を試みました。ただ、今はチャールズが応じていない」

そう答えると、安珠は怖い目になった。

「何やってんのよ……」

「忠輔さんは引き続き、警察庁に詰めています。チャールズのハッキングを無効にするためのプロジェクトを指揮してくださっているので」

「詰めが甘すぎる。チャールズが手強いのなんか分かってたはずなのに」

容赦《ようしゃ》なく罵《ののし》る。安珠は常に兄に厳しい。だが奥底に信頼があることは、タワージャックの最中に強く感じた。雄馬はこの兄妹の生い立ちを知りたくなった。通《とお》り一遍《いっぺん》のことは調べてあるが、もっと詳細に知りたい。平凡な子供時代を送っていないことは明らかだった。二人とも個性の際立ちが飛び抜けている。特に妹の、この両目。何もかも見通すような深い光を宿した瞳。ふいに心配になって訊く。

「安珠さんは、レーザーは浴びてないですよね。マーカーは、福山さんだけが」

そこで言葉を切る。さっき見た白い顔が過って言葉に詰まった。

「あのマーカー、検死医が摘出《てきしゅつ》してくれた。もう鑑識に回した」

冨永が至極事務的に言い、雄馬は少し救われた気分だった。

「あいつに会いたい」

安珠が強い口調で雄馬に訴えた。

「連れて行ってもらえますか？　兄貴のところに」

雄馬は戸惑って口を濁す。

「でも、身体が……まだここで休んでいた方が」

「大丈夫です。倒れた人もいるのに……動ける人間は動かないと。精一杯のことをさせてください。あたしにできることはないかもしれないけど……早く東京を取り戻さないと」

「……ありがとうございます」

「兄貴に確かめたいことがあるんです。チャールズのことも」

この女性の決意は揺るぎなかった。雄馬は決意して頷く。

「冨永さん、後は任せても大丈夫ですか？」

「うん。王超《ワン・チャオ》のそばを離れない。もし意識が回復したら、すぐ知らせるよ。村松の経過も見守っておくから」

安珠が興味深そうに冨永を見た。冨永は気を遣ったのか名乗りもしないでいたのだが、安珠に向かって改めて自己紹介した。初動捜査の時、自分の兄と既に会っていると聞いて安珠は頭を下げた。

「ご迷惑をお掛けしまして」

「とんでもない。佐々木先生によろしくお伝えください」

冨永は言い、雄馬を見て微かに笑みを浮かべる。

「あの人、ただの人じゃないとは思ってたけど、そんな大きな仕事を任されてるとはね……人の顔を見分けられない代わりに、すごい能力を持ってるんだな」

「そうなんです。あの人のおかげでどれだけ助かってるか」

雄馬が声を強めると、安珠は苦笑いの極みのような顔をした。

「買い被《かぶ》らないでください。信じられない大間抜けでもあるんですから。チャールズの説得にも失敗したし……これからも皆さんの期待を裏切るに決まってます」

「いや、安珠さん。兄上のおかげでチャールズに対処できているんです。アンチハッキングもそうですけど、Cダッシュの説得に成功して、チャールズの手の内をある程度は読めるようになったのが大きい。すごい功績ですよ」

「そうかなあ」

あくまで厳しい妹を、雄馬は微笑《ほほえ》ましい思いで見つめた。愛の鞭《むち》だ。この女性は絶対認めないだろうが。この兄妹が直《じか》に喋っているところを見たい、と雄馬は思った。

冨永に後を任せると、雄馬は安珠を大学病院の駐車場まで連れて行った。気を遣ってゆっくり歩いたが、安珠の足取りは思いのほかしっかりしている。ドアを開けてインプレッサの後部座席に乗せた。運転席に乗って車を出すと安珠は訊いてきた。

「吉岡さん。ミューは？」

「ちょっと今、他へ行っています」

振り向きもせずに答える。いずれ訊かれると心構えしていた。詳しく話すことはできない。特命で単身、とてつもない男のところを訪れているなどとは。もし正直に告げたら非難されるに違いなかった。私の友達に何させるの？　と。

雄馬の車は全く制限速度を超えない。初心者マークをつけられたかのように安全運転に徹した。

4

「清澄《きよすみ》通りでカーチェイスと銃撃戦だと？」

水無瀬《みなせ》透《とおる》警視正が再び長官室を訪れた時、警察庁長官はオンフック状態の電話機に向かって声を張り上げたところだった。

「それで、Cと小西は⁉」

『逃走したそうです』

返ってくる声は上擦っている。警視庁通信司令本部からの連絡だと水無瀬は察した。水無瀬は水無瀬で同じ情報を仕入れている。

報告をくれたのは、現場にいた墨田署の井上だ。

井上は自分の車一台で公安の複数の車両に戦いを挑み、部下とCの命を守ったことが分かった。これはすぐに確認しなくてはならない――水無瀬は電話を切ると一目散に野見山《のみやま》に会いに来た。上官が通話を終えるのを待って問《と》い質《ただ》す。

「野見山さん。どういうことですか」

「むろん、殺せなんて命令はしていない。増田《ますだ》を呼ぶ」

野見山は怒りを迸《ほとばし》らせ、公安部長の名を口にした。明らかな公安部の暴走を問責するためだ。

「無駄です。増田さんでは奥島《おくしま》を抑えられませんよ。ご存知でしょう」

水無瀬は諦観《ていかん》とともに言った。野見山がむうと唸《うな》る。

「砺波《となみ》総監は奥島に特権を与えてる。いや、砺波さんに限ったことではありませんが……」

「分かり切ったことは、言わなくていい」

野見山は一切の表情を無くした。

「泳がせてきたが、そろそろ奴に引導《いんどう》を渡さんといかんか」

「となると……ついに動かしますか。あのラインを」

長官室にもかかわらず水無瀬は声を低くした。

それほどに極秘の情報。奥の手だった。野見山は頷く。

「そうなるな。今や、打てる手は全て打たねばならんだろう」

「完全に同意します」

水無瀬は深く頷いた。

「ただ……奥島もただやられてはいない。俺たちが疑ってる通り、奴の後ろには」

「分かってる。ついに全面対決かもしれんな」

野見山は額を押さえた。抑えようのない不安が立ち上る。

「俺たちに勝算はあるか？」

ボスの微かに震える声を聞いて、水無瀬は歯を剥き出しにした。

「チャールズを味方につければ、あるいは」

野見山はしばらく考えたあと、小さく頷いた。

「チャールズを確保、いや保護しろ。奥島に先を越される前に」

「了解しました」

「絶対に殺させるな。何なら、一緒にいる小西に直接連絡しろ。死んでもチャールズを守れと」

「合点です。今ここから連絡しましょうか」

「……任せる」

すると水無瀬は、自分のスマートフォンで直ちに電話した。だがすぐに切る。苦々しく笑った。

「通じません。まあ、当然ですが。チャールズが目を光らせてる。電波を追尾されることも警戒してるんでしょう」

「先に押さえられるか？」

「井上さんなら、きっとやってくれます」

だが野見山の顔は晴れない。豪勢な椅子に全身をもたせかけているが、少しも快適そうではない。ついに獅子身中《しししんちゅう》の虫《むし》が牙《きば》を剝いたのだ。非常時には、隠れていたものが正体をさらけ出す。今までは暗闘だったものが正面からのぶつかり合いになる。

ここからは失策は許されない。秒単位の決断を迫られ、そのどれ一つとして誤ってはならないのだ。

「つらいですな、長官」

水無瀬はねぎらった。野見山は目の端で睨《ね》めつける。

「ここでは長官はよせと何度言ったら分かる」

「だが俺には、今のあなたは長官にしか見えんのです」

水無瀬は真顔で言った。

「野見山忠敏《ただとし》は正義を求めて、権力を欲した。ついに警察組織のトップに辿《たど》り着《つ》いた。だが、正義は一向に手に入らへん」

「馬鹿者」

野見山は腹を立てたふうもなく言った。

「そんなこと、二十代のうちに悟っていた」

「それなのによくぞ、警察官で居続けたものです」

「それしか取り柄がないのだ。それに……」

野見山は口の端を上げた。

「俺は諦《あきら》めが悪い」

「本官を捨て駒にしてください。いつでも」

水無瀬は言った。

「あなたに拾われた身です。全ての科《とが》を背負う覚悟です。いつでもあの男と刺し違えます」

「お前に特攻精神は似合わんぞ」

野見山は少し笑った。

「死んで罪滅ぼしをしよう、などというのは勝手な理屈だ。お前は一生警察官でいろ。それが贖《あがな》いだ」

水無瀬は背筋を伸ばした。

「ご命令とあらば」

深く頭を下げる。

「それにしても……なぜ一柳を」

野見山の呟きは自分に向いていた。

「やはり、あの事件に関わりがあるのか」

「添田《そえだ》家の……」

水無瀬が言い、野見山が頷く。

「我々警察の汚点の一つ。あの迷宮入りしたままの事件に、田中が興味を持っても不思議ではない。だが、その遺児を呼びつけて話を聞くというのは、いささか……」

二人はしばし黙った。やがて野見山の目が凄《すご》みを帯びる。ろくに寝ておらず、充血し切った目がますます赤くなったように、水無瀬には見えた。

「俺たちは……大馬鹿者かも知れんぞ」

腹心の部下に向かって身を乗り出してくる。

「まさか、あの事件の裏に」

水無瀬は出来る限り冷静に返す。

「田中が？　だが事件が起きた頃、奴は日本におらんかった。いったい、どんな関わりがあるっちゅうのか」

「何もかも調べ直さんといかんな……全ての手掛かりの中に、奴につながるものがないかどうか」

「俺も洗い直してみます。手は尽くしたはずでしたが、もう一度。それに」

水無瀬はボスの目を見つめた。

「あるいは、美結が何か、持って帰ってきてくれれば」

「あの子を送ったのは、正しかったんだろうか？」

野見山は目を逸らして気弱な表情を覗かせた。

「……拒むという選択肢はなかった、と俺は思います」

水無瀬は励ますように言う。

「警察の人間が、あの男のそばに行ける機会はそうはない。あいつの息がかかっていない警察官なら尚更《なおさら》です」

「……いよいよ腹を括《くく》る時か。見極めなくてはならんな。断を下すタイミングを」

恐ろしいほどの懊悩《おうのう》が目の前の男の顔を彩っているのを、水無瀬は気遣いながら見つめた。

「それは、あなたにしか出来ない仕事です。俺はどこまでもついていきます」

野見山は苦悩の表情を深めるだけ。

「だが……奴は一柳をどう扱う？」

野見山は、一巡査の身を自分の娘のように心配していた。

「果たして……無事で帰ってこられるか？　心身ともに」

「野見山さん。あの子をみくびってまっせ」

水無瀬はボスを鼓舞《こぶ》した。

「あの子の根性は筋金《すじがね》入りや。まる一年、ずっとそばで見てた俺が言うんです。いや、入庁してからずっと見てた。あいつは大丈夫です。それどころか、きっと何かやってくれる。手ぶらでは帰ってこない」

「本当か？」

「はい。田中の顔を見て、言葉を聞いて……あいつの城の中で、何かでかいものを得て帰ってくる。俺は信じてます。自分でも不思議なくらい、あいつに期待してる」

「分かった」

野見山はようやく頷いた。

「俺だって、一柳に期待してるんだ。お前が思う以上にな。なぜなら彼女は、強い意志を見せて入庁してきた。以来、刑事になるという志を少しも曲げなかった」

「はい」

「お前のところに居着いてくれと願っていた。ずっとサイバーフォースにいてくれたら、前線に立つことはない。殺人犯と直面することはない、とな。だが彼女の志は揺るがなかった」

「添田勲《いさお》さんの娘ですからね」

「そうだ」

我が意を得たり、というように野見山は答えた。

「だが……どんな命令でも聞くか？　それが、警察官にあるまじき命令でも」

ボスの表情が影で覆われる。水無瀬は黙った。

「そして俺は……そんな命令を下すのか？　あの子に辛い決断を迫るような命令を？」

長官室を沈黙が支配する。

「さ、そろそろ時間ですよ」

水無瀬はふいに表情をゆるめ、携えてきた数枚の紙をボスに手渡した。

「これが原稿です」

「記者会見か」

「寝ていないところ恐縮ですが」

「いや」

野見山は目をしばたたかせながら原稿に見入る。

「もちろん、そんなものを無視してオールアドリブでも構いません。都民を出来るだけ安心させつつ、肝心なところは曖昧《あいまい》にする。答弁力が試されますな」

「ふん。心配などするな。いつも鉄仮面とけなしてるくせに」

「根に持ちますなあ。それでこそ野見山さんや」

水無瀬宛に電話をしたが留守電になっていた。雄馬は代わりにメールを書いた。

——**これからサイバーフォースに安珠さんを連れて行きます。**

と送り、ダッシュボードの上に置いた自分のスマートフォンを見つめる。

長尾《ながお》と無性に話したかった。

だが今は連絡を取ることができない。電話しても出ないのだ。心配だった。いくら謹慎《きんしん》を命じられているとは言え、全く電話に出ないということが不自然に思われてならない。

だが野見山長官は、雄馬が復帰を懇願した時含みを持たせた。長尾の謹慎には何か意味がある。野見山を信じるしかなかった。いずれ真実が分かる。

それに遠からず、長尾の方から連絡がある。雄馬はそう信じていた。警察官として最も敬愛する刑事の中の刑事が、この未曽有《みぞう》の危機にじっとしているはずがない。

神田から内堀通りで警察庁を目指す。道の先の空の明るさが雄馬の目を痛めつけた。後部座席の安珠も同じくらしくずっと目を閉じていた。いくら病院のベッドにいたとはいえ、あんな悲惨な体験の後に眠れたとは思えない。陽の光は、今の二人には優しくもなんともなかった。ひたすら無言で車を進めてゆく。

スマートフォンがメールを受信した。見ると、警視庁通信司令本部から全署員宛の一斉送信メールだった。これからテレビで野見山忠敏長官の記者会見が放映されるという告知だ。雄馬はすぐカーテレビをつけた。

警察庁の駐車場に車を入れる頃には、雄馬は誇らしい気分で背筋が伸びていた。ちょうど記者会見の放送も終わる。雄馬は安珠を連れてエレベータで情報通信局まで上がった。

情報技術解析課に向かって廊下を進んでいると、見覚えのある外国人たちに出くわした。応接室——かつて、Cのジャイロが襲来した一室のドアを開けて入るところだった。雄馬は呼びかける。

「サンゴールさん」

「吉岡さん！」

セネガル人、ウスマン・サンゴールは雄馬たちに気づいて振り返り、いつも通りの穏やかな眼差《まなざ》しを向けてきた。

「どうかしたの？」

雄馬が訊くと、

「イオナがちょっと……気分が悪くなってしまって」

ウスマンは懸念に眉を下げる。応接室を覗き込むと、ハンガリー人のイオナ・サボーがソファに倒れ込むところだった。精根尽き果てたという様子だ。

雄馬は思わず部屋の奥の窓を見る。かつて音響兵器で破られた強化ガラスはむろん元に戻っている。更に強固なガラスに替わっているかもしれない。

「根を詰めすぎたんだろうね。休んだ方がいい」

雄馬は留学生たちを気遣った。ウスマンを振り返る。

「あなたも無理しないで」

「大丈夫です。一番ハードなのはゴーシュとイオナですから」

ウスマンは優しい目で応じた。

「ゴーシュは？」

「すごい集中力で、ぶっ続けにＰＣに向かっています。おかげでシステムスキャンは予定以上のペースで進んでいます」

そしてウスマンは目を輝かせて、雄馬の後ろにいる人物に目を向けてくる。もう察している。雄馬は頷いた。

「先生の妹さんです」

「安珠さん！　お会いできて光栄です」

「兄がお世話になります……」

安珠は丁寧に頭を下げた。だが視線は応接室の中に戻る。さっきから雄馬の後ろで食い入るように部屋の中を覗き込んでいた。ソファにへたりこんで動かない、痩せてか弱そうな少女が気になるらしい。うつ伏せでも、顔に血の気がないのが分かる。初対面の人間でも心配するのは当然だと思った。

「あの子は？」

安珠は声をひそめて雄馬に訊いてきた。

「ハンガリーから来たイオナです。コンピュータ工学の天才。プロジェクトに欠かせない人材です」

「そうなんだ……」

安珠はなおも突っ伏した少女を見つめていたが、

「安珠さん。忠輔さんがお持ちです」

というウスマンの声に我に返った。

「*Iona, rest well*」

一声かけてから、ウスマンの先導で情報技術解析課、サイバーフォースのオペレーションルームに入室する。雄馬がいた数時間前と様子は変わっていない。

「たったこれだけの人数で、日本中のシステムをスキャン？」

安珠は呆《あき》れた。

「だからスーパーコンピュータを使っています。膨大な量のデータに対応できる」

ウスマンは丁寧に説明した。日本に存在するあらゆる重要なシステムに優先順位をつけ、省庁・施設・企業との交渉が成立し次第サイバーフォレンジックを行い、片っ端からウイルスキャンを試みマルウェアを駆除する。このローラー作戦によってシステムを取り戻し、脱Ｃ支配を目指している最中。そう説明されても、安珠は実感が持てない様子だった。

「ただ、Ｃのマルウェアは想像以上に広範囲に日本のシステムを侵しとる。懸念が的中した」

　奥にいた水無瀬が立ち上がって言った。

「雄馬くん、メールありがとう。大役ご苦労さん」

　美結の名は口に出さない。安珠に気を遣ったのだろう。

「お待ちしておりました。安珠さん」

　水無瀬も忠輔の妹と会うのを楽しみにしていたらしい。安珠を感慨深《かんがいぶか》そうに見た。

「味気ない場所やけど、ゆっくりしていってくれ」

　手を広げて歓迎の意を示す。それから深々と頭を下げた。

「福山さんを助けようとしてくれてありがとう。礼を申し上げたい」

　安珠は黙って礼を返す。そしてまじまじと水無瀬を見た。あまりにじっと見るので水無瀬がたじろぐ。

　ゴーシュがパソコンに向かう手を止めて振り返って、負けずに興味深そうに安珠を見ていた。忠輔の妹に実際に会うのは初めてのはず。だが、モニタの中で命の危険にさらされているところを嫌というほど目にしている。顔に残る生々しい痣の効果も大きい。インド青年の目には崇敬の念が浮かんでいた。

「さ。久しぶりの兄妹の再会やろ？」

水無瀬が気遣った。先生、と呼ぶ。

オペレーションルームの奥でモニタに見入っていた忠輔が振り返った。眉をしかめて、安珠の顔を見る。

思い出そうとしているのか。血を分けた妹の顔を。

安珠はそんな兄の様子には慣れているようだ。視線を合わせて軽く頷くだけ。それからオペレーションルームを見渡し、いる人間一人一人の顔を確かめた。時折大きく目を見開く。雄馬はその様子が興味深かった。確かにこの人の物の見方は普通の人間とは違う。なんとなく見るということがない。一つ一つにしっかりと目を当てている。己の網膜に焼き付けるかのように。

それから、ゆっくりと兄のところに近づく。

「お前は大した怪我はないんだな」

忠輔はさすがに気遣う様子を見せた。

「だが、村松さんは……福山さんは」

「あたしを守ってくれた」

妹の声は沈痛だった。

「でもあたしは……福山さんを助けられなかった」

「見えたんだな？　お前の目には。衛星レーザーの光が」

うん、と安珠は頷いた。

「光は、ほとんど真上から来てたから。窓際にいるの危ないと思って、とっさに壁の方に引っ張った」

「正しい判断だ」

「隅田公園でも一度見てたから、察しがついたけど……」

「安珠さんが特別な目を持ってるっちゅうのは、ホンマやったんやな」

水無瀬が変に浮かれたように言う。福山の死から話題を逸らすために違いなかった。

「ちょっとした超人や」

「そうですね」

安珠の兄は頷く。

「常人が持たない錐体細胞《すいたい》を持っている上に、カメラアイ。まるで、神がこいつの目を使って実験しているみたいな、大盤振る舞いです。対してぼくは相貌失認。おまけに近眼です」

その愚痴《ぐち》めいた物言いに水無瀬はニヤニヤするが、雄馬は笑ってよいものかどうか迷う。

「親父に揶揄《やゆ》されたことがあります。お前たちのお母さんはずいぶん極端な生み分けをしたもんだ、と。兄貴はひたすら頭でっかちな代わりに、眼の力を全部腹の中に置いてきた。妹が生まれるときに、あわててそれを全部くっつけてやったんだ、なんて」

「それ、気に食わない。まるであたしが頭悪いみたいじゃない」

安珠がすかさず言った。

「私の脳みそ、兄貴に獲《と》られたって？　冗談じゃない。私の頭は人並みよ」

雄馬は口の端を上げてしまい、思わず手で隠す。それに気づいた安珠はニコリともせず、

「兄貴。早く終わらせて」

物騒な声を出した。忠輔が眉をひそめる。

「ぼくも努力はしているが……」

「シカトされてるわけね。チャールズに」

「ああ」

安珠は声を大きくした。

「あたしもチャールズと話したい」

「話すか？」

忠輔は首を傾《かし》げ、少し笑った。

「お前が呼びかけたら答えるかも知れない。お前のことを懐かしがって」

「怒鳴ってやりたいだけよ」

安珠はやはり笑わない。

「あの子のせいで、福山さんが……村松さんも大怪我して、何人もお客さんが死んで……あたしも死にかけたんだから」

「チャールズも後悔していると思う」

忠輔のセリフは、雄馬には意外だった。

「王超《ワン・チャオ》をコントロールできる自信があったんだ。だがジャイロを全て壊されて、目算《もくさん》が狂った」

「ただの間抜けじゃない」

「その通り。だが、無駄な殺生《せっしょう》を嫌う気持ちは変わらないはずだ」

忠輔はチャールズを擁護しているように聞こえる。雄馬は複雑だった。結果的にこれだけの犠牲者を出したチャールズに怒りを感じているからだ。

「彼が抹殺を宣言したのは、日本ではAAA《トリプルエー》の人物二人だけ。矯正不能、贖罪《しょくざい》不可能の絶対悪と見なした人間だけだ」

「確かにそうです」

ゴーシュの声が聞こえた。見ると、大きな目で食い入るように忠輔を見つめている。

「かつてはぼくもチャールズに全面同意していた。でも、これだけの犠牲……やはりチャールズのやり方は、間違いかもしれない。そう思うようになった」

かつてのCダッシュならではのセリフだった。

「正直に言えば、チャールズの判定に頷きたくなる自分がいる」

だが忠輔の方がチャールズに肩入れした。雄馬は口を開けてしまう。

「ぼくの中の感情だけを抽出したら、喜んでチャールズ賛美を歌い出しそうだ。だがそれは、理論と公式に反している。結局は敗北をもたらすものでしかない。そう、道理は凜然《りんぜん》と告げるんだ。ならばぼくらはもっと考えなくては。そしてチャールズに呼びかけ続けなくてはならない。考え直せ。いずれ勝利を手放して後悔するのは自分なんだからと」

安珠が呆れたように頭を振った。

「まあ、がんばって。私はただ、あの子に文句言わなきゃ気が済まないだけだから」

「ちょっと待て。チャールズのサイトを開く。ボードにお前のメッセージを書き込もう」

兄妹がパソコンに向かっている間に、雄馬は水無瀬に尋ねた。

「状況を詳しく教えていただけますか？」

水無瀬は頷いて、滔々《とうとう》と説明してくれた。

「解析作業は順調や。解析ツールのバージョン1がフル稼働しとる。投網《とあみ》を投げたみたいに、マルウェアがうじゃうじゃ引っかかってきとるよ。ただ精度がまだまだで、ちょっと怪しいプログラムも拾うし、逆に逃してるものもある。間もなくデータ量が充分になるから、それを利用して解析ツールをバージョンアップする。バージョン2はかなり精度の高いツールになるはずや」

この天才たちの仕事に間違いはない、と雄馬は思った。伝説のハッカーやその弟子、そして物理と数学とコンピュータ工学のエキスパート。桁違《けたちが》いの頭脳を持った若者たちの集まりだ。チャールズを上回るのも決して夢ではない。これからは加速度的に効率がアップする。通常ではありえないほどの速さでアンチハッキングを実現するはずだ。

「ただ、Ddos《ディードス》攻撃が思いのほか激しくてな。ちょっと苦労してる」

チャールズの攻撃は、時間をかけて広範囲に潜ませたウイルスにとどまらない。世界中に広がるCのメガボットネットから繰り出される大量アクセス攻撃に対しては水無瀬の配下の技官二人が対抗措置を講じているが、対処しきれていない様子だった。

つまり、未《いま》だにチャールズ一人によって東京は麻痺《まひ》させられている。打ち負かすまでには時間が要る。

「東京の現状のほうは……」

「東京西部の停電については、真っ先にウイルス駆除を頑張ってるから、完全奪還は時間の問題や。ただし、企業側はかなり懸念を表明しとる。製造業は、生産ラインを止められると大損害やし、冷蔵庫や冷凍庫の機能停止で損害を出す農業関係者や漁業関係者もいる。これらの補償をどうするか、これは今後の行政側の課題になるな。あと、高層マンションの断水やエレベータ停止は、古いシステムで動いているところは避けられない。孤立状態のところが若干《じゃっかん》あるみたいやが、今のところSOSは数えるほど。何より、道路や施設から死亡事故の報告が入ってないのは、ほんまに運が良かった。何とかこのまま乗り切りたいもんや」

「通信関係は、どうですか？」

「改善しとるよ」

　水無瀬は即答した。各通信事業者は、一時は約八割の規模の通話規制を行ったそうだが、状況を見て徐々に緩めたらしい。

「メールの通信には問題がなかったし、インターネットの接続も確保されていたおかげや。震災の時と違って、家族や知り合いと連絡が全く取れないということもなかったから、致命的な通信障害、パニックには至らなかったようや」

「なるほど、それはよかった」

「ＪＲや東京メトロも、間引き運転できる程度には回復した。むろん、朝の通勤を通常通りに行えているとは言えんが、思ったほどの混乱はない。大半がまだシステムダウンしたままやけど、マンパワーでカバーしてる。日本の鉄道マンはほんまに優秀やで！」

　誇らしく感じる話だった。非常時にこそ真の能力が問われる。未曽有の大規模サイバーテロの前で、想像以上にうまく対処している分野が多く目についた。

「やはり震災の経験は大きいようやな。騒いだりパニックになる人間が少ない。ただ、経済界や一般企業の対応力や体力が試されるのはこれからや。さて、我が警察はどうかな。辻《つじ》？」

名を呼ばれた辻技官が振り向いて説明してくれた。

「警視庁も、災害時の広域緊急援助隊と同様の態勢で各種の混乱に対処しています。都内各警察署は非番の人間も全員動員しており、効果は出ています。パトカーや自転車の制服警官が活発に都内を回っている様子が、都民に心強さを与えている」

「というわけで、感心なことに、都内の治安はほぼ守られとる。長官の記者会見も大きかったようや」

雄馬も移動中のカーテレビで、野見山の強い眼光を目の当たりにした。

「落ち着いた様子で、不安を煽《あお》らず立派でしたね。Cはテロリスト。屈してはならない。シンパとなって加担してはならない、と強く都民に呼びかけた」

「警察はどんな状況でも目を光らせてる。そうはっきりメッセージを送ったおかげで、不心得者たちも動きを慎んでる。空き巣被害が数件あったが、平時と変わらん。交通事故は、普段より少ないぐらいや」

「都や区の対応も見事でした」

もう一人の技官、坂下《さかした》も声を上げた。

「東京都はいち早く災害即応対策本部を設置して、ただちに都や区の庁舎を開放しました。昨夜、交通機関の混乱で帰る足を奪われた人たちにトイレや水、休息の場、宿を提供してくれたようです。同様の対応をしてくれた百貨店や大学もあったようで、震災の時に整備した帰宅困難者受け入れ態勢が機能したようです」

「都民としては鼻が高いな。地震などの大災害ではないという冷静な判断が、パニックを抑えてくれたようや。チャールズも拍子抜けしとるんちゃうか。もうちょっとあわててくれるもんやと思ってたんちゃうかな」

じっと聞いていた安珠の目が輝いている。これほどの事態にも動じていない人間が多いことに感動している。水無瀬は強く頷いてみせ、少し目を伏せた。

「混乱が続いているのは墨田区ぐらいや。TRTの周りから人が去らん。タワージャックが終わっても、Cのライティングはそのままやからな。まるで巡礼地や」

雄馬も気づいていた。この部屋のモニタの一つには常に東京ライジングタワーの外観が映っている。そこには、すっかり夜が明けた都会の光の中ではいささか見づらいものの、〝C〟の文字が輝き続けているのが分かる。チャールズは、あの世界有数のタワーには例外的な、よほど強力な支配力を及ぼしているらしい。

「シンパたちの動きは？　リストの人物の襲撃は……」

雄馬は急いで訊いた。

「隅《すみ》警備部長が、厚くSPを配してる。機動隊員まで送って守ってるらしい。長官も会見で、襲撃に対して容赦しないと明言した。警告が効いてる、今のところはな。むろん警戒を緩めることはできんけど」

「そうですね。これからも予断を許しませんね」

「アメリカ政府からずいぶん連絡が入っているらしい」

水無瀬は少し声をひそめたが、安珠が聞いているのにも構わず続ける。

「祝《いわい》補佐官からさっき、野見山さん宛に連絡が入った。いつでも横須賀《よこすか》基地の海兵隊を出すとのことだ。まあな、先方の親切心かも知らんけど、かえって混乱を招く、都民を不安にするからと固辞してる。借りも作りたくないしな」

雄馬は頷きながら言った。

「でも確かに、非常事態が続けば警察官たちも疲弊《ひへい》してきます……場合によっては手を借りるのもやむを得ないかも」

「いや。総理は自国の力だけで乗り切りたいと考えてる。非常時にしっかり対応できない国は周りからなめられるからな。それに、警察力と軍事力とは峻別《しゅんべつ》するべきだという長官の矜持《きょうじ》も理解できる。野見山さんは、自衛隊にも頼らないで乗り切るつもりや」

それは、警察官としては当然の覚悟だった。雄馬は強く頷く。

「あの……イオナって子は大丈夫ですか？」

そこで安珠が訊いてきた。

「さっき、応接室で見ましたけど。ずいぶん具合悪そうな……」

「気分が治ったら戻ってくるやろ」

水無瀬はそう言って笑った。

「あの子の集中力は異常や。休憩も取らんとぶっ続けで作業してたから、ちょっと神経がイカれよった」

「大丈夫なんですか？　彼女がいなくて、作業は」

雄馬も心配になって訊いたが、

「予定より順調やから、心配せんでいい」

と請け合う。だがウスマンは心配そうな表情を隠さなかった。ゴーシュも頼るように忠輔を見る。

「後で様子を見に行ってくれるか？」

チームリーダーの大学講師は留学生たちに言った。

「いきなり顔色が悪くなったことは、ぼくにさえ分かるくらいだったから」

「様子を見てきます」

ウスマンがさっそく出て行く。だがそのウスマンも元気いっぱいとは到底言えない様子だし、ゴーシュの目の下にはくっきりとクマが出ている。そろそろ限界だった。いくら若くても彼らの体力は無限ではない。

「どうか皆さん、無理しすぎないで。順番に寝てください」

雄馬は思わず言った。

「ぼくもこれから、自分の仕事をします」

「何をだ？」

訊かれて、雄馬は水無瀬に向き直った。

「ぼくは、チャールズと小西さんを捕まえます」

「せやな。それがええ」

水無瀬は深く頷いた。

「井上さんから、さっきやっと連絡もらったよ」

「そうですか！」

「公安がチャールズを横取りしようとしたので阻止したそうだ」

雄馬は呆然《ぼうぜん》とした。

「公安が……」

「相当派手な攻防があった。井上さんは言葉を濁《にご》してたが……現地署の交通課によれば、少なくとも二台の車がひっくり返った。銃撃があったという報告もある」

「………」

信じがたい話だった。本当だとすれば、内部分裂。クーデターと言われかねない異常事態だ。

「君の兄貴が関わってるかどうかは分からん」

水無瀬は雄馬の表情を察して言った。

「公安にも派閥があるからな。まあ簡単に言うと、奥島派とそれ以外だが」

雄馬はなんとも返すことができない。兄の考えていることは、公安に配属になってからなおさら謎になった。

「雄馬君、君ももう気づいてるやろが……公安の一部は長官でさえ掌握しきれん。特権を与えられた者がいるんや」

雄馬は言葉もない。あまりに深い暗部の前で立ち尽くすだけ。

「そいつらは公然と長官に逆らって憚《はばか》らん。大元を辿っていけば、おそらく……最も深い闇に行き着く。警察のほとんどはもちろん、市民を守る真面目《まじめ》な警察官や。だが、市民の敵も交じっとる。確実に。そいつらは全く別の原理で動いてる」

水無瀬はふいに周りを見た。安珠やゴーシュの顔を。雄馬も気にはなっていた。警察の影の部分を一般市民や外国人に聞かせてしまうことに。

しかし水無瀬は捨《す》て鉢《ばち》に笑った。こんなことは秘密にする価値もない、とでも言いたげに。

「雄馬君。井上さんと合流してチャールズを捜索してくれ。ただ、いま言った勢力には充分気をつけてな。奴らは手段を選ばなくなってる。チャールズを見つけたらすぐ報告してくれるか？」

「了解しました」

それから雄馬は少し逡巡する。

「水無瀬さん。あの……」

雄馬の様子に水無瀬が首を傾げる。雄馬はなおも迷いながら訊いた。

「ぼくは、チャールズを逮捕すればいいんですか。それとも」

水無瀬はニヤリとした。雄馬の利発さに嬉《うれ》しさを隠さない。

「刑事部が確保、そして逮捕。長官の意向は、それで間違いないですね」

すると水無瀬は声を低めた。

「絶対に殺すな。もし誰かが殺そうとしたら、必ずチャールズを守れ。いま言えるのはそれだけや」

長官は――チャールズを必要としている？　取引する気か？　だがそこまでは訊けない。

忠輔がじっとこちらを見ている。痛いほどの視線を感じた。

「チャールズはテロリストにも、メシアにもなりうる。俺たち次第や。チャールズの本当の標的は東京都民でも、佐々木先生でもない」

「あの……田中氏」

　水無瀬は頷く。

「王超《ワン・チャオ》は倒れた。残されたAAA《トリプルエー》はたった一人。その男を追い詰めるためにこそ、チャールズは東京をジャックした。田中という男に注目を集め、全世界に抹殺を求めたんや。そして自ら、考え得るあらゆる手を使って滅ぼそうとしてる」

「水無瀬さん。田中氏が本当にあの動画通りの人物なら」

　雄馬ははっきり言った。

「チャールズが殺したがるのも分かります」

　そして、オペレーションルーム内の人々の表情をさりげなく見る。全員がそれぞれの表情でお互いを見やっていた。

「あの、ごめんなさい。その男っていうのは？」

　安珠が言い、雄馬は思い当たった。ＴＲＴの上で王超と戦っていた安珠はあの動画を見ていないのだ。

　水無瀬は少し考え、静かに言った。

「じゃあ、見てくれ。チャールズが作った動画を。これが田中晃次という男の告発映像や」

　技官に指示する。

モニタに動画が流れ始めた。

6

安珠の目はそのモニタに釘付《くぎづ》けになる。

「田中晃次、〇歳。東京に生まれる」

生まれたての新生児の顔が映った。セピア色の写真だ。

「小・中・高校とクラス委員や生徒会長を務める。成績は極めて優秀、スポーツにも秀でていた」

ナレーションは英語だが、日本語の字幕が付けられている。

「人望があり常に人に囲まれていた。誰が見ても申し分のない好青年だった。誰もがこうありたいと願う理想の学生であり、周りの人々は彼の将来の成功と栄光を信じて疑わなかった」

時代時代のスナップ写真が映し出される。可愛《かわい》らしいあどけない子供が、整った顔立ちの、快活そうな青年へと成長してゆく。

「彼は期待を裏切らないどころかそれを軽々と上回ってみせた。アメリカの名門大学に特待生として進んだ田中は、精神医学・心理学・生物学・経済学の学位を次々取得、優秀な成績で大学院を早期に卒業すると、当地でサイコセラピストとして開業。ニューヨーク、後にビバリーヒルズで名を成した。同じ頃、ヘッジファンドを起《た》ち上げる。セラピストのクライアントだった有名な企業人やスポーツ選手やハリウッド俳優が顧客に名を連ね、たちまち上場投資信託《ETF》に成長。複数の有力金融企業を吸収し一大グループを形成、若くしてそのＣＥＯに収まった」

典型的なサクセスストーリーを思わせるその動画は、しかしその背景に禍々《まがまが》しい予感を忍ばせている。安珠には不可解だった。ＢＧＭも特殊な演出もないのに、なぜこれほど黒い予感が漂うのか。

「この頃、地球温暖化と人口爆発に対して警鐘《けいしょう》を鳴らすエコロジストとしても活動し、生物学の研究で新種の古細菌を発見するなど持ち前の多才ぶりを発揮している。やがて惜しまれながらセラピストを引退。金融グループからも辞職した。そこからしばらく、田中の名は表に現れない」

映像のリズムが変わった。回顧ではない、現在進行形のテンポを刻み始める。田中の肖像には静止画ではなく動画が混ざり始めた。

「謎の空白の数年間を経て、次に公に名前が出るのは二十八歳の時。田中は、新進軍事企業の共同経営者に名を連ねていた。ＣＰテクノロジーズ——今や世界で三指に入る軍事企業だ。〝軍事の民営化〟の潮流に乗ってＣＰテクノロジーズは未曽有の成長を成し遂げた。

彼は経営者であるだけではない。兵器開発部門のトップも兼任し、あらゆる画期的な新兵器のアイディアを生み出した。無人戦闘機、完全自律型殺人兵器、そして宇宙兵器――」

映し出されるのは見慣れない兵器のイラスト。まるでSF映画だが、それが現実であることを安珠はその目で見て知っている。宇宙からのレーザー光が人を焼き尽くすのを。

サイバーフォースはひたすらに沈黙している。安珠以外は既にこの映像を見ているのだろう。だが初めて見たかのように顔を引きつらせている者もいる。

「三十三歳で再び表舞台から姿を消す。現在は公式には、どの団体の役付きでもない、全くの無所属の自由人。肩書きなし。四十三歳の現在、日本では東京湾岸に居を構えている。その実態は杳《よう》として知れない。だが、この男の正体とは……」

安珠は思わず息を呑《の》んだ。映像が一切の闇に包まれたからだ。

その闇から、一つの顔が浮かび上がってくる。

爽《さわ》やかな美丈夫《びじょうふ》。現在の田中の顔のようだ。四十代とは思えないほど若々しい。

「CPテクノロジーズの支配者。CPTは表向きは英国系であり、経営陣にも英国人が多い。だが、事実上のトップはこの男だ。いや、CPTそのもの。世界中の死と破壊を後押しする、まるで破壊神シヴァの化身――これは、CPテクノロジーズが武器供与に関わったほんの一例である」

アフリカ大陸の地図が大映しになる。その中の国が一つずつ赤で塗《ぬ》り潰《つぶ》されてゆく。その度にテロップで詳細が出る。シエラレオネ、ソマリア、スーダン、ナイジェリア、セネガル。〝カザマンス民主勢力運動《MFDC》への武器供与〟とはっきり出た。つまり、ウスマン・サンゴールの母国の話だ。

　世界各地の紛争の生々しい映像が次々に流れ出す。オーバーラップするように、アラブの春を迎えた国々の地図が映し出される。赤い色が広がってゆく。そのことごとくにCPT製の武器が隈《くま》なく行き渡っていることを示すCGアニメーション。中東も、インド・パキスタン付近も塗り潰されてゆく。ヨーロッパも例外ではなかった。東欧の一国が塗り潰される。

〝ハンガリー内務省テロ対策センター《TEK》の特殊部隊と極右政党の民兵への武器供与　ロマを多数殺害〟とテロップ。ハンガリーはイオナの故国。今はここにいないが、この動画を初見した時は固まっただろう。ゴーシュも凝固《ぎょうこ》している。インドはとっくに真っ赤になっていた。つまり、ここにいる留学生たちで、田中の企業に関係のない人間は一人としていない。だが驚くことではないのだろう、と安珠は思う。あらゆる武器の元締めなのだとしたら当然だ。

「現在世界中で進行中の紛争や内戦の大半は、田中が何らかの形で関わっていることになる。当事者の一方ではない、双方に武器を供与している事例も多い。しかも――間接的な関わりに留まらない」

ナレーションの声は明らかに感情を込め始めている。

「〝恥知らずの死の商人〟、〝金の亡者《もうじゃ》〟と罵倒《ばとう》するに留まる者も多い。だが彼は――世界各国の政府要人と親しい。〝先進国〟と呼ばれる国ほど軍産複合体に隷属していることは現代の常識だが、戦争すればするほど儲《もう》かる。戦争がなくなれば国家運営が立ちゆかなくなるという地獄の連鎖を司っている者たちと癒着している、という厳然たる事実がある。証拠はCのサイト、そしてこれらのサイトに載っている」

　Cのサイトのトップのページの他に、いくつものサイトとURLが表示される。ウィキリークスはもちろんのこと、様々な政府関係や報道機関のサイトもあった。

「時折世界を飛び回って、いったい彼は何をしているか？　答えは簡単だ――彼の舌は相互不和と憎しみを煽るために用いられる。争いを奨励し、その戦争によって為政者がどれだけ潤い、自国の繁栄に利するかということを並外れた説得力によって伝えている。いったい何という男か！　この行動を、自らの利益のための正当な経済活動と見なせるか？　全世界の全ての人間に問う。彼をこのまま放っておくのか？」

　声は、今や高らかな宣言だった。

「彼が関わった紛争の死者数は、驚くべき統計値を弾《はじ》き出した――二三〇〇万人」

7

"23,000,000"

その数字が、実際に画面全体を占拠した。

美結の脳髄《のうずい》は麻痺する。まるで実感を欠く数値だった。

この映像を見るのは二度目なのに、今回の方が胸に重く響くのは……この動画が描いている、まさにその当人がすぐ隣にいるからだろうか。

「二三〇〇万人だ。既《すで》にヒトラーを超え、このペースではスターリンを抜くのは時間の問題。史上最大の虐殺者、毛沢東《もうたくとう》を超えるのも夢ではない。近現代で最悪の大量殺人者だ」

美結は隣にいる男を、そっと見やる。

そこには満足げな笑みがあるばかりだった。

「彼は道具を提供しているだけ。自ら手を下したわけではないと擁護するか？　否《いな》。彼は民間軍事会社《PMSCs》や傭兵《ようへい》団体のスポンサーでもある。優秀な傭兵を数多く養成し、紛争地に直《じき》参《さん》の傭兵部隊を送り込み勝利の方策を授けている。最新ハイテク兵器を持ちこませ使用法を手ほどきし、〈勝利を！　敵の殲滅《せんめつ》を！　攻撃か死か〉と煽っているのだ。まさに軍神マルス。あるいは阿修羅《あしゅら》王、あるいはベルゼバブ……人脈を駆使して不和を起こし、あらゆる手段で争いを長引かせている。死者数を増やしている。だが、賢明で勇気ある人々は黙っていなかった。彼の存在に興味や不審を持ち、果敢に迫ろうとしたジャーナリストや警察組織、政府機関の人間もいたのだ。ところが彼らはことごとくこの世から消えた。彼に迫った人々の不審死事例は、ざっと挙げただけで……」

人名が列挙され始めた。肖像写真にテロップで出た肩書きは——ＮＧＯ団体のメンバー。国連の査察官。アメリカの検察官。欧州《ユーロポール》刑事警察機構に所属する極秘捜査官。その全てが行方不明になるか、怪死を遂げたらしい。

名前の列は続く。美結が名前を聞いたことのある名物キャスターが目に留まったがすぐ消える。多すぎて追い切れないのだ。ＣＩＡの諜報員リッキー・ドーソン。Ｍ－６の特殊工作員スティーヴィー・マクガバン。日本警察公安部長・石垣真澄《いしがきますみ》……

美結はハッと見入った。その名はほんのコンマ数秒画面に表示されただけだ。サイバーフォースで見た時は気づかなかったが、確かに読めた。日本警察公安部長と。石垣……聞き覚えがあった。そうだ、水無瀬が口にしていた。かつて野見山とともに、水無瀬を警察に残すことに決めたという男だ！

衝撃だった。田中は日本人だ。祖国の警察も田中に注目していたのだ。当然と言えば当然かもしれない。公安部は、国際的犯罪者と見なしてかつて田中に迫ったということか。

そして……殺された？

なんということだ。公安部長が暗殺されるなどということがあっていいのか。警察にとって、田中は仇敵でもあるのか？　美結はまた盗み見てしまう。

田中晃次は美結を見ていた。

ビクリとして目を逸らす。恐怖が、粘度の高い溶液のように美結を包み込んで来る。

迫る者は全て命を落とす。そんな男のすぐそばに、いま自分が座っている。なんという非現実。

「一時は田中を警戒、敵視していたアメリカ政府も、政権が交代してからは田中に接近。田中自身も頻繁にアメリカ入りし、近年は親密この上ない関係を構築している。米国系軍事企業との業務提携や、全米ライフル協会《NRA》との共同技術開発契約まで締結した。破竹の勢いだ。敵対するかに見えた勢力をも自己に取り込んでいく有様には恐懼《きょうく》を禁じ得ない。領土を拡大し世界を飲み込もうとする古代帝国さながら。皇帝の名は無論、田中晃次だ。ロビイスト、事情通の間では、世界で最も権力を持つ人物とみなす人間も多い」

画面には再び、現在の田中のポートレイトがアップになっている。これほどの人物の近影写真をチャールズはいったいどうやって手に入れたのだろう。

ふふん、と田中本人が言った。

嬉しさか、満足感か。それとも嘲弄《ちょうろう》しているのか。美結には判別がつかなかった。もはや直接表情を確かめることもできない。

「なお、世界のビジネスシーンでは田中晃次の名で知られるが、これは改名後の名。本来は同じ読みで〝皇司〟と書く。彼の両親が大きな期待を込めてこの字を用いたらしいが、当人は気に食わないらしく二十代のうちに表記を変更した。だが、彼にふさわしいのは――元々の〝皇司〟ではないか。世界の裏側にある玉座にたった一人で座る男には〝皇〟の字こそがふさわしい。自らを皇帝とみなし、血塗られた大地に一人覇を唱える男――それが彼だ」

その声は今や、墓場での囁《ささや》きのように静かなトーンになっていた。

「彼の死と破壊の統治の前に、我々は為《な》す術《すべ》があるのだろうか」

暗転。動画は終わった。

ゲストルームに沈黙が落ちる。

美結の目の前の皿には、食べかけのパンが転がっていた。サラダも半ば残っている。だがもはや食事を続ける気分は失せていた。

勇気を振り絞って目の前の男の顔を見る。

田中の表情は――充実している。フルーツジュースのグラスを取って飲み干した。それから満足げに言う。

「さすがＣだ。よくできたバイオグラフィー。私の人生そのものだ」

この男はＣを誉《ほ》めている。自分を大量殺人者と呼ぶ当人を。

美結は胸を押さえて息を整える。自分の使命を思い出した。長官の言葉……この男と話すこと。この男の考えていることを把握すること。

そして——野見山が言外に言っていたこと。真に求めていることを考える。

はっきり分かっている訳ではない。だがきっと、常に、あくまで、警察官でいる。それを長官は望んでいる。美結はそう自分に言い聞かせた。

「全く、Ｃとは愉快な坊やだ。心からそう思う」

美結は青ざめてしまう。この男はＣの正体が少年だと知っている。

「感心してしまってね。嬉しいんだ。私の人生を忠実に再現してくれて」

「あなたは……」

美結は言葉を選んだ。

「ずいぶん正直なんですね」

「自分の人生にこんなに関心を持ってくれる人間がいたら嬉しいだろう？　ここまで正確に網羅して描き出してくれた者はいなかった。愛情さえ覚えるよ」

田中の笑みには蔭《かげ》がない。この男の精神構造はどうなっているのか。圧倒的な余裕か？

絶対王政の国における君主なら、ここまで落ち着いていられるかもしれない。

「さて、一柳刑事。こんな男が目の前にいることをどう思う」

男は楽しげに訊いてきた。

「私は、数千万の命に対して責任があるとCに糾弾《きゅうだん》されている。ではどうだろう。そういう男にふさわしい処遇は？　罰は？」

「分かりません」

美結は急いで返した。

「突飛すぎて……実感が持てません」

「ならば、実感を持ってもらおうか」

涼やかな笑みが返ってくる。そして活き活きと語り出した。

「一番最近の紛争は……中東の内戦だな。もちろん知ってるね」

美結はかろうじて頷く。だがニュースで目にしたことがあるだけで詳しい知識などない。

「L国の政府と反政府勢力の争い。政府側の銃器・兵器の約六割が、私の傘下の企業が提供したものだ。対する反政府側にいたっては、九割近くに達する」

田中は美結の顔色を確かめ、なんでもないことのように続ける。

「そして、今も双方に提供を続けている。求められれば平等に売るんだ。我々は安価で性能の良い製品を大量に届けられるからね。世界三十カ所の兵器廠《しょう》から直送便が出ている。四十八時間以内に届けるのがモットーでね。この優れた輸送網も我がグループ、CPテクノロジーズの自慢だ。遅れたらタダにする。ピザ屋のチェーン店と同じだ。というのは冗談だが」

美結は笑えない。むしろ血の気が引いた。ピザと武器を同列に語るとは……

「今回の内戦の推計総死者は先月、六万人を超えた。その上、一生に響く怪我を負った人間が十一万人らしい。まあ、私にも正確な数は把握できない。戦時下の庶民ほど軽んじられる存在はないからね。ただの数字だ」

美結は――無意識に拳《こぶし》を握りしめていた。

身体のどこかで防御体勢をとらないと耐えられない気がした。

「平和な日本にいると何一つ実感できないだろう。私も日本人だからね。一時期は他国で暮らしていたし、今もしょっちゅう世界を渡り歩く生活だが、戻るたびに思う。本当に日本は、世界でも数少ない温室のような国だよ。ここにずっといると、他国の悲惨な出来事はまるっきり絵空事に感じられる。テレビ画面の中のフィクションだ。実際に武器を供給している私にしてもね」

その瞬間、美結の感情に火がついた。自分でもどうにもならない。

「どうして武器なんか……」

思いを吐き出していた。

「どうして平気なんですか。武器をばらまいて……それで人が死ぬことに、心が痛まないんですか」

「ははは」

と田中は爽やかに笑った。青春映画にでも出てきそうな嫌味のない笑顔。

「需要のあるところに商売が成り立つ。人類始まって以来の法則だ。人が求めるから、だよ。それが悪か？」

美結は返す言葉がなかった。

「善意も悪意も、使う人間が持つものだ。武器そのものには善悪も、感情もない。つまり、罪がない。私は、農耕機械や自動車や携帯電話と同様、道具を作って売っているだけだ」

美結はぐうの音も出ない自分を見つけた。だが動画の内容を思い返し、必死に言葉を絞り出す。

「でも、あの動画では……あなたは裏で争いを煽っていると」

「否定はしない」

男はあっさり認める。

「だがそれも経済活動の一環だ。人間は歴史の中で常にそうしてきた。文明国を発展させるために人間を奴隷として売り買いし、時には消耗品のように殺した。祖国を裕福にするために他国を植民地化し現地人を虐《しいた》げてきた。それは全て、違法でも何でもなかった。多くの国が当然のようにやっていた。それと何が違う？　己が富むために、市場を拡大するために活動するのは違法か？」

「………」

「そして人間は――何十世紀も前から争いに勝つために数限りない武器を開発し、生産し、世界中に行き渡らせてきたのだ。実に代わり映えのしない、ありふれた話じゃないか。何が問題なんだ」

「でも……儲けるためだけに、そんな……」

「君もありふれたヒューマニズムの信奉者か？　だとしたらいささか失望だな」

田中は拳の上に顎《あご》を乗せて眉をひそめてみせた。その芝居がかった仕草に美結は戸惑い、視線を彷徨わせる。

「君にはもっと際立ったメンタリティを期待していたが……それとも、内に秘めて隠しているだけかな？　うむ。まあいい。それでは別の観点で話をしてみよう」

田中は拳を開いて指を流麗に動かしながら身を乗り出してきた。

「人間には生き甲斐《がい》が必要だ。それがなければ、ゾンビだ。違うかい？」

「………」

正体を現した。戦慄《せんりつ》とともに、美結はそう感じた。

8

命令には黙々と従うだけだ。それが警察官の本分であり、特殊部隊員であれば尚更だった。指揮官にとって最高の手足でなくてはならない。むろんどんな無茶《むちゃ》な指示にも応じる。

そう覚悟しているつもりの梓でも、今回の命令を受けた瞬間は驚きしかなかった。東京ライジングタワーでの困難なミッションをこなしたその足で、次の任務に向かわされるとは。突入と、テロリストとの戦闘だけではない。展望台の人質の救出にも尽力した。これほどの大仕事の後でこなすべきミッションとは何か。しかも、任務の主旨がよく分からない。ある場所へ向かえと伝えられただけだ。

「いったい何？　別のジャック？」

「分からん」

バディの陣内大志《じんないだいし》も戸惑うばかりだった。すっかり目が泳ぎ、どこか上の空の様子だ。無理もないと梓は思った。テロリストを撃ったショックが尾を引いている。あの中国の工作員は生きているのか？　そして自分の処遇はどうなる？　不安が積み重なっているはず。

『疲れているところすまないが……とにかく向かってくれ』

インカムの向こうの棚田《たなだ》部隊長の声は苦渋に満ちていた。

『ヴァンと運転手は用意した。それに乗ってくれさえすればいい』

棚田自身が上からの命令に戸惑っているのが分かる。部下に筋の通った説明ができないのがもどかしいのだ。棚田のことだから上役に抗議してくれたに違いない。隊員たちは地上三七〇メートルまで自分の足で階段を上り、テロリストと戦い、しかも仲間を失っている。心身の疲労が限界に達している。休ませてやってくれと。だがむろん棚田とて一介の警察官。命令には逆らえない。

かくして詳細を聞かされないまま、梓と陣内はTRTの入り口に停められていたヴァンに乗り込んだ。運転席にいたのは若い機動隊員であり、問い質してみたが事情は全く知らされていない。

「ベイエリアに向かえ、とだけ命令を受けています。詳細は追って知らせると」

そんな若者を問い詰めても仕方なかった。二人は黙って、発進したヴァンによって南に向かって運ばれていった。首都高速の箱崎《はこざき》JCTから、ベイエリアに伸びる9号深川《ふかがわ》線へ。福住《ふくずみ》、木場《きば》と下ってゆく。高速道路の両側に広がるのは夜明けの光に包まれた大都市。ここから見る限り、秩序は保たれている。

だが東京の真の夜明けはまだ遠い。梓は目を細めながら思った。

『今回の任務を説明する』

そこで棚田から連絡が入った。インカムに声を届けている電波は制圧班特有の周波数だから、運転手役の機動隊員には聞こえない。

『二人はこれから、Ｃの制裁リストに載せられた人物の警護についてもらう』

「警護？」

梓は思わず反問する。

「ＳＡＴがＳＰの役割を？」

『そうだ』

棚田自身が全く納得していないのが、声の調子に表れている。

「誰なんですか？　警護対象は」

陣内は文句一つ言わずに問うた。棚田は少し黙る。それから、重々しく告げた。

『大変に重要な人物だ……万全を期すため、精鋭中の精鋭が必要だという判断が下った。二人とも名誉に思え』

梓はピンときた。制裁リストの筆頭に挙げられたＡＡＡ《トリプルエー》の人物に違いない。名前は確か
――田中晃次。

だがいったい何者なのか。政府の要人でさえ、特殊部隊が警護に回ることなどないはずだ。それほど差し迫った危険にさらされているということか。Ｃが今にも餌食《えじき》にしようとしている。あるいは、シンパたちによる大規模な襲撃がありうるということかもしれない。

だがそれならば、もっと特殊部隊員を集めればいい。それこそＳＡＴのエース部隊、門《かど》

脇《わき》隊の精鋭たちを向かわせればいいはずだ。棚田の口ぶりでは、任務に向かうSAT隊員はこの若手二人のみ。解せなかった。

『なお先方には、お前たちの姓名を告げてある。コードネームではなく、本名で挨拶《あいさつ》せよ』

「なんですって」

梓は思わず声を上げた。前例がない。特殊部隊員でありながら身分を明らかにし、一警察官として接しろということか？　ますます解せない。素早くバディと視線を交わす。陣内も動揺を隠さない。もやもやと得体の知れない不安がお互いを包んでいる。

悩んだり不安を感じることは特殊部隊員の仕事ではない。命令を果たす冷徹なマシンであるべきだ。だがこんな事態は誰の想像をも超えている、戸惑わない方がおかしい。インカムがヴァンの中に用意されていた栄養ドリンクで喉を潤しながら考えを巡らせた。梓は切り替わり、今度は運転席の若い機動隊員が反応する。詳しい行き先を指示されているようだ。

やがて隊のボスからの通信は完全に途絶える。

口を噤《つぐ》んでじっと考えていると、陣内が唐突に言った。

「戸部《とべ》。少し寝るぞ」

「えっ？」

「これから何があるか分からん。十分でもいいから寝ておけ」

「あたしは大丈夫」

梓は固く返した。陣内は目を尖らせる。

「馬鹿野郎。意地張ってんじゃねえ。常にベストの状態でいるために、しっかり休むのも勤めのうちだ。寝ろと言ったら寝ろ。これは命令だ」

陣内は言いたいだけ言って、座席を倒してごろんと寝転んでしまった。あんたはバディであって上司じゃない。階級も同じ。確かに警察官としてもSAT隊員としても先輩だけど、バディに敬語は要らないと言ったのはあんたの方だ。よほどそう言おうかと思ったが、腕を組んで眉をしかめて目を閉じている男を見ているうちに気が変わった。

この男はおそらく初めての大きなミッションで神経をすり減らし、人に向かって発砲し重傷を負わせたことでまだパニックを引きずっている。本来は眠るどころではないだろう。だが特殊部隊員としてベストの選択をしようとしている。

実際問題として、身体は疲労しているものの神経が高ぶっている。果たして眠れるのか。だが努力はしよう。梓もバディに倣《なら》い、シートを倒して目を閉じた。

するとたちまち、ヴァンの不規則な揺れが脳波にシンクロする。

梓は急速に、まるで気絶するように眠りに落ちていった。

9

「説明しても分かってもらえるとは思わない。そもそも私は、人に理解して欲しいなどと思ってはいないが」

至ってリラックスした様子で男は言う。この田中晃次という人物の、低く落ち着いた美声、と言って差し支えない声音を聞いていると、不思議な心地よさに包まれていく。この男はおそらく、自分の声や語り口が人を魅了することを知り抜いている。生まれついての権力者。人心を集めるカリスマ。美結はそう感じた。

「私は楽しみが少ない人間だ。何の趣味もない。気晴らしもない。ゴルフやスカッシュをやったり旅行したりはするが、喜びなど感じない。時間を潰してるだけだよ。まあ、掃除は好きだがね。整理整頓には特別な喜びを感じる。いま大流行の自動清掃ロボットが、軍事技術を利用していることは知っているかな？」

美結は黙って首を振る。田中は気にせずに続けた。

「世界を見るたびに——溢れ返る人々を見るたびに——私は思わずにいられない。なんというカオス。なんとバラバラで勝手に動き回って、ごった煮で、醜いのか。虫の群れの方がよほど秩序立って美しい。彼らを動かしているのは食欲と生殖の本能のみだが、人間はもっと多種多様な欲望と原理で動いている。何より、殺し合うことが大好きだ。人量の人間を見るたびに私は意欲をかき立てられる。秩序づけることを。整理を。なあ、君は――部屋の掃除をするにあたって、まず何をする？」

口を開かない美結をちらりと見て、続ける。

「ゴミを捨てる。物を減らすだろう？　部屋を綺麗にする、住居をリフォームするという大きな目的のための、最善のステップ。それが〝廃棄〟だ。多少は捨てるのが惜しいものでも、捨てなくては先に進めない。私がやっているのはそれだ、と思ってくれていい」

美結は思わず目を瞠《みは》る。田中は悪戯《いたずら》っぽく笑った。

「それもこれも、地球を愛すればこそ。人類を愛すればこそだ。いったいどの仕事に近いんだろうね。間引きや品種改良を行う農民？　遺伝子操作に勢を出す科学者？　いや、動物園の園長かな？」

「ご冗談はよしてください」

怒りが、言葉を吐き出させた。

「冗談ではないよ」

田中の笑みが消えた。真正面から目を当て、自分の真剣さを伝えてくる。

「誤解しないでくれ。ぼくは、血を見るのは嫌いだ」

ふいに人畜無害な笑みがこぼれる。その笑みを見て美結はホッとした。次の瞬間にはそんな自分に呆れる。この男は――天性の役者だ。素顔が見えない。美結の腰の辺りが怯えで強張っていた。身動きするのが難しい。

「人が人を殺すシーンなんか、映画でさえ見られない。気を失いそうになる。戦争映画もダメだ。生々しいからね。あんな残酷なこと、よくやるよな？」

美結の視界は大きく歪む。相手の顔が像を結ばない。

「銃を向け合ったり機銃掃射したり、ミサイルで狙ったり、無差別に空爆したり。捕虜に拷問までするんだよ？……まあいいさ。やるのは彼らで、私じゃない」

悪魔の言い草だ――と思った。その道具を提供しているのは自分ではないか！　この男なりのユーモアか。だがひねくれすぎていてもはや訳が分からない。

「時折、私を〝悪魔〟とか、〝冷血〟と呼ぶ者がいる。その度に私は納得する。確かに彼らから見ればそうなのだろう。だがなんと呼ばれようが構わない。私は、腹を立てたことがない」

田中は目を伏せた。驚くほど繊細《せんさい》で物憂《ものう》げな蔭が射す。

「私は、孤独だ――私に似た者は一人もいない」

サイバーフォースのモニタ上で動画が終わった。

佐々木安珠はとっさに、発する言葉を見つけられない。

ゴーシュと、動画の途中でオペレーションルームに戻ってきたウスマンが気遣うように安珠を見ている。でもあたしはどうにか落ち着いて受け止められた。自分ではそう思った。今更何を見ても驚くつもりはない。あのレーザーの光をこの目で見た後では、大抵の心構えができるというものだ。

「ちょっと待って。ミューを一人で、こんな男のところへ？」

ふいに声を張り上げる。兄を睨《にら》みつけながら。

兄は妹の糾弾に備えるように眉間《みけん》に皺を刻んでいた。

「致し方なかった。先方からの希望なんや。総理に直接要請が入った」

水無瀬が口添えするが、安珠の勢いは変わらない。

「だからってそんな……あの子がどんな目に遭うか！」

「一柳さんもそれを望んだ」

忠輔は無念そうな表情で言った。安珠は額に手を当てる。

「ミュー……」

しばらく黙った。それから、顔を上げて言い出す。

「兄貴。聞いて。前に電話で言いかけて伝えられなかったこと。ミューの、過去のこと」

水無瀬の目が鋭く細められる。それに気づいた安珠は水無瀬の顔をじっと見返したが、相手は何も言ってこない。安珠は兄に目を戻した。

「如水《じょすい》高校の三年生のとき……非道《ひど》い事件があったの。美結は、ご家族をいっぺんに亡くした」

「……そうなのか」

　忠輔の目も鋭く細められた。

「兄貴も、聞いたことあるんじゃないかな？　有名な事件だから。あたしホラ、兄貴とはあの頃あんまり喋らなかったから。あたしの口から言うのは初めてだけど。でもどうせ、当時も言えなかったけどね。非道い事件すぎて。美結が可哀想《かわいそう》すぎて……」

　安珠は俯《うつむ》いて自分の目を隠す。

「あたしも少しだけ、関わってるし」

「どういうことだ？」

「まず、パソコン貸して。事件の詳細出すから」

　忠輔は自分の席を妹に譲った。安珠はインターネットで検索をかけ、あるサイトを表示する。

「ここが一番分かりやすいかな、と思う」

　安珠が立ち上がり、忠輔は自分の席に戻ってモニタを覗く。

　それは、未解決の刑事事件を集めたサイトだった。安珠が表示した記事を読み出した忠輔は身を固くし、たちまちのめり込んだ。

同時刻、空の上のゲストルーム。

「見てもらいたい動画がある」

一柳美結の目の前で田中晃次の瞳は輝いていた。

「私が編集したものだ」

「動画？　なんですか？」

美結は身を縮こまらせた。

「もしやまた……」

田中はかぶりを振った。

「私のバイオグラフィーではない。別の人間についての動画だよ。過去のテレビ番組をまとめただけだが」

美結は激しく嫌な予感に襲われた。

「それって……」

見たくない、と首を振って意思表示をする。だが田中は構うことなくリモコンを操作した。たちまちプロジェクターが起動し、壁に映像が映る。

「事件を振り返りましょう」

またもや視界に溢れかえるような巨大サイズ。それだけで苦痛なのに、その内容は更に美結の神経を痛めつけた。

「杉並《すぎなみ》一家殺害事件。添田家を襲った悲劇は、世間にはその呼び名で知られています」

視界が一気に暗くなる。脳天を殴られたのと一緒だった。大きな関係者図のボードの前でレポーターが指し棒を振るい、もっともらしい口調で説明する構図が虚《うつ》ろに目に映る。

やがて音声が、頭の中でようやく意味をなし始めた。

「警視庁による正式名称は上十島《かみとしま》一丁目一家三人強盗殺人事件。発生は八年前です。六月二十九日午後七時ごろから九時頃にかけて、東京都杉並区上十島一丁目の会社役員宅で、添田勲《いさお》さん（当時五十七歳）・その妻の美桜《みお》さん（当時四十七歳）、長男の中哉《ちゅうや》君（当時十二歳）の三人が惨殺されました。九時半頃、帰宅した長女（当時十七歳）が発見、事件が発覚しました」

ああ、というコメンテーターたちの溜《た》め息《いき》が聞こえる。白々しい、底の浅い同情。聞くに堪えない。

「犯人は指紋、血痕《けっこん》、靴の跡の他、数多くの遺留品を残しています。そして殺害後も屋内に留まり、長女が帰宅してから、隙を見て逃走したことが明らかになっています。なおかつ、少なくともその後数時間は現場の近くに留まっていた、おそらくは警察が到着し、捜査を開始するのを見守っていた痕跡があります。そうした異常な行動が明らかになっているにもかかわらず、未だに犯人の特定に至っていない。捜査特別報奨金制度の対象事件に指定されていますが、いまに至るも決定的な情報は得られていません」

「知ってるかい？　これ。ご覧の通りいささか下世話な、ゴシップをよく扱う番組だが。放送されたのは、今年に入ってからだ」

美結は答えない。答える気にもならない。

実際、こんな番組は初めて見た。そもそもワイドショーは見ないようにしているのだ。

「犯人は犯行時に手を負傷しており、その時に現場に残された血液から血液型はＡＢ型と判明しています」

別のレポーターがさらに細かい状況を列挙し始めた。

「殺害された一家にＡＢ型の人間はいません」

サイバーフォースのオペレーションルーム。安珠の目の前で、兄はなおもパソコンのモニタに映る文字を読み込んでいる。
・犯人は犯行時に右手を負傷していると思われる。現場では救急箱が物色されており、犯人の指紋が付着した絆創膏《ばんそうこう》、血痕が付着したタオルなどが散乱していた。
・その血液からは薬物反応は出ていない。煙草《たばこ》の成分は微量ながら検出されているが、受動喫煙の可能性もある。
・遺伝子解析の結果、ミトコンドリアＤＮＡのハプロタイプではＤ４タイプであるという結果が出た。日本人では最も多いタイプである（全体の32％以上）。
・被害者の傷痕などから犯人は右利きであることが分かっている。
・指紋は被害者宅から数個発見されたが、過去の犯罪者の指紋データとは合致がみられない。形状は渦状紋。これも日本人に最も多いタイプである。
・現場に残されたジャケットから、犯人の身長は一七〇センチ前後、胴回り八〇センチ前後の可能性がある。

忠輔が顔を上げた。兄の視線を目で追っていた安珠は、犯人の残した情報の詳細を読み終わったことを察した。安珠は読まない。あえて記憶を上書きしたくはなかった。

「そんなに熟読することもないけど」

自分で読んでくれと言ったのに、安珠はそう言ってしまう。だが忠輔は再び記事の別の部分に没頭した。安珠は躊躇《ためら》い、そして思い切って兄に身を寄せ、モニタを覗いて細かい文字を目で追い始めた。
・被害者の胃の内容物などから、殺害の推定時刻は二十九日午後八時三十分頃とされている。犯人は一階の書斎にいた父親を殺害後に、異変に気づいて書斎にやってきた母親を襲い殺害、最後に二階の自室から降りてきた長男を襲って殺害したと見られている。
・父親の遺体は一階の書斎、母親は書斎の外の廊下で発見されている。長男の遺体は階段を上りきった二階の廊下にあった。下から駆け上がり長男を背後から襲ったものと思われる。
・犯人が持参したナイフの刃が欠けたため、被害者宅にあった文化包丁も使われていた。
長男殺害はこの文化包丁によって行われた。

他にもたくさんの細かい事実が載っているが、安珠は耐え切れずに目を外した。

「あたしも、ここまでしっかり、事件の全貌《ぜんぼう》を知ったのは初めて」

パソコンのモニタから離れる。顔から血の気が引いているのが自分でも分かった。

「ドキュメント本も何冊も出てるくらいだから。いい加減な内容のものが多いみたいだけど」

やがて記事を隅から隅まで読み終え、過去の事件の全容を把握した忠輔は、ただ黙っていた。

「ね？　美結ってこういう子なの。他人じゃない」

安珠は兄に向かって声を強めた。

「あたしたち、あの子の気持ちが分かる」

「彼女は親も兄弟もぜんぶ、一度に失ったんだ。ぼくらとは違う」

忠輔はそう言った。安珠は黙って頷く。

それを水無瀬がじっと見つめている。ゴーシュもウスマンも同じだった。もの問いたげに忠輔を見つめるが、忠輔は一人物思いにふける。

「それにしても、非道い事件だ……」

「犯人が捕まってないなんて嘘みたいでしょ」

忠輔は頷く。自分の知っている人間が味わった苦痛について、考えている。その深さを想像し、実感し、己に刻みつけようとしているのが安珠には分かった。

「八年ぶりに会って、あの子の笑顔を見てホッとしたの。笑えるようになったんだ、って。事件が起こって以降、高校では一回も笑顔を見られなかったから。それどころか人と口を利かなかった。あたしも、話しかける勇気がなかった」

後悔の響きを声に聞き取って、忠輔は妹に目を向ける。

「あの子が刑事になってるなんて、凄く驚いた。でも……納得がいく気もする」

「うむ」

忠輔は言葉少なに頷いた。今までじっと黙っていた水無瀬が口を開いた。

「こうした事件の関係者は、普通は警察官になられへん。志願しても落とされる。門前払いや。だがなぜか、あの子は今刑事になっとる」

「水無瀬さんは、ご存知なんですね？　彼女が警察官になれた理由を」

忠輔の鋭い問いに水無瀬は一瞬黙ったが、

「まあな」

と小さく頷いた。

「美結が警察に入ることを許した人間は知ってる。ただ……」

頭を振る。口を噤んだ水無瀬に、忠輔はそれ以上訊かない。安珠も質問をぶつけられない。ただ、知った。

一柳美結は警察に見守られてきた。

ミューはもしかすると、ひとりぼっちでいたわけではないのかもしれない。

10

「田中がなぜミューを呼んだのか。分かる気がするよ」

少年の声がゆっくりと言った。

「ミューの過去だ」

「……てめえ」

小西哲多は獣じみた唸り声を出した。運転席から後部座席を振り返る。

「知ってやがるのか」

「だいたいはね」

そこにあるチャールズの目は澄み切っていた。小西は、妙に眩《まぶ》しく感じる。

「なぜ彼女が刑事になろうと思ったのか。本来はなれないはずなのに、どうしてなれたのか。考えるべきポイントはたくさんあるが、一番のポイントは、犯人がまだ捕まっていないことだね。それが全ての根本にある」

「……また警察を非難する気か」

「飽きたよ、そんなこと」

チャールズは疲れたような笑みを見せる。

「これほどの証拠がありながら捕まらない。おかしいだろう、どう考えても。小西……君のモバイルの電源を入れることを許可する。ミューに電話してくれないか？」

「何？　どうしてだ」

「決まってるだろ。分からない？」

チャールズは呆れたように鼻で息を吐いた。

「もう、中に入ってだいぶ経《た》つ。田中と相見《あいまみ》えているところだろう。だから彼女に頼むんだよ、田中が目の前にいるんなら田中を殺せと」

「ふざけるな」

小西は目を剥いて少年を睨む。

「美結がどんな目にあったか、てめえ本当に知ってるのか？」

ドスを利かせて言った。

「ご両親はナイフでメッタ……何カ所も刺され、弟は……一番非道い殺され方をした。俺の口からは言いたくない」

チャールズも口を閉じた。誰であれ、口にしたくない事柄というものがある。

「考えてもみろ。第一発見者は……美結だぞ」

小西はいつしか、わなわなと震えていた。

「そんなろくでもないこと……あっていいのか」

チャールズはなおも口を噤む。小西は、少年の悲しい眼差しに気づかずに喋り続けた。

「しかも、美結が帰ってきたとき、犯人はまだ家にいた可能性がある……あの子まで殺《や》られるところだった」

鼻息荒く、しばらく視線をあちこちに彷徨わせていた小西の目は、再びチャールズを捉えた。

「そんな女の子に、誰かを殺せなんて言う気か。お前が本気なら、いいか。俺はお前を殴る」

「ミューは殺人者を憎んでいる」

チャールズはそう返答した。

「自分の家族を殺した犯人はもちろんのこと、全ての人殺しをね。小西、ぼくを見くびるな。ミューの過去など全て知っている。お前が知らないことさえ知っている」

「なんだと？」

詰め寄るが、チャールズは小西の視線を受け流した。

「ミューがこれほどの大量殺人者を憎まない理由があるか？」

小西はぐっと押し黙ってから、少し首を傾げた。

「美結は刑事だ」

答えはそれで充分、という感じで続ける。

「そもそも、あいつがどうして刑事になろうと思ったのかは知らん。家族を殺した犯人を自分で捕まえたい。そう思ったのかもしれない。だが今あいつは、自分のことばかり考えてるわけじゃない。それどころか、いろんな同僚や上司を見倣って、立派な刑事になろうと決めてるんだ。本気で。俺には分かる」

「ほう？」

チャールズはニヤニヤした。小西は動じない。

「お前が何を知ってる。俺は、一年ずっとあいつをそばで見てきた」

声に籠もったのは、揺るぎない誇りのようなもの。

「あいつには……どうにも悲しいところがある」

口調が変わる。チャールズは思わず、運転席の強面《こわもて》をまじまじと見た。

「笑いはするが、いつもどこか悲しい感じがする。なんでだろう、と俺はよく考えた。だけどある日、ふと分かった気がした。あいつはたぶん、笑う自分を許せてないんだ。心のどこかで」

小西は両の拳を握りしめた。今にもどこかに叩きつけそうだった。

「家族は全員、苦しんで死んでしまったのに、どうして自分は生きて笑ってる？　そう思ってるんだ。ひでえ話だろ」

チャールズは答えない。じっと動かず、目の前の日本人刑事を見つめていた。

「あいつを放ってはおけない。一人にしない」

小西は言い切った。

「あいつには、仲間が必要なんだ」

「そんなミューに田中が関心を持った」

チャールズが言い、小西は少しビクリとしてしまった。すぐに詰め寄る。

「どうしてなんだ？　あんなとんでもない男が、美結に何の用がある」

「田中の物好き、酔狂は病気レベルだ。生きい残りに興味があるんだよ」

「…………」

小西は前方のビルを睨む。今にも殴り込みに行きたそうな顔だ。

「警察幹部は、あっさり田中の要請に応じた。これは、ただの屈従《サブミッション》か？」

チャールズはニヤニヤと顔を緩めた。だが目は笑っていない。

「あるいは――ミューは爆弾かもしれないぞ」

「どういう意味だ？」

小西はガバリと振り返る。

少年の視線はフロントグラスの向こう側に突き抜けていた。

「誰かがミューに爆薬を仕込んだんだ。どこで爆発するか分からない」

「美結は自爆テロリストじゃねえぞ！」

「うん。もちろんレトリックだ」

チャールズはバカにしたように言う。

「化かし合いが始まってるんだよ。一発勝負のポーカーだ。全員がお互いの手の内を読み合ってる。誰の持ち札が一番強いか考えてる。うん……面白い勝負になりそうだ」

11

「どうかな。君の口から聞かせてくれないか。八年前の悲劇について」

ゲストルームにある柔らかい光。計算し尽くされた間接照明の明かりの中で、主演を務める舞台俳優のように男は言った。

答えを返すまでに、美結は十秒近くを要した。

「……そのために、私を呼んだんですか」

「まあ、そうだ」

田中は首肯した。

「君に興味を持たないとしたら、ただの愚か者だ」

美結は、言葉を返さなかった。静かに頭を振ることで答えた。

全く理解できない。世界中で人が死ぬことを笑顔で後押ししてきたこの男が、なぜ今更八年前の殺人事件に興味を持つ？　確かに日本では際立った、悲惨な事件かもしれない。だが世界の紛争や虐殺に比べればどうということはないではないか。

だが——自分にとっては確かに、世界中のどの悲劇よりも悲劇だ。美結は目を閉じる。

家族を失った日のことを、意識して振り返ることはない。それは、習性だ。自衛本能と言うべきかも知れない。記憶に捕まると身動きできなくなってしまう。できるだけ記憶を曖昧にしよう、自分をあの頃に戻すまい、という心の働きがある。

あれから八年経っている。心に平穏が訪れることも増えた。それはいいことだ、と他人なら言うだろう。夜に見る夢の中に家族が出てくることも、少しずつ減っている気がする。それでも未だによく見る。夢の中では家族は必ず生きていて、以前通りの平穏な暮らしを続けている。夢を見ている間は、死んでしまうなんてことはひとかけらも考えない。一緒に笑ってご飯を食べてテレビを見ている。ずっと続いてきた日常を一緒に過ごす。たまには家族旅行に出かけたりもする。かつてみんなで行ったところも、そうでないところにも。

夢から覚めると、美結はいつも感じる。現実の方が悪夢なのだと。自分はどこからどう見ても一人きりで、家族は二度と戻ってこない。

あの夜、家の中で、家族は動かなくなってしまっていた。

ということは、あの日の朝が——家族との最後の時間だった。どうして私はもっとゆっくり朝食を楽しんで、会話して、父や母や弟の顔をじっくり見なかったのか。あの朝は学校に遅刻しそうだったから、あわてて家を出た。行ってきますさえ言わなかったんじゃないか。

そしてあの日に限って、どうして帰りが遅くなってしまったのか。

後悔と呼ぶには生ぬるすぎる感情。ただいま、という声を聞かせられなかった。もう少し早く帰ってきてさえいれば……自分も殺されていたかも知れない。その方がよかった。そうなるべきだった。心の底からそう思う瞬間がある。これまでの人生で、数知れず。

家族団欒《だんらん》を描くテレビドラマを美結は未だに見られない。クリスマスやお正月やお盆、家族全員で過ごしていた時期は感情のスイッチを切る。一緒に過ごす人間はいない。呼ばれても親戚のところへは行かない。気遣いは有り難いが、どうせ笑うことができない。申し訳ないだけだ。

一番闇が深かったのはやはり、事件の直後から一年ほどだった。学校へ行くのが難しかった。行けても、誰とも話せなかった。周りも気を遣って話しかけてこなかった。以前の日常はガラスを一枚隔てた向こう側へ行ってしまい、もう二度と手に入らない。そう悟った。

いや、そもそも——あたしは本当に生きてるのか？

実感がなかった。気がつくとふらふらと高いところまで上って、地面を覗き込んでいた。あれは確か事件の三カ月ほど後のこと。美結は、親戚が借りてくれた仮住まいのマンションの屋上の柵を越えて縁に立った。

もうよく覚えていないが、美結は無造作に足を進めたはずだ。死に向かって。だがすんでの所で、何かが美結の足を止めた。

決断の瞬間があった気がする。そして自分は明確な意志とともに踵を返した。以後二度と、屋上の縁に立つことはなかった。自分を死に近づけようとはしてこなかった。

あの日を境に、何かが楽になったわけではない。やはり生き続けることは容易ではなかった。目的が分からないのだから。

ただ、あの日から少しして学校に戻ることができた。誰とも口を利くことはできなかったが、高校を卒業することはできた。気がついたら大学生になっていた。高校三年の早い段階で推薦入試による進学が決まっていたことは、おそらく幸いだったのだろう。ただエスカレータに乗るように決まったことをこなしていれば生活できた。親戚の財産管理のおかげで入学金も授業料も生活費も気にする必要がなかった。親戚——母方の祖母の妹、つまり大叔母《おば》――は、天涯《てんがい》孤独となった美結を養子として迎え入れてくれさえした。一柳という新しい姓を得た美結はロボットのように入学式に出、授業に出続けた。文学部でなんの目的意識もなく学んだ。だが大学は、高校ほど密に人と接触しなくてすむのが有り難かった。人と触れ合わずに登下校を繰り返した。むろん友達などできなかった。

だが――二十歳の誕生日が近づいてきた頃。美結は自分の中に変化が生じていることを自覚した。少しずつ、目が覚めてくるような感覚だった。

あたしが二十歳。大人、になる。でも弟の中哉は小学六年生のまま。中学生にさえなれなかったのに、あたしだけが歳《とし》をとってゆく。これからも生きてゆく。

……死なないなら、生きてゆくしかない。

目的がないなら、見つけなくては生きてゆけない。やがては大学も卒業してしまう。卒業したら社会人にならなくては。なんだか信じられないが。

かつては夢があった気がする。なりたい職業を、友達と熱く語り合った憶えがある。もう忘れてしまった。あたしは違う人間になった。もはや家族を失う以前の自分を思い出せない。普通の高校生が持っていた夢も、同級生に抱いていた淡い恋心も、かき消えた。青春は終わってしまった。

どうしたい。あたしは、これから？

日を重ねるにつれ、自分の中でだんだんと、答えが像を結んでいった。

家族が消えた後の日々の中で、自分の中に最も強く刻まれているもの。それは――必死に捜査を続け、しかし全く成果を出せず、疲弊してゆく刑事たちの姿だった。

彼らが美結に朗報を届けてくれたことはほとんどない。新たな目撃情報が寄せられた。遺留品の出所が分かりそうだ。最新技術によってDNA鑑定の結果が出た……そのことごとくがぬか喜びだった。犯人の背中は、見えるどころか日に日に遠ざかってゆく。しかも年々専従捜査員は減っていった。だが決して諦めず捜査を続け、時に美結に報告しに来てくれる刑事がいた。所轄の高円寺《こうえんじ》署の老刑事、唐沢《からさわ》だ。

美結ちゃんが成人する前に……が唐沢の口癖だった。やがてその口癖は、自分が定年する前に……に変わった。だが虚《むな》しく丸四年が経過し、犯人は捕まらず、唐沢刑事は定年を迎えた。

「すまない、美結ちゃん。定年までには必ず……と思っていたんだが」

唐沢は美結の前で、地面に付きそうなほど頭を下げた。

「ありがとうございました」

美結は心から礼を言った。大学卒業を間近に控えた美結が、警察官採用試験を受けると決めたことは言わなかった。唐沢さんがどんな顔をするか怖かった。しかも、合格はおそらく無理だ。自分の経歴に問題がある。母方の親戚の姓に変わっているとはいえ、自分は一家皆殺し事件の生き残り。そんな人間が警察官に採用されるはずがない。

それでも美結は迷わなかった。真剣に試験勉強に取り組み、必ず合格するという意気込みで臨んだ。家族を失って以来、美結は初めて何かに真剣に取り組めた気がした。結果は二の次だった。どうしても受けなくては気がすまなかったのだ。

そして美結は試験に合格し、気づくと府中《ふちゅう》市の警視庁警察学校に入所していた。訓練と授業が始まって一カ月ほど経ち、肩を叩かれて出て行けと言われないことを確認してから、美結は唐沢に報告の手紙を送った。返事は、すぐ来た。そこには驚きと、素直な喜びが訥々《とつとつ》としたためられていた。そして相変わらずの、逮捕できなかったことへの謝罪。それから、どんなことでも相談に乗るからいつでも頼ってくれという温かい言葉。配属先が決まったら教えてくれ、とも。

自分を親代わりと思ってくれ。そう言いたかったのかも知れない。不器用な愛情が文面から、文字から滲《にじ》み出ていた。美結は涙を堪《こら》えられなかった。その書面はいまも大切にしまってある。だが、警察学校を卒業して足立《あだち》署交通課に配属になっても、配属先は知らせずじまいだった。その後異動を繰り返しても詳しいことは伝えていない。唐沢さんのことだ、配属先を知って、そこに知り合いがいれば「美結ちゃんを頼む」と言って寄越すに違いない。そんな余計な気は遣わせたくなかった。

一人前の警察官として、自分の力で生きてゆく。それが望みだった。

警察官となってから唐沢には一度も会っていない。当時の事件でお世話になった他の刑事にも会っていない。仕事上で会う機会も一切なかった。組織としての配慮だろうか？　ここまで会わないのは予想外だったので、美結はそう思うようになった。どんな手違いで殺人事件の遺児を採用することになったかは分からないが、今更解雇するわけにもいかない。となれば、せめてつらい過去に向き合わせることのないよう、自分がかつて住んでいた東京西部とは正反対の東京東部に配属させているのかも知れない。そんな気もした。少なくとも、自分の勤務地は杉並区に近づいたことがない。

当時世話になった刑事たちに、あえて自分から会いに行くこともむろん、していない。彼らも気まずいだろう。なんと言葉をかけたらいいか分からないだろうし、美結としても、唐沢さんのように謝られてもどうしたらいいか分からない。それ以前に、美結が警察にいることと自体が問題にされたら藪蛇《やぶへび》だ。事を荒立てるつもりかと誤解されて警察から追い出されたくはなかった。

当時の捜査の最高責任者、城之内《じょうのうち》刑事部長はもう現職ではなく、別の県警に異動していることは確認していた。もしかすると、添田家の事件が未解決のせいで責任を取らされたのだろうか？　まさかそんなことはないだろう。キャリア組に異動はつきもので、県警の要職に就いてから本庁に戻って来るというパターンも多い。あれは確かに大黒星かもしれないが、城之内は他に山ほどの難事件を解決させているはずだ。城之内さんがいま東京にいないのは偶然に過ぎない。

ただ、未解決事件は彼の心にトゲのように刺さったままだろう。高校を卒業する際にわざわざ美結に頭を下げに来た城之内は、まさに痛恨という顔をしていた。取り逃がしたことを悔やみ、心底恥と感じていることが伝わってきた。あの時のことも、忘れることはできない。

本庁の刑事部には今も、添田家の事件に関わった刑事が何人もいるはず。もしかすると捜査本部で一緒になったことがあるのかも知れないが、美結はかつての捜査員全員を把握しているわけではないし、向こうがそう言い出さなければ美結には分からない。

「とにかく興味深いケースだ」

魅力的なバリトンヴォイスが、美結の中に流れる記憶を止めた。

「これだけ派手で、これだけ証拠が残っていながら、未だ犯人が捕まっていないとは」

田中は再び壁にテレビ番組の映像を映し、それを見つめながら喋っている。

「やめてください。もう充分でしょう」

美結は言った。自分でもハッとするほどきつい声だった。だが、壁に映し出された映像が醜すぎるのだ。低俗な好奇心という脂にまみれてテラテラ光る生肉のようだった。

「あなたはただの俗物ですね」

美結はなおも男を詰《なじ》る。

「単なる興味で私を呼んだんですか」

「君の家族の話を聞きたい」

田中に気を悪くした様子はない。正面に向き直って訊いてくる。

自分に切っ先を突きつけてきた。美結はそう感じた。

「君の家族も整理された。そうだろう？」

12

井上とようやく連絡が取れた。雄馬はさっそく会う段取りをつける。警察庁の駐車場からインプレッサで神田に向かった。さっき来た道を戻る恰好だ。

井上は、大学病院の斜向《はすむ》かいにあるファミリーレストランにいるという。店に着いて扉をくぐると、入り口のすぐそばの四人掛けの席に井上が一人で座っていた。和食膳が井上の前にある。店内に他に客はほとんどいない。

「朝飯、まだだろう？　君も食って」

井上は雄馬を見るなり言った。雄馬は座ってメニューを開くが、食べたいものが見当たらない。悩んだ挙句パフェを頼んだ。いま脳が判別できるのは甘味ぐらいな気がした。

「病院に行ってきた」

井上は箸を置いて言った。

数時間ぶりに再会した墨田署強行犯係長が、病院の地下に降り部下の労を直接ねぎらってきたことは聞かなくても分かる。雄馬にはかける言葉がなかった。憔悴《しょうすい》も露に座っている井上の姿は、胸に痛すぎた。

直属の部下の一人が殉職。一人が重傷を負って治療を受けている最中だ。更に言えば、もう一人がCの人質となり行方知れず。井上は、目の前で見失ってしまった。

そしてもう一人は、Cに抹殺指令を受けている人物の元へ送られている。井上にそのことを伝えなくては。だが気軽に口にできない。この人の部下全員が離散した形だ。その心境たるやいかばかりだろう。

雄馬は無難な話題から入った。

「機捜の冨永さん、まだいましたか」

「ああ、いた。小笠原管理官も」

「……そうですか」

あの男はまだ打ちひしがれている。十年以上前に別れた元妻の死に。

「井上さんは……ご存知でしたよね」

「元夫婦だったことか？　もちろん」

言葉少なに答える。

会話が続かなかった。

井上の目の前の煮魚はほとんど手つかずだった。食べなくてはならない、と己に強《し》いて注文したが、喉を通らないのだ。大事な人間がいなくなると食欲も消える。

それでも井上は、思い出したように箸を伸ばした。懸命に、魚の身のカケラを口に運ぶ。ふいに涙が溢れそうになり、雄馬は天井を仰いだ。歯を食いしばって堪える。

福山の遺体を前にしても麻痺したままだった自分が、井上の顔を見たとたん堪えがきかなくなっている。自分の様子を悟られまいと頑張り、どうにか前を向いた。

「あの……どうしたんですか、その顔」

雄馬はついに訊いた。この店に入った時から目を引いた。井上の左の頰があからさまに腫《は》れていたのだ。

「年甲斐もなく、カーチェイスなんかした報いだな。車内でぶつけた」

井上は苦い笑みを浮かべて見せた。

嘘だ。明らかに殴られた痕だった。やったのはおそらく、井上から追跡権限を奪おうとした公安刑事。雄馬は気の咎《とが》めを感じる。兄の部署だ。もし兄が直接絡んでいたらと思うといたたまれない。

「小西さんの車を見失ったのは……」

「門前仲町《もんぜんなかちょう》の辺りだ」

「ぼくも、あの辺りから……湾岸地帯から戻ったばかりです。一柳巡査を送ってきました。

彼女は特命を受け、田中氏の元へ」

　ついに伝えることができた。井上の表情が凍る。

「そうか……あの動画の人物のところへ」

　溜め息のような声が返ってきた。

「見ましたか、動画」

「ああ。交通課の若い奴が見せてくれた」

　井上の顔に苦悩が加算され、四十代とは思えない無数のシワが刻まれている。この男は今や、手足をもがれたような気分だろう。

　だが自分がいる。雄馬はそう思った。

「井上さん。これからぼくが行動を共にします。一緒にCを捕らえましょう」

　せめて自分が、少しでもこの男の力になりたい。

　井上は目を円《まる》くして雄馬を見た。

「今ぼくらに出来ることはやっぱり、Cを追うことです。それが、東京の混乱を収める早道です」

「そうだな」

　井上は深く頷いた。その目に浮かぶ悲壮な色を、雄馬にさらす。

「雄馬君。Cを捕らえ、田中氏を守る。野見山長官のご意向は、揺るぎないんだよな」

「はい」

井上は切なげに頭《かぶり》を振る。その複雑な思いは痛いほど分かると思った。

田中とは、世界でも指折りの武器商人。それ以上に、黒い噂の塊《かたまり》。世界中の権力者と結びついている、下手《へた》をするとこの国で最も力のある人間かもしれないのだ。

「長官は昔から田中氏のことを知っているようです。水無瀬さんも」

雄馬は、自らの入り組んだ思いを言葉にしようと試みる。

「ぼくの直感でしかありませんが、二人は、ただ田中の言いなりになっているつもりはないと思います。もしかすると……」

その先は口にできない。井上は一瞬すがるように雄馬を見、雄馬の苦しみを察した。

「……話がでかすぎるな。俺たち下っ端には手の届かない、世界を動かしてる側の人間たちの話だ。じゃあ、俺たちに出来るのは」

「Cの逮捕」

「それしかないか」

雄馬は強く頷く。

「チャールズが、田中氏の住居に直接近づくような危険な真似《まね》をするかどうかは分かりませんが……東京をジャックしたのも、田中氏を威圧するため。自分の力を見せつけ、逃げも隠れもできないぞ、と脅している。これからも新しい手を繰り出してくるはずです」

「それを阻止するのが、俺たちの任務か？」

井上は自分にも問い掛けていた。雄馬は答えに詰まる。だがどうにか言った。

「……水無瀬さんは、チャールズを殺させるな。見つけたらとにかく連絡してくれ、と」

「手を結ぶことも考えてる。そういうことか？」

雄馬は黙って頷いた。そして迷いながら言葉を紡《つむ》ぐ。

「チャールズはなぜか、田中の居場所を世界に明かしてはいません。ツイートで出せばシンパや、一般市民さえ田中氏のところに集まって抗議したり、破壊活動に及んだりするかも知れない。それは望んでいない、ということかもしれません」

「田中氏は余りに危険だから、シンパを向かわせたくないのか」

井上も首をひねる。

「それとも……何か考えが」

雄馬は同意する。

「何か企んでる可能性の方が高いと思います」

雄馬が言うと、井上は激しくまばたきを繰り返す。

「俺は、一瞬だが、Ｃの姿を見たよ」

呆然たる声。

「本当に子供だった。あんな子が、この東京を麻痺させたのか……そう思ったら、なんだか情けなくてな。おもちゃか何かみたいに、こんな大都市が手玉に取られるんだなと思うと」

「子供というのは見た日だけです。チャールズは……巨人ですよ。恐るべき頭脳をフルに使って、辛抱強く時間をかけて、まんまと東京を手に入れた」

「正義のためか。彼の動機は」

「そうですね。彼なりの」

雄馬は条件をつけた。そして言い足す。

「それに、復讐です。妹の」

「心情的には、分からんではないな」

井上は遠い目をする。

「……ぼくもそうです」

「だが、乱暴すぎる。大勢の人が危険にさらされてる」

「はい」

「最後の手段、忠輔先生の説得にも応じないとあれば……やはり確保するしかない」

「同感です」

「確保したCをどうするか。それは、野見山長官の判断に任せるしかないわけだな。うん……俺たちは長官を信じて動こう」

悩むのはここまで。そんな様子で、井上は再び箸を動かし始めた。

「水無瀬さんに、報告だけ入れときます」

雄馬は井上に断ってスマートフォンを取り出してかける。相手は出てくれた。

「井上さんと合流しました。これから一緒に、チャールズと小西さんの行方を追います」

『そうか。頼んだぞ』

水無瀬は親身な声で言った。

『こっちからも援護射撃したい思て、チャールズの電子機器の電波を傍受《ぼうじゅ》して位置を突き止められんかと思ったが……抜かりないわ。無数の中継ポイントを準備して、発信源を攪《かく》乱《らん》する仕組みや。ゴーシュにも問い質したが、チャールズはシンパたちに動員をかけて、水も漏らさぬ中継網を拵《こしら》えてたらしい。やりよる。初めから自分で乗り込んできて東京を自由に泳ぐ気やった。ちゅうわけで……足で探すのが一番確実やな。しんどくて申しわけないが』

「了解です。こちらは初めから、その覚悟ですから。それで、水無瀬さん」

雄馬は少し声を上擦らせてしまう。

「その後、美結から連絡は？」

『ない』

「そうですか……」

『美結は無事や。心配するな』

水無瀬の声は神妙な調子になった。

『井上さんのこと頼むぞ。相当しんどいところやろうけど』

気遣い。分かりました、と雄馬ははっきり言い、

「アンチハッキングは変わらず順調ですか？」

気を取り直して訊いた。

『うん。東京西部の送電システムのスキャンを終えてウイルス駆除に入っとる。まもなく完全に電力を取り戻せる』

「よかった」

『鉄道は後回しにさしてもらって、今は省庁のシステムを重点的に調べてる。スキャンを渋ってるところも多いから、まだ半分も終わってへんが……今のところ意外に被害は少ない。ただ、案の定、大手銀行や証券関係が重症なのが判明した。そっちを急いでるところや』

「Ddos攻撃のほうは？」

『勢いは全く衰えとらん。ＡＣＬ《アクセスコントロールリスト》でフィルタリングを頑張っとるが、一時凌《しの》ぎや。とてもやないが追っつかん。チャールズのボットネットは巨大すぎて、今のところ決定的な対抗策がない。情けない話やが』

やはり未だチャールズ優勢。本人を押さえるのが最も効果的な反撃だ。

「チャールズ捜索に力を尽くします」

雄馬は力を込めて言った。

『おお。悪戯っ子をふん捕まえて、こっちの仕事楽にしてくれ。発見したら報告を頼む』

水無瀬は念を押す。雄馬は含意を感じながら、

「了解しました」

と返す。聞いていた井上が素早く雄馬に言ってきた。

「水無瀬さんに、都内の治安について訊いてくれるか？」

雄馬は、サイバーフォースで技官たちから聞いたことを短くまとめて伝えた。電話の向こうの水無瀬も察して付け加える。

『井上さんに、心配には及ばないと伝えてくれ。全署が頑張っているからな。TRTの周りだけは相変わらず人が集まってるみたいやが』

「署長や課長に、くれぐれも頼むと言って出てきたんですが」

という井上の言葉を伝えると、

『うん、まあ、頑張ってるんちゃうかな。北畠《きたばたけ》のお坊ちゃんも意外に踏ん張っとるようや』

という答えが返ってきた。墨田署の北畠署長の頼りなさは、雄馬も捜査本部で見てよく

知っている。終始他人事のような顔で座っているキャリアの若署長に対して怒りを覚えずにはいられなかった。日常的に指示を受けている墨田署員の無力感はいかばかりだろう。

『部下の犠牲で目が覚めたのかもしらん。自分がやらなしゃあないって』

その言葉を、そのまま井上に伝えることはできなかった。願わくは、福山が逝く前に自覚してほしかった。後の祭りだ。

『気をつけてくれよ。またどんな邪魔が入るか分からん』

「はい。公安の動き、何かつかめてますか？」

雄馬が吐《は》いた公安という言葉に、井上が鋭く反応する。

『増田さんの答えが渋いんや』

水無瀬は済まなそうに言った。

『公安部長でも把握できてない。まあ、もともと増田さんは公安歴が浅い。下からはお飾りみたいな扱いやからな……奥島たちの動き、俺らもしっかり追わなならんのやけど』

「いや。大丈夫です。あんな連中怖くはない」

雄馬は啖呵《たんか》を切っていた。

「卑怯で勝手な……裏切り者なんか。しかも、連中に一度勝ってる井上さんが一緒です」

目の前の井上が目を円くする。

『ふふ、そうやったな。こっちもできるだけバックアップする。いつでも連絡くれ』

「そちらもお忙しいでしょう。ほどほどに頼ります」

『分かった』

電話を切り、雄馬は訊いた。

「井上さん。教えてください。小西さんの車はどっちへ行ったのか」

井上は頷いた。

「まず、あいつらを見失った所まで行こう。それから小西の行動を推測する」

「お願いします」

雄馬は頭を下げた。

「出る前に食い終わろう。力が出ないぞ。それに、寝てないだろう？　車の中で少し寝てから出発だ」

そして井上は顔を少し緩め、

「そのパフェのアイス、俺にもくれるか」

そう言ってきた。

「どうぞ」

押し出すと、井上はスプーンでひとくち取り、口に含んだ。

いい歳をした男が二人、パフェを分け合っている。おかしくなって雄馬は笑った。

その顔に気づいて井上も笑みを浮かべる。

今日初めて見た、てらいのない笑顔だった。

13

「あなたはどうして、私の家族のことを知ってるんですか」

美結は田中に向かって訊いた。もはや口調に遠慮など入れない。この男は自分の過去にズカズカと踏み込んできたのだ。

「有名な事件じゃないか。この事件のドキュメント番組や書籍は、当時から欠かさず目を通していた」

田中は悠然としている。

「でも……私の名前は」

「変わっているね。添田から一柳に。君は母方の親戚の養子に入る形で、添田という名前を捨てた。そして警察官になり、殺人犯を追う刑事となった。驚くべきことだ。本来そんな事は許されないはず。警察はそこまで迂闊《うかつ》なのか？　それとも、何か深い意味が？　こんな面白いことを見逃せるはずがない」

この男は知り過ぎている。隠し立てしても無駄だった。

「君は一夜にしてご家族全員を失った。立ち直るのは大変だっただろうね」

田中は表情を曇らせ、気遣うような言葉を口にする。

「よくぞ、普通の社会生活を送れるまでに回復しただけでなく、殺人犯を追う刑事を目指そうとしたものだ。私は君を尊敬しているんだ」

美結は相手の言葉を額面通りに受け取れない。案の定、田中は興味も露に訊いてくる。

「犯人はいったい誰だ？　犯人の侵入経路は、君の実家の塀を越え、一階のベランダからという説が有力らしいね。捜査本部が検証した結果、男性に限らず女性であっても無理なく侵入可能なことが明らかになっている。だが、玄関から入った可能性も否定できない――つまり知己だった、という可能性がある」

美結は堅く口を閉ざす。事件のことなど、一切口にする気はなかった。

「しかし捜査本部によれば、第三者が知る家族の知人は全て、犯人ではないという結論が下っている」

美結の様子にはお構いなしに、田中は興奮した口調で続ける。

「アリバイがあったり、動機が全くなかったり。だから、全くの第三者による通り魔的な犯行という説が最も有力だが、それにしては殺し方に念が入っている」

自分のセリフがさすがに配慮を欠いていると気づいたのか、田中は言葉を切った。だが結局堪え切れずに訊いてくる。

「聞かせてくれないか。君の、犯人に対する考えを」

「……とおっしゃいますと」

「何もかもを聞きたい。犯人はどんな人間か？　そして、君は犯人に対してどんな感情を抱いているか？　もし会えたらどうするか？」

「答えられません」

美結は、かろうじて聞こえる程度の声を返す。

「それは答えたくないという意味か？　それとも、分からないという意味か？」

「……両方です」

「その感情は当然だ。だが、話してみないか」

田中はソファから腰を上げ、少し距離を詰めてきた。恐ろしく優しい眼差しを向けてくる。

「Cの作った動画にも描かれていただろう。かつて私はサイコセラピストだった。結構人気があったんだよ。クライアントの中には、引退しないでくれと泣いて頼む人もいたくらいだ。どうだ——話してみないか、私に。きっと楽になる」

美結は頭を振る。そして頑《かたく》なに、無言の行《ぎょう》を続けた。

「君には意外かもしれないね。私の経歴が」

田中はめげない。情熱を込めて語り出した。

「でも私にとっては首尾一貫している。修めた全ての学問が私には必要だった。人間の心理、精神構造を探るのは、その中でも最も重要だった。人間とは何か。人間の内面をどう探り、把握すればいいか――私は、数千人の人間の精神と向き合うことで私なりのメソッドを確立した。だから辞める時期も早まった。私なりの結論が出たからだ」

田中はまさしく熟練のセラピストたる口調だった。美結は身震いする。

「深いトラウマを負った人間にもむろん、多く関わった。君ほどの深い傷を負った人間はそうはいない。だから……かつての私の職業意識が疼《うず》く、と言ったら信じてもらえないかな。こういう時、最終的にはやはり、深い傷に正面から向き合い、直視することが求められる。外科手術のようなものだ。君の場合は、犯人が誰であるか明らかにして、その犯人に相応《ふさわ》しい罰を下す。それが最良の治療と考えられる。さて、では――犯人は今どこで何をしてる。君は、犯人にはどんな罰が相応しいと思う？」

美結は口を結んだまま、ただじっとしていた。

だが耳は塞《ふさ》がない。相手の声を遮断しない。

「犯人に、生きている資格はあるだろうか？」

田中の声は止《や》まない。美結は、石になりたかった。

「君は犯人を逮捕したいのか。それとも殺したいのか？」

目の前で問いを発しているのは、人ならぬ何かだった。深い深い闇に飲み込まれていく感覚に襲われる。

「――答えられないか」

返ってきた声は、慈悲深かった。

美結は相手の顔を見てしまう。目には優しい光が湛《たた》えられている。正面から美結を見、ただただじっと待っている。

逃げ場はなかった。

その辛抱強さに、美結は屈した。口を開く。

「……分からない」

田中は微かに眉をひそめた。

「それが君のファイナルアンサーか？　いささか期待外れだな」

そして、冗談めかしてニッと笑う。

「もう少し、何かこう、含蓄のある言葉を待っていたんだが」

「私は、つまらない人間です」

美結は怒り任せに吐き捨ててしまう。

「平凡で、秀でた能力がない。バカで、無能で、刑事失格です」

「自己嫌悪とディプレッションか。気の毒に」

田中は首を傾げ、美結の目を覗き込んでくる。

「テロリストやハッカーに振り回されて自信を失うのは分かる。だが君の根っこに巣くっているのはやはり家族のことだ。闇に消えた犯人のこと。そして、それを見つけられない無力さ」

「そんなこと」

怒りが勝つ。

「誰だって推測できます」

美結は睨みつけた。田中はその視線を受け止め、ふっと笑う。

「そうだね。どうやら私も、平凡なセラピストだ」

そしてすぐに笑顔を消す。

「もう一度訊く」

また美結を真っ直ぐに見つめる。

「君は犯人を殺したいのか？　殺さないのか？」

長い長い沈黙が訪れた。

美結は――自分の中に答えを求めた。

恐ろしく集中して、己を見つめようとした。どれだけ見つめても暗い混沌《こんとん》が渦巻いているだけに思えた。

「……佐々木先生」

ふいに口をついて出た。

その名前が自分の口から出たことに美結は驚いた。

「佐々木忠輔先生と話したい」

田中は眉の端を上げた。その表情にある調和が崩れる。美結の反応はさすがに予測できなかったようだ。

「佐々木。Cが狙った、東学大の講師だね。聞いてはいる」

だがすぐに対応してみせる。

「専門の理論物理学の分野で、世界的に注目を浴びている。時代の先を行くような仮説や論文をいつも発表している。だが、それ以外の分野にもおかしな論文を書き散らしてるそうだね。天才ならではの奇矯《ききょう》さだろうか。そして極めつきは——相貌失認。人の顔を全く見分けられない。そこにつけ込まれて、中国の工作員に利用されて、大変だったようだが」

なんと淀みがないのか。美結は気圧《けお》された。この男は既に把握している。自分に関わる人間を知りすぎている。

「君も彼に心酔しているのか？　彼の配下の留学生たちと同じように」

揶揄するような瞳の色を隠さない。美結が答えないでいると、田中はソファ脇のサイドボードを示した。

「彼と話したければ話せばいい。そのパソコンからビデオ通話をつなげる」

いざ話せるとなると、美結は取り乱した。自分の感情を見失う。

「あ、いえ……私のケータイで」

「いや。つながらない。ここは電波が悪いんだ」

田中は爽やかに言った。

「それに、ビデオ通話の方が顔を見て話せる。嘘をつきづらい。オープンでいいじゃないか？」

その真意が分からない。不気味だった。

美結は田中とパソコンを見比べて迷っていたが、やがて言った。

「……お借りします」

自分には助けが必要だった。この男の城で、この男のそばで、この男の吐いた空気を吸っているとまともにものを考えられない。いま誰と話したいか。誰の吐く空気が欲しいか——それが間違いなく、あのおかしな教師だった。美結は顔を見たかった。声を聞きたかった。

自分の選択に、正しいという確信はまるでない。正直に言えば彼に対しては反発も感じている。タワージャックの最中、チャールズとの言葉の応酬に洗われながら美結は何度も絶望を感じた。この人とは分かり合えない——あるいは、自分はこの人を理解できない。あるいは——空恐ろしさ。底なしの畏怖。様々な感情が瞬間的に生まれては入り交じり、自分を混沌の渦へと叩き込んだ。

それでも、この窮地にあって、思い浮かんだのは忠輔の顔だった。

話したい。その気持ちに揺らぎがないことを己に確かめる。

田中晃次のパソコンでスカイプを起ち上げると、美結はサイバーフォースのアカウントにビデオ通話コールを送った。

第二章　合流

われわれは巨大な恒常的兵器産業を作り出さざるをえなくなってきている。（中略）政治を進めるにあたってわれわれは、軍・産業複合体が自ら求めてであれ、そうでないものであれ、不当な影響力を手に入れることがないよう厳戒しなければならない。権力があやまった場所に置かれ、恐るべき形で高まってゆく潜在的な危険性は現にあるし、今後とも根強く存在し続けることであろう。

ドワイト・D・アイゼンハワー
一九六一年、アメリカ大統領退任演説
（『アイゼンハワー回顧録２』）

1

梓はジョーと一緒にいた。

すぐそばにいる。手を伸ばせば触れられる。それだけで幸せだった。ジョーといればいつも笑顔でいられた。自分が生まれてきた意味が分かった気がした。他には何も要らない、と思った。

お互い十代だった。まだ人生の闇を知る前の青い時代。梓はいつものように、ジョーと手を取り合ってくだらないことで笑い合いながら家を出た。誰かのことを笑い、バカにし、時にはお互いに軽いパンチや蹴りを入れながら、だらだらと広い道を歩いていく。典型的なアメリカの郊外の大作りな景色の中を進む。少女時代に過ごしていたありふれた日常。思い返せばなんと気楽な時代だったことか。だがこの時が突然終わることを梓は知っている。いや、深層意識では、これが夢だということをわきまえてさえいる。

現実の、現在のあたしはヴァンに乗っていて、どこかに運ばれて行く最中――それでも梓はジョーとのひと時を楽しみたかった。もはやジョーに会えるのはここだけ。記憶の中、脳の中だけなのだから。

梓はジョーと戯《じゃ》れ合いながら建物の中に入っていく。そこが日本の、府中市にある警察学校であることを微塵も疑問に思わない。むろんジョーは実際にはこんなところへ来たことがない。ジョーはアメリカから一歩も出たことがなかった。

「梓！」

自分に呼びかけてくる声が、別の懐かしさを呼び起こす。廊下の向こうから同期たちが駆け寄ってきた――一柳美結、そして吉岡雄馬だ。いつも一緒にいたトリオだった。

「誰？」

二人は梓の隣にいる人間に驚いて目を当てる。梓はすぐに紹介した。紹介できることが嬉しくてたまらない。自分の大切な人間同士を会わせられるのはなんと幸せなことだろう。すると二人とも大喜びしてジョーをハグしてくれた。なぜかアメリカ式の歓迎ぶりだ。梓はなおさら嬉しくなった。やっぱりこの二人も、あたしの大切な人間を大切にしてくれる。

この二人はあたしを愛してくれているらしい。

ジョーほど自分を愛してくれる人間にはもう出会わないと思っていたのに。

だから絆《ほだ》されたのだ、と思った。梓は入庁前、警察学校で友達など作るつもりはなかった。全員がライバルだと思っていたのだ。だが気がつけば二人とつるんでいた。しまいには、二人の無防備な笑みが自分にも伝染《うつ》っていた。集合写真で自分の笑顔を目にして梓は呆気《あっけ》にとられた。いつの間にあたしはこんな風に笑うようになったのか。

二人はジョーをしっかり歓迎してくれた後、口々に話しかけてきた。昨日の訓練のこと。今日の授業のこと。来週の柔道大会のこと――梓も喜んで言葉を返す。きつい冗談を言って笑い合う。

ふと気づいた。ジョーは日本語が分からない。あたしたちのやりとりから取り残されて寂しい思いをしているんじゃないか。あわててフォローしようとした。

だが恋人の姿はなかった。警察学校の廊下のどこを見回してもいない。

ああ、行ってしまった。あたしを置いて――ジョー、と梓は名を呼んだ。怒ったの？　私を責める？　自分の事を忘れたのかと。なぜ他の奴とこんなに楽しそうにしているのかと。

もう二度と笑えない。確かにそう思っていたのに、かつてのように笑ってしまっている自分。ジョー、あなたはそんなあたしを許せない？……

「――分で着きます」

無骨な声が耳に突き刺さった。

梓は目を開ける。眩しさに顔をしかめた。

「あと三分で着きます。ご準備をお願いします」

声の主は、ヴァンの運転席にいる若い機動隊員だった。

まもなく目的地に着くと言っているのだ。仮眠をとっていた特殊部隊員を起こしてくれた。その丁寧な口調から敬意を感じた。この機動隊員も特殊部隊に憧れているのかもしれない。喜んで自分から送迎役を買って出てくれたのかも知れない。そう考えるといとおしさも湧く。

隣の陣内が目を覚まして頭を振る。梓を見てぽかんと口を開けた。

「お前。泣いてるのか？」

言われて気づいた。梓の両目から涙が溢れていた。

「何だお前——可愛いとこあるんだな。母ちゃんの夢でも見たか」

ニヤニヤと覗き込んでくる陣内から顔を背ける。梓はうるさいとさえ言えなかった。泣いている自分に呆然とした。

「……まあ、疲れてんだろ。神経が」

何も返してこない梓に、陣内の方が気を遣うほどだった。

「無理すんなよ。しんどい時は、俺を頼れ」

「そこまで落ちぶれてない」

自分の口から出た憎まれ口に感謝した。

「チッ。やっぱりてめえは可愛くねえ」

陣内は後悔に顔を歪めた。

「そんなんじゃ一生嫁に行けねえな！」

「ふん。自分の心配しな！」

喧嘩《けんか》が始まったのか、と運転席の若者があわてて振り返る。そして呆気にとられた。特殊部隊のコンビが、これ以上ないほどゆるんだ笑顔をしていたからだ。

梓は機動隊員に向かってウインクしてみせた。

「安全運転頼むね」

2

「一柳さんから連絡が？」

佐々木忠輔が坂下技官に確かめた。

兄の鋭い声に、安珠は思わず腰を浮かす。ミューから連絡が来た――無事なのだ。話せるのか？

これからどうするか迷っていたところだった。兄は帰って休めと言う。確かにコンピュータに強いわけでもなく、特殊な知識や推理力を持っているわけでもない。むろん霊感や超能力もない。ちょっと目がいいだけの自分は、力になりたくてもなれない。悔しかった。だが帰れない。メッセージボードにメッセージを書き込んだのだ。チャールズから自分宛に返答があるかもしれない。

帰れない理由は他にもある。ずっと気になっていることがあった。だが誰にも確かめられない。確かめることが、何とも言えず怖かった。雄馬がまだここにいれば真っ先に相談していたが、彼はCを追うためにとうに出ていってしまった。

そのCことチャールズは、美結の先輩刑事・小西を脅して車を運転させ、都内のどこかに隠れている。そしてさっきの動画で見た男、田中を殺そうとしている。

今、その田中の元にいるという美結から連絡が来た。

「つないでいいですか」

坂下技官は忠輔に訊いた。今ここには水無瀬がいないのだ。さっきあわてて出ていった。誰にも行き先を告げなかったが、おそらくは上司のところ。忠輔にそれとなく訊くと、

「長官のところだと思う」

という答え。警察庁長官、日本警察のトップだ。安珠にはいまいち実感が持てなかった。ちなみに今は、ゴーシュもこの部屋にいない。ハードワークをこなしてきたためさすがに限界を迎え、休憩に入っている。イオナが休んでいる応接室の別のソファで寝入っているはずだ。

水無瀬がいないとなると、このオペレーションルームの責任者は一介の大学講師ということになってしまうらしかった。

「もちろん」

安珠の兄はわずかに動揺を見せたが、頷いた。

「つないでください」

そして回線がつながる。モニタの一つに、顔が映った。

小さな、影の濃い顔——部屋の中は薄暗いらしい。一瞬誰だか分からなかった。

安珠は鋭く見入る。だがよく見れば、同級生の顔だ。

「これ、一柳さんか？」

忠輔がモニタを指して確かめた。

「そうか、先生は顔が分からないんでしたね……」

辻技官が気遣う。

「そうよ。これがミュー」

安珠は力強く言った。兄の背を押すように。忠輔は頷き、

「一柳さん。元気か？」

いささか間の抜けた挨拶をした。さっきまで一緒にいたのだ。本当は無事か？　と訊きたいのだろう。こちらのウェブカメラからは、忠輔の顔のみが向こうに届いている。安珠は注意深く、自分の姿がカメラに捉えられないようにしていた。

『……はい、先生』

細い声が返ってくる。

『すみません、いきなり連絡して。先生と話したくて』

その声の調子に驚いた。やはり――この男が鍵なのか。

安珠は自分の兄を見る。認めたくはないが、常人と違う何かを持っている男。かつてチャールズはこの兄を慕って止まなかった。飽きることなくメールのやりとりをし、時にはビデオ通話で何時間も話していた。今は留学生たち。そして美結までもが、この素っ頓狂

な男を求めている。

『元気っていうの、嘘かもしれません。私……どうしたらいいか分からなくなってしまって』

画面の中の美結は小さく頭を振った。途方にくれたその様子に、安珠は声をかけたくなったが思い留まる。でしゃばるまい。いま美結が求めているのはあたしではない、兄貴だ。

『日本警察のみなさんにお礼を申し上げたい』

ふいに声が届いた。

優しげな男の声だった。だが画面に声の主は現れない。

『厳重な警備。優秀なＳＰのみなさんに加えて、タワーで人質救出に大活躍だった特殊部隊の精鋭まで差し向けてくれることになった。私のわがままをよく聞いてくださる。そして、一柳巡査まで寄越してくださった——おかげで楽しいひとときを過ごさせていただいています。丁寧にお相手しているつもりだが、少し気分が優れないようでね。敬愛する先生と話したいというので、そちらにコールした次第です』

すみません、と画面の中の美結が頭を下げる。

「いや、とんでもない。話せて安心した」

忠輔はてらいなく言った。

「それで……ぼくに何かできることがあるのかな？」

するとが美結は黙ってしまった。

忠輔は眉をひそめる。言葉にならない言葉を受け止めようとしている。その目では見分けのつかない顔から、何かを感じようとしている。

安珠は、美結に声をかけようと決めた。だが忠輔に先を越される。

「田中さん。お話しできる機会がやってきて嬉しく思います」

画面に映っていない男に話しかけた。サイバーフォース内に緊張が走る。

恐ろしい男にあっさり話しかけた兄に、安珠は呆れた。

「いくつか伺ってもよろしいでしょうか?」

だが、安珠は顔を見て分かった。兄貴は緊張している。この動じない男にしては珍しいほどに。

沈黙が返ってきた。画面の枠の外にいる男は、戸惑っている様子だ。

『あなたと話したいのは、一柳巡査だが……』

迷うような声が返ってくる。

「一柳さんは動揺しています」

忠輔はそう返した。

「まともな会話ができないかもしれない。そして――彼女は、ぼくに喋ってもらいたいのではないかと思うのです。あなたと」

安珠は感心した。兄は一瞬で美結の心の底にある求めを感知した。

画面の中の美結が、ほんの少し頰を緩めたように、安珠には見えた。

『……まあ、いいでしょう』

田中は答えた。

「ありがとうございます。大変な状況下で、痛み入ります」

忠輔は丁寧にウェブカメラに向かって頭を下げると、さらに丁寧に訊いた。

「田中さん。Cの襲撃は受けていませんね。身に危険が及んではいませんね？」

『今のところは大丈夫。ご心配ありがとう』

相変わらず声だけが返ってくる。美結はカメラから目を外し、一方を見つめた——その先に、声の主がいるのだ。安珠までが緊張で身動きできなくなる。

「ところで……」

すると忠輔は、大きく息を吸い込んだ。

「Cの作った動画が全て事実だ、という前提でお話しさせていただきますが」

『全て事実だよ』

田中は即座に答えた。

忠輔は一瞬押し黙ったが、問いをぶつけた。

「あなたはどうして、殺し合いを望むのですか」

ふっと微かな息が返ってくる。男は笑っているようだ。

『特段変わったことではないでしょう』

穏やかな声が届く。

『私がやらなければ誰かがやる。歴史上、誰かが絶えずやってきたことだ。武器を欲する人間に武器を供給する役目を負う商人。私は、その系譜に連なる者に過ぎない』

「いや。あなたのやっていることは度を超えています。規模も、意欲も、その徹底ぶりも」

忠輔ははっきりと言い渡し、安珠は兄の口を塞ぎたくなった。兄の勇気を誇らしく感じたのはほんの一瞬で、すぐにその無謀さに対する怒りが勝つ。相手は史上最大規模の死の商人。怒らせたらどんな事態を引き起こすか分からない。

だが、そんなことを恐れる兄ではないことも安珠は知っていた。今も生きているのが不思議なほど、数知れない危地に自ら飛び込んできた向こうみず。傍迷惑の極致のような男なのだ。この男が自分の肉親であることを何度恨んだことか。

『冷血漢。人命軽視。金の亡者。極悪人。大量殺人者』

恐ろしい表現が並んだ。だが口にしたのは、田中本人だった。

『好きに呼ぶがいい。そのどれもが的を射てはいないがね』

愉快そうな口ぶりだった。

『私は理解は求めていない。ただね、申し上げるなら……人間には平等に、幸福を求める権利があるはずだ。私は全ての人間と同様に、自分にとっての幸福を追い求めているに過ぎない』

「他者の生存権まで脅かす権利はありません」

忠輔は残念そうに返した。

「世界中の需要に応じているだけだ、とあなたは主張するかもしれない。だが果たして……これほどの武器が必要だろうか？　全人類を殲滅してもなお、余るような数の武器が」

『むろん、必要なのだ。これだけ流通し、その上需要がなくならない。足りないぐらいではないかな。ある人々にとっては、殺しても殺しても、殺し足りないのだ』

忠輔は頷いた。相手の正しさを認める。

「確かに。そして、あなたのやっていることは違法でも何でもない。通常の経済活動に分類されている。現代では、ね。その基準は変えていかなければなりませんが」

『ふむ。噂通りの夢想家のようだね』

田中の声に笑いが混じる。

「よく言われます。しかし、あなたには負ける……そんな気がしてなりません。なぜかつてなかったような新兵器を続々開発するのですか？　必要ないと思われる、桁違いに殺傷能力の高いものを。防御のしようがないものを」

『技術が進歩するからだよ。必然的な進化だろう』

田中は声に溜め息を混ぜた。その芝居っ気に、安珠の肌がぞわっと粟立《あわだ》つ。

『コンピュータも車も家電も日々進化している。武器も進化して当然だ』

「しかもそれを、時には信じがたいほどの安価で提供する」

『ボランティア精神だよ。私も人間だ、ビジネスマンのつもりでも、どうしても肩入れしたくなる個人やグループや政府が現れたときは、ただ同然で譲ることもある。情に流されるというのか……』

声に含まれる笑いが安珠は気に食わない。この男は恐ろしく底が深くて、その言葉が真意なのかふざけているのか見極められない。

兄もそう感じたようだ。

「あなたが本気で言っているとぼくには思えない」

『ほう。どうしてかな』

「あなたは、ただ武器を配っているのではない。裏で争いを煽っている」

忠輔は断言した。

『Cの言うことを真に受けているね』

回線の向こうの声は動じない。

『証拠がネット上にさらされているというが、あれが確証だとお思いか』

「ぼくは、前からあなたのことを知っていました。注目していた」

兄は驚くべきことを言った。既に田中のことを調べていたというのか？

『それは嬉しい。世紀の天才に注目していただけていたとは』

本当に嬉しそうな声が返ってくる。忠輔は取り合わない。

「それに、チャールズも律儀ですから。確証なしには動かない。そこは信用しています」

『ふむ』

拍子抜けしたような反応。忠輔は間を置かずに続けた。

「つまりあなたは、闘いを長引かせるためにはどんな手段も辞さない。時には採算を度外視して武器を渡すのも、結局は長期的な利益を得るためだ、という分析は容易にできる。そうした疑惑にはどう答えるのですか」

『優秀な商人は市場拡大に努める。これ以上の説明が必要だろうか』

田中は開き直ったように、淡々と返した。

「あなたは、人類全体に罠《わな》をかける気か」

忠輔はかつてないほど激しい口調になった。

「あなたが供給し続けている、大量の、かつ無用に強力な武器が、殺し合おうとする人々だけではない、そんな意思など全くない市民、無力な子供や弱者を殺している。それを無視する気か？」

『佐々木先生？』

田中はそこで、軽快に語尾を上げた。

『私に殺意を？』

3

時間が止まったように感じた。

生きた悪魔がここにいる。すぐ目の前に。

美結は確信した。目の前で見ていてさえ、この男の素顔が見えない。時には使命感に満ち溢れた殉教者のような顔になり、そして今は千年の齢《よわい》を経た古い魔物のような、奸智《かんち》の塊のような顔になる。悪魔とは天性の役者なのだろう。必要な役を完璧《かんぺき》に演じ分けられる。

『とんでもない』

回線から届く忠輔の声は穏やかだった。

美結は、信じられなかった。忠輔は罠にかかった。そう確信したのだ。

『たとえ殺意を抱いてしまったとしても、実行など絶対にしません。殺意をこの地上から根絶やしにする。それがぼくの目標ですから』

「ほお！」

田中はのけぞって喜んだ。

「それは困った。私の商売上がったりだ！」

世界中の殺意を飯の種にしている男ならではの台詞《せりふ》。

「そんな夢を、真面目に語る人間がいるんだね！　実に楽しい。Cが君に惹《ひ》かれた理由が分かったよ！」

目の前で笑みが弾ける。まるで少年だ。美結は憎たらしかった。その笑みが眩しかったからだ。

「だが、賢い君は、自分で夢想と知っている。殺し合いを止めることはできない。それは君も認めるだろ？」

『いや』

忠輔は即座に言った。

『ゼロにはできないかもしれない。それでも、できる限りゼロに近づける。それは可能だと思っています。何年かかるか分かりませんが』

田中は、今度は固まった。

顔は笑顔のまま。だが目蓋《まぶた》がわずかに震えている。

「チャールズが君にこだわるわけだ……君のような夢想家が地上から絶えて久しい。いや、史上最大のデイドリーマーかもしれないな。面白い！　迂闊だったよ、今まで君の存在に気づかないとは。うーむ……考えれば考えるほど面白いな。とても興奮してきた」

田中は身を乗り出した。顔の一部がウェブカメラの視界にかかりそうだ。

「君の論文、どうやったら読める？」

美結は驚きで胸が詰まった。

回線の向こうも同じだ。返答がない。

『本気でおっしゃっているのですか？』

やっと返ってきた忠輔の声は半信半疑だった。

『ご所望ならお届けします。しかし……』

「難解なのか。だが、理解するよう努力するよ。これでも私は日米両方の大学院を出ている。数学や物理も好きだからね。時間は要するだろうが、しっかり読みこなそうではないか」

『平易なものもあります。おそらくご理解に難はないかと』

「それは有難い」

田中は、本当に嬉しそうだ。美結は床がぐらついているような気がした。この展開が現実のものとは思われない。自分がつないだ回線がいったい何を引き起こしているのか。目の前の表情の変化から目を離せなかった。この男は何層もの笑顔を持っている、どうしてここまで多様で繊細な表情を作れるのか。いつか科学ドキュメントで見た、深海で微細な光を放つ原生動物を思わせた。なんと精妙な……不条理だ。

この男が、沢山のクライアントを持つサイコセラピストだったことには何の不思議もないと思った。クライアントの方が男に魅了されたのだ。おそらく進んでこの男の言葉を信じ、受け入れ、時には言いなりになったことだろう。

「なんにしろ、君は殺人を認めない。つまり——君がCを止めてくれるんだろ？　私を抹殺宣言しているあのケンブリッジの坊やを」

『はい。Cの正体をご存知のようですね』

忠輔に動揺はない。

「そうだ。殺人はいけない。私を守ってくれ」

『チャールズ・ディッキンソンを阻止するのは、何もあなたのためじゃない。チャールズ自身のためだ』

忠輔の声は少し感情的になったように聞こえた。

『Cはあなたのおかげで暴走している。あなたのような人間がこの世にいることに狼狽《うろた》えている。あなたを滅ぼすことが生き甲斐になっている。それが絶対的な正義と錯覚している』

「そのためにわざわざ、自ら来日した」

『……なぜそれを』

「私にも情報網はある。優秀なブレーンがいないと生きていけないのでね。チャールズは東京を麻痺させて無邪気に喜んでいる。私を追い詰めたつもりらしい」

『ご安心ください。あなたを守ります』

「ありがとう。しかし、私は極悪人なんだろう？」

『極悪人も人間です。説明は端折《はしょ》りますが、あなたを科学的に〝矯正不能な悪〟と判定することは原理的に不可能。やはり人間とみなすしかないということです。だから命を守る』

「有難いね。褒められているとはとても思えないが」

『ただ、ぼくが止めるのはチャールズだけじゃない。あなたもです』

忠輔の宣言に誰もが凍りついた。

『あなたによって人命が失われることは、二度と許すつもりはない。出来る限り阻止します』

「ほほう。面白いなあ！」

田中は手を叩いて喜んだ。喜色満面だ。

「私を殺さずに、そんなことができると？」

『……分かりません。だが、やってみせる』

　モニタに映る忠輔の顔を見た。

　悲壮な決意。

　美結は、胸の真ん中を撃ち抜かれたように感じた。

「殺さないならどうやって私を止める。何かの罪で逮捕するということかい？」

『逮捕は、不可能でしょうね。世界中の権力者が、進んであなたを解放するでしょう』

　田中はニヤリとする。

「では、どうやるんだ？　どうにも想像がつかないんだが」

『あなたが間違っていることを証明する』

　美結の視界の歪みは頂点に達した。

『あなたの生き方が、あなたの損になっていることを証明すればいい』

「ほほう。私が損をしている？」

　本当に興味を抱いたような反応だった。

『ええ。あなたがそう気づいたら、自分からやめるわけです。このような生き方を』

「それを、君がやるのか？」

『ぼくというより、道理がやるのです。しっかり考えれば、誰がどう見ても、あなたは自らを破滅に追い込んでいるんですから』

「ほほう……」

田中の目が泳いでいる。美結は見た。この男の隙のない仮面のような顔がほころびを見せるのを。

「君の論文を読めば、それが納得できるのかな？」

『可能性はあります』

「すぐ読もう。楽しみだ。ＣＰテクノロジーズのサイト経由で私宛に送ってくれ！　届くのを待っているよ」

『分かりました。少しお時間をください』

「いや、楽しいね。心の底から。君とは出会うべくして出会ったようだ」

目の前の田中の口調は、浮かれているといってもよかった。さっき見えたほころびは溶けて消えている。

「初めて、い、い、人と喋っている。そんな気がするよ」

『……どういう意味ですか』

「なんというかな。君とは、対等な目線で話せる。他の人間は違う。皆、私の前にかしずくか、恐れるか、憎むだけだからな。さすがだよ佐々木先生。君の視野には常に人類全体が入っている。私と同じだ」

『同じではない』

忠輔は即答した。

『真逆なんだ』

「うむ。それでもいい。対等であることは確かだ。そういう人間は、そうはいない」

この奇妙な共感はなんだ……私は、この二人を話させてはいけなかったのでは？　取り返しのつかないことをしたという罪悪感が襲ってくる。

田中晃次はふいに耳に手をやった。しばらく何かに耳を澄まし、それから言う。

「特殊部隊の英雄たちが到着したらしい」

美結を見て言う。意表をつかれて、美結はなんとも返せない。

「自ら出迎えたい。……佐々木先生、残念だが会話はここまでだ。失礼する」

田中は立ち上がると、美結を促した。

「君も来なさい。訪ねてきたのは、君の仲間だ。一緒に出迎えを」

「は……はい」

美結は緊張した。ＳＡＴが来たのか。英雄たちということは……ＴＲＴから直接向かってきたということか？　すぐに同期の顔が思い浮かぶ。だが、まさか……

回線の向こうが沈黙している。

美結はウェブカメラに向かってあわてて頭を下げた。

「先生。ありがとうございました……あの、また連絡を」

『分かった。気をつけて』

自分に向けられた忠輔の声に安心する。美結はマウスを操作し、ビデオ通話を終了した。ゲストルームを出てゆく田中に追いすがる。

4

小西は静かにしていた。貧乏ゆすりさえしないように気をつけた。チャールズに警戒心を抱かせないためだ。爆弾の脅しなどもはや気にしていない、ここぞと言うときに自分は躊躇わずこのガキを確保するだろう。だが感情で突っ走るな、よく考えろと警告する声が響いている。何が正しいのか。自分はどうするべきか。未だに答えは出ない。小西は苦しかった。本当は頭を掻《か》きむしりそこら中に拳を叩きつけたかった。震え出しそうになる腿《もも》を必死に抑える。

「さあ、来たよ」

その声で小西はビクリと前方を睨んだ。

チャールズの言う通りだった。現れた車両がガラスの城に近づいて行く。あわてて双眼鏡をとって視認した。

「あれは……」

思わず言う。見覚えがある。間違いない、東京ライジングタワーにいた特殊部隊の黒いヴァンだった。直接こっちにやってきたのか。なぜだ？　小西は首をひねった。

まさか——これからここに突入するのか？

「ふん。SATまで投入か」

チャールズはその意味をすぐ察知したようだった。

「田中の警護に回す気だ。よほどぼくが怖いと見える」

「なんだと」

要人警護には警護課のSP《セキュリティ・ポリス》たちが当たる。彼らこそ警護のプロであり、ここから姿は見えないが既にビルの中にいて、要所に配置についているはず。なのになぜ更にSATが要るのか。

「これから必要になるって判断だよ。全く正しい」

田中という男は、SATを投入してまでも守るべき存在。日本警察はそう判断したということ。これだけの警備態勢を敷けば誰一人手を出すことはできない。首相でさえ、ここまで万全の態勢を敷かれることはないのではないか？　中東の武装テロ組織が襲ってきても持ちこたえそうだ。いや、アメリカの海兵隊でさえ手こずるのではないか。

「日本は警察を挙げて田中を守ることにした。どう思う、小西？」

「な、何がだ？」

「あんな男を厳重に保護する、君の祖国についてだよ」

小西は黙り込んだ。いったい誰の意向なのか分からない。警察が喜んでやっているとは思いたくなかった。上からの命令があれば逆らえない。

小西からの答えを諦めて、チャールズは言った。

「しかし無駄なことするね」

チャールズは焦ってはいない。むしろ目がギラつき、闘志に火がついている。

「これからどうする気だ」

小西は後部座席に向かって訊いた。

「決まってる。田中を抹殺」

あくまで強気な少年を小西はせせら笑った。

「どうやってだ？　ガードは完璧だぞ。アメリカの大統領以上だ」

「うん」

チャールズは真顔で頷く。

「どんな手で行こうかなあ」

「ここも停電させる気か？」

いや、と少年は否定した。

「ベイエリア一帯を停電させても、このビルは独自の電源を確保している。たぶん数週間は平気で持ちこたえるだろう」

「ふん。お前はジャイロも失った。次は何を使う？　またサイバー攻撃か？　そんなもの通用するのか」

「通用しない。田中は、アメリカやヨーロッパのトップのハッカーたちを金で丸抱えしてる。実に頭の切れる、タチの悪い連中だ。奴らの何重ものディフェンスやトラップにはさすがのぼくもてこずってる」

「じゃあお手上げか」

「いや」

チャールズは口の端を上げた。

「ぼくがバカじゃないのは知ってるだろ？」

チャールズの目には余裕がある。やはり自信の作戦があるのだ。

「田中に気取《けど》られないように仕込んだ爆弾がある。少し待て。必殺のタイミングを待つ必要がある」

「貴様……」

声が震える。だが小西は、怒っているのか期待しているのか自分でも分からない。

「バディ。ここは特等席だぞ！　最高のショーが見られる。悪魔が死ぬ瞬間だ」

少年が身を乗り出してきた。小西の耳に向かって叫ぶ。

「正義の炎が奴を焼き尽くすのを一緒に見届けよう‼」

小西はシートに縫いつけられたように身動きできなかった。

このガキはやると言ったらやる。そして自分は――どうしたい。このガキを止めるのか？

5

ヴァンから降りると、梓は真新しいガラスの高層ビルを見上げた。

すっかり昇り切った太陽の光を浴びて煌《きら》めいている。短い仮眠から覚めた目にはひどく眩しい。梓にはなぜか、ＴＲＴより威圧的に見えた。あの塔の高さの半分にも及ばないこのビルが。

こんな所に住んでいる田中という男――いったい何者なのか。棚田は詳しいことを告げなかった。

ヴァンの運転手を務めた若い機動隊員は、運転席から二人に向かって敬礼し、ハンドルを切ると来た道を戻っていった。必要に応じて戻ってくるということだろうが、果たしてまた迎えに来てくれるのか？　不吉な予感が全身を包む。バディの顔を見た。陣内は表情を消してビルを見上げている。その強張りは隠せない。だが、先に立って歩き出した。

陣内大志と戸部シャノン梓は正面入り口の自動ドアから中に入った。

広いロビーには、スーツ姿の男たちが待ち構えていた。その数は八人。二列に並んでこちらを鋭く見ている。SATの二人は本能的に身構えた。八人ともが危険な匂いを発散していたからだ。明らかに一般市民ではない。日頃暴力の下で生きている人間特有の殺気を発散していた。いわば自分たちと同類。

相手は武器を手にしていないので、抱えているサブマシンガンに手をかけるのはさすがに堪えた。ひたすら睨み合う。異様な緊張感が張り詰め動けなかった。

「よくおいでくださった」

ふいに、ロビーに声が響く。

奥のエレベータが開き、そこから出てきた人物が発した声だった。スーツ姿の男たちが素早く二つに割れ、道を作る。その間を微笑を浮かべて進み出てきたのは、二枚目俳優のように優雅な佇まいの男。

警護対象の男に違いなかった。

この男一人出迎えるために八人ものいかつい男たちがロビーを固めていたことになる。だが、警備部のSPたちはどこだ？　この男たちはどう見ても警察の人間ではない。

俳優のような男は真っ直ぐに梓たちを目指して歩いてくる。着こなしている高級そうなスーツ。洗練された動きと表情。成功したビジネスマンのイメージそのものだった。だが奇妙な戦慄が背筋を走る。そして梓は、己の直感を信じていた。

本当に危険な種類の男だ——Cがこの男を狙う理由が本能的に分かった。八人の暴力の匂いにあふれた男たちよりもずっと危険。いわば、兵隊と将軍はどの格の違いを感じる。これが田中晃次。

だが、エレベータから降りてきたのは田中だけではなかった。その後ろから現れた者の顔を見て、

「な——」

梓は思わず声を漏らした。すると相手も足を止めて同じ反応をする。

「梓!」

名を呼んで固まった。互いの目を見つめ合う。かつての感覚が急速に甦《よみがえ》る——警察学校時代、ほぼ毎日共にいたのだ。

「美結。どうしてあんたここに!」

梓は声をぶつけた。

「おやおや。二人は知り合い?」

田中は面白そうに二人の女の顔を見比べた。

「……はい」

田中に振り返って見られた美結は、小さくなって答えた。

「同期の……」

「戸部巡査部長です」

梓は即座に言った。本名を名乗れと命じられている。

「タワージャックを終結させたのが、女性隊員だったとはね」

田中は梓をじっと見た。すぐにいやいや、と首を振る。

「失礼、性別は関係ないな。よほど優秀なんだろう」

梓は答えない。一歩前に出てきたバディに道を譲る。

「田中さんでいらっしゃいますね。我々も警護に加わらせていただきます」

陣内はやけに格式ばった声を出した。

「警視庁警備部、特殊急襲部隊の陣内と申します。この、戸部とともに配置につきます。警護課の人間がここに参っていると思うのですが」

「ああ、SPのみなさん」

田中は頷いた。

「半分は帰っていただき、半分は別のビルに行っていただいています」

「は?」

陣内が困惑する。田中は快活な笑みを浮かべた。

「ずいぶん大挙して来ていただいてね。こんなには必要ない、と辞退しました。ご覧の通り、私は独自にセキュリティガードの精鋭を揃えている。目障りかもしれないがご容赦いただきたい」

　正直言って目障りなことこの上なかった。

「だがSPのみなさんも、ただ帰るわけにはいかないと言うので、近所の適当なビルの警護に回ってもらっています。私がそこにいることになっている」

　唖然《あぜん》とするような説明だった。悪い冗談かと梓は疑った。わざわざやってきた警備部の精鋭たちが無意味な場所を警護しているというのか？　受け入れがたい。梓が先日まで居た部署だ、馴染《なじ》みのSPが大勢いる。

「どうしてそんな無駄なことを……」

　梓は問わずにはいられない。

「無駄じゃないよ。彼らは本当に、そのビルに私がいて、立派に仕事していると思っている。充実感を覚えているはずだ」

　頭に血が上った。陣内が止めるのを振り切って言う。

「警護課を騙《だま》したんですか」

「だから、騙してはいない。このビルの警護は既に万全。警察のSPの方々が他の場所を守ってくれれば、敵に対する攪乱になる。なおさら私が安全になるわけだ。立派に貢献していただいている」

　全く悪びれない。生まれながらの貴族のような驕慢《きょうまん》さを感じた。この男は、奉仕され慣れている。臣下をどう使おうが自分の勝手、という感覚か。梓は奥歯をギリリと嚙み締《かし》めた。

「では、我々はどこを警護すれば良いのでしょうか？」

陣内が言い、梓は相棒をキッと睨みつけてしまった。だが陣内はわざと表情を消して事務的に喋っている。梓を暴走させないためだ。感謝すべきだった。確かに、もしここに自分しかいなかったら修羅場《しゅらば》になっていたかもしれない。

二人の表情を見比べてムフフ、と田中は笑った。

「実のところ、あなた方に来ていただいたのは私のわがままでね」

「どういうことですか？」

陣内が首を傾げる。

「木村さんに無理を聞いてもらった。どうしても、英雄の顔を見ておきたかったのでね」

木村さん。さらっと言ったので全員が流したが、じわりと意味が浸透してくる。

——総理大臣の木村由紀治《きむらゆきじ》に違いなかった。そこからトップダウンで警察庁長官、警視総監と来て、いま自分はここにいる。そしてなぜか同期と再会している。顔も見たくなかった相手だというのに。

「私たちは、警護のために伺ったのですが」

梓はなおも、責めるように言ってしまう。だが田中はあくまで穏やかな笑みを絶やさない。

「うん。是非お願いしたい。だがその前に、少し話を聞かせてくれないか。タワージャックの顛末《てんまつ》を。いったい被害はどの程度だ？　何人が亡くなった？　中国の工作員はどうなった」

「それはお話しできません。申し訳ありませんが」

梓は硬い声を返した。陣内も頷いてバディに同調する。

「ああ。捜査機密か」

田中は頷く。

「それは理解できる。よし分かった、では差し支えない範囲で、話してもらう許可を取ろう。ちょっと待ってくれ」

田中はスマートフォンを取り出した。取り巻きの男たちは顔色一つ変えないが、三人の警察官は言葉を失う。まさかまた木村さんに……？

だが田中は耳には当てない。タッチパネルを操作し始めた。メールを送るらしい。

「これでよし。さて、ここで立ち話もなんだ。上のゲストルームへ行こう」

田中はそう言ってエレベータに乗った。八人のいかつい男たちのうち、二人もそれに従う。

「ミスター。武装解除は？」

男の一人が低く言った。男たちの中で最も背の低い男だった。一人だけ普通のスーツではない。執事風の恰好で、顔は東洋系だが他の血も混じっていそうだ。

ああ、と田中は頷いて梓たちを見た。

「すまない、一切の武器をいったん預けてくれるか？　警護に就く際にはもちろんお返しする」

「それは……」

梓が渋ると、田中は驚くほど気さくな表情を見せた。

「武器あっての君たちだということは分かっている。一時《いっとき》にせよ、アイデンティティを奪うような真似は忍びないが、察してくれ。決まりなんだ」

肩をすくめて見せた。

「ルールを尊重してこそ日々の安全がある。このビルの中では、誰一人例外がないんだよ」

後は何も言わず、一人エレベータに向かっていった。取り付く島のなくなった二人は顔を見合わせてから、しぶしぶ、男たちが差し出してくる手に武器を渡した。

かくして、サブマシンガンとハンドガンを預けて丸腰になった二人は、田中を追って歩き出した。少し前にいる美結が気遣いながらエレベータまで誘導する。だが扉のすぐ前で、三人の警察官は申し合わせたように足を止めてしまう。乗ってしまったらもう後戻りできない。そんな思いは同じだった。

後からついてきた六人のＳＧ《セキュリティ・ガード》たちが、さあ、という感じで圧をかけてきた。梓はイラッときて睨んでしまう。

「行くぞ」

陣内が腹を括って、先に立ってエレベータに乗った。すると、陣内にぴったりくっつくように一人のＳＧが乗った。この男たちは誰一人、警察官に対して気を許していない。バディを一人で行かせるわけにはいかなかった。梓も乗り込むと案の定、自分の分もついてきた。美結も同じだ。結局田中には二人、警察官には三人。計五人の男がついてきたことになる。

やがて扉が閉じ、音もなくエレベータが上昇を始めた。その間も、梓は絶えず脳内でシミュレーションした。この危険な男たちを倒すための手順を。それはいつもの癖に過ぎないが、普段とは真剣度が違った。こういう連中は嫌でも自分の戦闘意欲をかきたてる。勝ってみたくなる。だがエレベータのドアが開いた瞬間、梓のイメージングは全て消し飛んだ。予想だにしない光景が目の前いっぱいに広がっていたのだ。

背後にいる男たちが、自分たちが動き出すのをじっと待っている。この瞬間襲われたら負けていた、と梓は思った。それほどに呆気にとられたのだ。

「なんですかこれは」

かろうじて問うた陣内の声も上擦っている。

「あれあれ、直接ゲストルームまで行くつもりだったが」

田中が白々しく言った。

「うっかり違うフロアへ来てしまったな。まあいいか、ちょうどいい。我が社の商品をお見せしよう」

「どうした？」

主《あるじ》が悠々とエレベータを降りる。二人のSGがすかさず従った。

警察官たちの足は動かなかった。すくんでいた。

田中が振り返ってニコニコと笑った。

「ぜひ降りて、楽しんでいってくれ」

警察官たちが仕方なく一人、また一人と足を動かす。だが三人目の足が全く動かない。

一柳美結は完全に怯えていた。

先に降りた梓は振り返って睨みつけた。それでようやく、美結もエレベータを降りる。

梓に力ずくで引っ張り出されるのが怖かったのだろう。

乗ってきた全員が降り、エレベータの扉が閉じたところで田中が言った。

「ようこそ。私の商品展示ルームへ」

晴れがましい顔で両手を広げる。

6

インプレッサで清澄通りを南下してゆく。昨夜の追跡劇の軌跡を辿るように。

短い仮眠だったが、おかげで頭がすっきりした。助手席の井上も少し顔色が良くなっている。この墨田署の強行犯係長の案内で、小西のＳＸ４が消えた地点に向かっていた。だが雄馬は、このありふれた一般道でカーチェイスが行われたことがまるで実感できない。ごく日常的な風景が続くばかりだ。

ところが門前仲町を過ぎた辺りで、ついに通常とは違う光景に出くわした。車線減少規制がかかり、無数のカラーコーンによってどうにか車の流れを滞らせないようにしている。何人もの制服警官が懸命に誘導棒を振っていた。そして——道の脇にひっくり返っている黒いドイツ車。

「あれが公安の」

訊くと井上が頷いた。前を向くと更にその先には、ＳＵＶ車が車道の真ん中に横倒しになっていた。雄馬は啞然とする。こんなごつい車がひっくり返るとは……レッカー車が横にいるが車両の立て直しに手間取っている様子だった。思わず助手席の井上を見る。

この男が乗っていたのは５ナンバーサイズのセダンだったと言う。それ一台きりで公安の二台に勝ったことになる。胸のすくような話だが、穏和な井上のイメージにはそぐわない。

「よく、あんな車を止められましたね」

「運が良かった。運転してた若い奴が凄腕でね。雄馬君には負けるが」

「いやいや」

カーレーサーばりの運転技術は井上の耳にも入っているらしい。雄馬は顔を赤くしながら、交通課の警察官たちが懸命に仕切る区画を抜けて行く。

「つまり、この辺りで」

「小西たちを見失った」

井上は認めた。

「公安を放っておいて追跡する手もあったが、自分で転倒させた連中だ。無事を確かめないわけにはいかなくてな」

井上の真意を、雄馬は問い直さなかった。部下の命を優先したのではないですか。行方不明になれば、小西さんとCの命が直ちに危険にさらされることはないから……むろんその確信は口に出さない。

「さて、小西さんはここから、どこへ向かったかですが」

「うむ」

井上は腕を組んで考え込む。

「小西は、一度銃撃を受けた車でいつまでも走り回るような間抜けじゃない」

「となると」

そこで井上の携帯電話が鳴った。懐から取り出すと耳に当てる。

「何？　本当か、米本《よねもと》」

井上の顔色が変わる。

「よし分かった。追跡に移る」

「どうしました？」

「うちの交通課からだ。本店の無線連絡をモニタしてくれてたんだが、小西のＳＸ４が見つかったそうだ」

「本当ですか！」

「大井町《おおいまち》で発見。大森《おおもり》方面に逃走している」

「そっち側ですか！　ベイエリアに向かうと見せかけて、都を南下した。品川区から大田区……でも、その辺からもベイエリアに入れますよね！」

「ああ。東京港トンネルがある」

「追いましょう」

雄馬はアクセルを踏み込みながら顔を曇らせた。

「しかし……もう全隊から追われてしまっていますね、やはり」

「公安が手配をかけたんだろう。おそらくNシステムにかけてＳＸ４を見つけ出した。公安も本来は、極秘裏に確保したかったはずだが」

「それどころじゃない、ということでしょうね。とにかく確保を優先した」

「たぶん鉄砲玉みたいに向かってるぞ。奴らに先に押さえられたら、小西とチャールズは……」

雄馬は素早くハンドルを切り、ベイエリアに向かいかけていた軌道を修正した。思い切りアクセルを踏み込んで、勝鬨橋《かちどきばし》から汐留《しおどめ》に向かう。

だが助手席の井上は一人、納得のいかない様子で考え込んでいる。

何か引っかかっている井上の気持ちも分かった。雄馬は努めて頭の整理をする。あの二人が、銃撃の跡が残るＳＸ４に乗り続けている理由はなんだ。なぜそんな危険な真似を？

「待ってくれ」

井上が言った。

「どうしました？」

雄馬は驚いてアクセルを緩めた。

「追跡はしない」

井上は言い切った。

「俺たちは、別口を追おう」

「どういうことですか？」

「勘だが、そのＳＸ４には乗っていない」

井上の声で、雄馬は完全に徐行に切り替えた。井上を横目で見ながら言う。

「では誰が？」

「分からん」

井上にも理路整然とした説明はできない様子だ。だが、圧倒的な違和感を無視することはできないのだ。

井上は正しい、と雄馬も思った。

「分かりました。ＳＸ４は放っておきましょう。では我々は」

「あいつらは既に別の車に乗って移動している。そう考えるなら……」

井上は強い目で雄馬を見返した。

「レンタカー屋を当たろう」

「レンタカーですか？」

「ああ。まさか、小西が車泥棒するとは思えない」

雄馬は少し考え、賛成した。

「妥当かもしれませんね。当たってみる価値はある。でも、工夫もなしに借りてはいないでしょう。捜査に使うから、と店員に口止めしているのでは」

　井上は頷いた。

「たとえ警察が訪ねてきても、情報は明かすな。そう頼んでいるだろうな。だが、小西なら……」

「なんですか？」

「いや。とにかく、手当たり次第に行くか」

　井上は開き直ったように前を見た。さっそく道路の両脇をつぶさに見る。

「ベイエリアにレンタカー屋は多くない。都心の方に向かったんじゃないか？」

「そうですね。そこで新しい車さえ手に入れたら、ぐっと迂回《うかい》する形で、レインボーブリッジから台場に入れますし。あるいは、反転して豊洲《とよす》から……」

「ルートは複数ある。読めないな。まあまずは、車を特定することだ。あそこに一軒ある」

　井上の目配せで、雄馬もレンタカーショップの表示を見つけた。すかさず車を乗り入れる。

7

視界いっぱいに黒い禍々しいものが溢れている。

梓はぐるりと部屋を見回した。小規模のコンサートホールほどの空間に、所狭しと並べられているのは――全て武器だった。あらゆる銃器が壁の留め金に掛けられている。壁沿いにぐるりと並ぶショーケースの中に入っているものもある。ケースにはガラスが嵌《はま》っていないので、手を伸ばせば触ることができる。梓が近づいてざっと見ると――ハンドガン、ショットガン、ライフル、マシンガン。銃器《ガン》と呼ばれる全てのタイプが取り揃えてあるようだった。装填《そうてん》される銃弾も置いてある。完全被甲弾《フルメタルジャケット》、徹甲弾《AP》。梓は目を瞠る。拳銃用やライフル用としてよく見かけるものだけではない。フレシェット弾、フランジブル弾、フラグメンテーション弾。それぞれに特色を持つ殺傷能力の高い弾丸まで揃っていた。警察組織では決して扱わない、凄惨な戦場でのみ見かけるものだ。

梓の背中をじっとりと汗が伝う。部屋の奥に目を移して凍りついた。

ここにあるのは――銃器《ガン》だけではない。ロケットランチャーや迫撃砲、手榴弾、地雷らしきものなど、兵器《ウェポン》に分類されるものも並んでいる。

真っ先に梓の目を引いたのは、携帯型対空ミサイル。このタイプで最も有名なのは、言わずと知れたスティンガーだ。〝毒針〟という意味を持つ。だがここにある対空ミサイルは、米国製のそれとは様式が違った。梓も実際に扱ったことはないが、アメリカのニュース映像や戦場ドキュメンタリー映画ではしょっちゅう目にする。そのたびに自分に扱えるか考える癖がついていたから、微妙な違いが見て取れたのだった。このCPT製ミサイルは赤外線ホーミング誘導システムを備えているのはもちろんのこと、更なるハイテクを駆使しているに違いなかった。

梓のバディも呆気にとられて立ち尽くしていた。これほどのものはSATの武器庫にもむろんない。日本では、自衛隊以外ではまずお目にかかれない強力な火器たち。しかも見るからに最新式のものばかりだった。ここはまるで軍需企業のショールームだ。

ふらふらと揺れるようにして、かろうじて立っている同期の顔に気づく。呆然を通り越して夢遊病のような顔をしていた。自分たちより先にこのビルに着いていた美結だが、ここに足を踏み入れたのは初めてらしい。

梓は主《あるじ》を探した。田中は――

梓の視線を待ち構えていた。内心たじろいだが、せいいっぱい冷静を装って訊く。

「これは……模造品ですよね？」

「いや。もちろん実用品さ」

至って爽やかな笑顔が答える。

「選《え》りすぐりの新製品が揃っている。ゲストには、自由に手に取ってじっくり見てもらうことにしているんだ。ぜひ見てくれ！」

誇らしげに手を広げた。梓の視界はぐらつく。これが全て、この男が所有する企業の製品だと言うのか？　そんな話は聞いていない。棚田部隊長はこの男の情報をくれなかった。Cの制裁リストの筆頭だということしか知らない。だが、彼の周りを固めているのは明らかに暴力のエキスパート。私的SG部隊を持っているような人間は、日本はむろん世界でもわずかだ。いったいこの男は……

「ほらほら。遠慮なく、手に取って」

無邪気に勧めてくる男に、

「いや……」

と陣内はあからさまにたじろいだが、梓はショーケースの中に手を入れた。銃器一つ一つに手を触れてみる。

あたしは興奮している、と思った。ありふれた女性たちなら貴金属を目にしてこんな気分になるのだろう。このときめきはたぶんそれに近い。毛穴が一気に開くような……アドレナリンが噴き出して身体を熱くしている。武器には特殊な魔力がある。そもそもがタブーの塊だ。人を殺すために思いつく限りの工夫をこらし殺傷能力を高める。備わった全ての技術が、あらゆる物体を、とりわけ人体を破壊することに奉仕している。ごまかしを言う気は毛頭ない。銃器とはとどのつまり、一人でも多くの人間を殺すために作られるのだ。そして自分は日常的にそれを扱っている。

そんな自分にとってさえ目の毒だ、と梓は思った。ここに揃っているものを見れば見るほどSATの装備さえ牧歌的な、前時代的なものに思えてくる。世界の最前線にいる兵士や特殊部隊は毎日こんなものを使っているのだ。

奥の兵器には足が向かなかった。馴染みが薄い。昔から自分が得意とするのは銃器。その中でも、一つの武器に思わず目が惹きつけられた。

「これは……バレットM82ですか？」

梓の手が伸びたのは、特大の対物《アンチ・マテリアル》ライフルだった。他を威圧するように堂々と壁に掛かっている。この種類は異常に強力な軍用ライフルで、俗に対戦車ライフルとも呼ばれる。徹甲《AP》弾を装填すればヘリコプターや装甲車も破壊できる。焼夷《しょうい》弾や炸裂《さくれつ》弾、グレネード弾を使用して、敵の陣地に壊滅的なダメージを与えることも可能だ。そのくせ、兵士が一人で運用できる操作性を備えている。重量も抑えてある。個人が扱うものの中では最も強力な武器と言える。

「ほう。さすがだ。君は、半分アメリカ人かな？」

梓の顔立ちにじっと目を当てながら田中は言った。

「はい」

「では、バレットＭ82の実物を目にしたことが」

「あります」

「ふむふむ」

田中は嬉しそうに解説した。

「これは、バレットシリーズに敬意を表しつつ開発した最新モデルだよ。まさに新次元だ。その名をスカイフィッシュ。空中に棲息《せいそく》し、目にも留まらぬ高速で飛行しているという伝説の魚のことだ。私が名付けた。自分では気に入っている」

自慢げな声を聞きながら梓は、思わず両手を伸ばし、壁から外した。軽い——かつて手にしたものとは比べ物にならない。特殊合金を使っているようだ。

「どうだい？」

田中は梓の反応に目を細めている。満足げだ。

「すごく軽い……信じられないくらいです」

口径を確認する。やはり十二・七㎜。銃器の中では最大級だ、これ以上は望めない。

梓は構えてみた。銃口の先にいたＳＣたちが思わず身を避《よ》ける。いかな荒事に慣れていようと、ここまで威圧的なものを向けられたことはないだろう。当然だった。梓は笑みを隠す。指が自然に引き金にかかった。

「気をつけて。実弾が装塡されている。その安全装置を外せば、発射できる」

梓は指を戻した。静かに壁に戻す。そして田中を振り返った。

「あなたは……誰なんですか」

「そうか。まだ知らないのか」

田中は愉快そうだった。陣内の方も見て、特殊部隊員たちが自分の素性を知らないことを確かめる。

「タワーを取り戻すのに忙しくて、私のことは知らされていない。では、私が何者か知らせよう。格好の教材がある。Cが作ってくれたんだ」

サッと美結の顔色が青ざめた。

「一柳刑事は何度も見ているが。もう飽きたかな。私は、何度見ても飽きないんだが」

そう言って男は、三人に移動を促した。なんとせわしない男だ。堪え性のない子供のようなところがある。何かを見せたくなったらすぐに見せないと気が済まないのか。かくしてショールームを後にする時、梓は未練がましく振り返ってしまった。もっとゆっくり見たかった。できるならいくつか持って帰りたい。そう思っている自分に呆れる。つくづく、自分は日本人ではないのだと思う。いや、アメリカ人にすら異端視されるだろう。銃器に対する崇敬の念のようなものは認めざるを得ない。

だからこそあたしは使用には慎重なのだと思った。持っていると落ち着く。様々な銃器に触れてみたい、扱いを会得し自分のものにしたいと思う。だが、使用したいというのとは違う。人を撃ちたい、などという欲望は断じてない。銃器が醸し出す威厳、生命を左右する力。そこに惹かれているだけだ。

　地上から乗ってきた全員――計九人の大所帯――がまたエレベータに戻った。扉が閉じると箱は少し上昇してすぐ止まった。すぐ上の階に着いたらしい。

　扉が開くと真っ先に田中が降りる。だが今度は、いかついSGたちは降りなかった。

　戸惑っていると、振り返った田中に言われる。

「ゲストの皆さん。早く降りて」

　三人の警察官はあわてて降りた。三人の背後に付いていた男たちは一人も降りてこない。

　エレベータの扉が、そのまま閉じた。

　この階はSG要らず。主人は絶対安全だ、ということか。田中は気楽な様子で進んでゆく。いささか無防備と思えるほどに。すぐ先にあった階段を上り始めた。梓は真っ先に田中の背中についてゆく。今あたしが襲ったらどうするんだろうと思いながら。

　前を見て、階段の先に何があるか分かった。屋上だ――陽射しが差し込んでくる。

　階段を上り切るとすぐに、空と海が見渡せた。絶景だ。

　全員が屋上に出ると、田中は振り返って満足げに笑う。

「ここからの景色をぜひ楽しんでくれ。東京という要塞のような都市と、人工の湾が一望できる。まあ、SATのお二人がTRTから望んだ景色には負けるか」

いや。梓は微かに首を振る。昼間のベイエリアは絶景だった。こんなところで暮らしている人間の気が知れない。自分が王様だと思い込んでも無理はないかもしれない。

「あっちかな？　ＴＲＴは」

田中は陸の方の一点を指差し、スーツの内ポケットから小さな双眼鏡を取り出して覗き込んだ。

「ふむ。角度がいい。赤地に白い〝Ｃ〟がよく見えるよ。チャールズは、私にこそ見てほしいんだろうな」

田中は双眼鏡をしまいこみ、三人の警察官の表情を窺った。

「ああやって私を挑発し続けている。かわいいものだね」

誰も何も答えられずにいると、田中はゆっくり歩き出した。向かう先には鉄製の黒い壁がある。ペントハウスだ。主にふさわしい場所だと思った。湾岸地帯で最も高い部類のビルのまさに天辺《てっぺん》で、この男は辺りを睥睨《へいげい》しながら生活している。

入り口はガラスの自動ドア。脇には指紋認証機らしきものがある。田中が無造作に手をかざすとガラスが音もなくスライドする。警察官たちは田中について無言で中へ入った。すぐに広い落ち着いた部屋に行き当たる。大きなソファが迎えた。ゲストルームということらしい。

「さあ、警察の諸君はここでくつろいでいてくれ。私は少し席を外す。一柳巡査、例の映像を彼らに見せておいてくれ。このリモコン。操作の仕方は分かるね？　ではよろしく」

田中はたちまち奥に消え、三人の警察官はゲストルームにとり残された。戸惑いの塊のような眼差しを交わし合う。梓は慎重に、田中の気配が完全に消えるのを待った。そして口を開く。

「生きて帰れないかもしれないね」

淡々とした口ぶりで。

「見ちゃいけないものを見た。ここは……来ちゃいけないところよ」

「参ったな。最悪の貧乏クジだ」

陣内も同調した。ニヤついている。余裕を見せたかったのだろうが、頬の引きつりをまるで隠せていない。

「なんであんたも呼ばれたの？　あの男に」

訊いたが、美結は黙って首を傾げるばかりだった。この同期は心底途方に暮れている。

梓は質問を変えた。

「あの連中は何？」

田中の取り巻きのことだ。美結は力なく首を振った。先に来ていたとは言え、美結は何も知らないようだ。梓は舌打ちしてしまう。

「あいつらも全員、ただもんじゃねえな。ヤバいヤツを世界中から集めたんだ」

陣内が断言した。確かに、田中のSG部隊には白人と黒人もいた。

「だが、余計なことは考えねえこった。詮索すれば自分の身が危うくなる」

陣内は先輩として、処世術を伝えるつもりらしい。知らない方がいいことがある。首を突っ込んではいけない領域がある。ただの一兵卒に徹しろと。だが梓は素直に聞くことができない。そもそもこれはまともな任務ではない。警護のために呼ばれたはずなのに、あの男には全く警護の必要などないではないか。

美結が気遣うような目で梓を見た。そこには、深い憔悴も覗いている。東京ジャックの果てにあんな男と二人きりにさせられたらそれも無理はないが。

陣内も美結を見つめた。もの問いたげに。当然だ、田中が説明役に指名したのだ。

「あの……」

SATの二人の視線を浴びた美結は、言葉を失う。どうしたらいいか全く分からないように見えた。

「さっき、田中氏が言ってたもの。見せてもらえる？」

仕方なく、梓から言った。きつい言い方はしていないつもりだが、美結は殴られたようにたじろいだ。やがて観念したように、サイドボードの上のリモコンを手に取る。部屋の一角に向けてボタンを押した。

壁に大きな白い画面が映る。プロジェクターだ。だが映像は始まらない。美結は少し戸惑ってリモコンを見つめ、別のボタンを押した。ようやく動画の頭出し再生に成功する。

田中晃次の生い立ちが語られ始めた。

8

美結は壁から目を背けた。もはやこの映像を目にしたくない。頭に入れたくない。

ゲストルームに溢れていた朝食の品々が、きれいに片づけられていることに気づいた。同僚の二人は大変な任務の後で疲れている、と思い、美結は壁の冷蔵庫から飲み物を取ってきて二人の前に置く。それからはやることがなくなった。

自然に、同期の横顔ばかり見つめることになった。

梓はプロジェクターの映像に夢中になっている。その目は時に鋭くすぼめられ、時には驚きに目を瞠った。田中晃次のバイオグラフィーを見れば誰でもこうなる。

「これは……？」

「マイガッ」

二人の特殊部隊員は、自分がいかに重大なものを見ているかたちまち悟った様子だった。数多くの修羅場をくぐり抜けてきたであろうこの二人が、衝撃で言葉をなくしている。

だが美結は、ほのかに嬉しさを感じた。こんな異常な状況であっても再会できたことが嬉しい。つい数時間前にモニタ越しに再会したばかりだが、交わされたのは会話とは言えない。梓からの一方的な糾弾に終始した。だから今度はこちらから訊きたかった。元気だった？　いつからSATに？

むろん訊けない。梓は今、目の前で繰り広げられる信じがたい半生に夢中だ。邪魔できない。そもそも任務の真っ只中。気安い同期の会話は許されない。

久しぶりに目の前で見る梓の顔は以前よりずっと鋭さを増していた。さすがだと思った。日本警察内で最も強力な特殊部隊の隊員を抜擢《ばってき》するにあたり、梓に白羽の矢が立ったことにはなんの不思議もない。アメリカにいた頃から鍛え上げてきた銃器とマーシャルアーツの能力を、極限まで活かせる職務に梓は就いている。本望だろう。彼女が愛する両親と同じように、正義のために命を懸けて働くに違いない。

ただ、SATは警察の中でも特殊な部署。女性というだけでいろいろあるだろう。女は要らないという頭の古い人間もいるかも知れない。様々なものと闘いながら、梓は今ここにいる。自分の目の前に。

梓の眼差しは、田中の人生を追うごとにますます厳しくなってゆく。TRTでの任務中の冷徹な顔を思い起こさせた。それは、警察学校時代の射撃場での顔にオーバーラップする。当時の訓練の時から梓は既に、恐ろしい集中力と若さに似合わない厳しい眼差しの持ち主だった。銃を手にした瞬間に、銃を撃ち慣れている人間にしか出せないエキスパート感が漂うのだ。だが撃ち終えて戻ってくる瞬間には、フッとゆるんだ無防備な笑みを見せる。そのギャップが美結は好きだった。

　おかしな話かもしれない。梓に言ったらはねつけられるに決まっている。だが美結はそんな梓を見て、自分に似ていると思ったのだった。そのアンバランスさが。美結は梓に、どこか姉妹のように近しいものを感じていた。

　そんな女子二人のそばに、なぜかずっといたのが雄馬だった。警察学校時代を思い返すと必ず雄馬もセットになってしまう。それくらい、三人でいる時間が長かった。梓や自分のような、人に心を開くのがあまりにも下手な人間の懐にスルスルと入ってきたのは、いま考えても尋常なことではなかった。梓もよく雄馬に心を許したものだと思う。誇り高く、どんな男も見下して寄せつけなかった女が、雄馬だけは受け入れた。やはりリスペクトがあったのだろう。自分を上回るものを持っている、と認めたからこそだ。

　壁に映った映像が語る田中の半生は佳境に入っている。だが美結の心は田中にはない。梓と過ごした時代に戻っている。

　警察学校で共に学びながら、美結は毎日のように梓と雄馬に感心した。二人こそが自分の目標であり、励ましだった。二人に対する感情が劣等感だったのは最初だけで、すぐに諦めを通り越して憧れになった。もし二人がいなかったら、警察学校生活は本当に孤独で味気ないものになっていただろう。剛の梓。柔の雄馬。そして、なんでもない自分。まるで違う三人なのにいつもそばにいて、繰り返し夢を語った。お互いを励まし合った。しかも——心が触れ合えた夜があった。一度ではなく、何度も。

食堂で長話をした。屋上で愚痴を言い合った。川路《かわじ》広場（警察学校の校庭は、伝説の大警視の名にちなんでこう呼ばれている）の隅で、教官の陰口に花が咲いた。隣の組が規律違反者を出してペナルティを喰らい、延々と広場を行進させられるのを一緒になって笑って眺めたこともあった。

とにかく暇さえあれば身体を鍛えていた梓。懸垂《けんすい》が無限にできるんじゃないかと思うほど肩が逞《たくま》しかった。桁外れのフィジカルを持ち、持久走でも男子を含めても余裕でトップを取っていた。だが可愛らしいエピソードもある。週に一度、文化クラブ活動があったのだが、アメリカ育ちなのになぜか茶道部を選び、初めて口にした抹茶をその場に吐いてしまったのだ。美結は写真部だったのでその現場に居合わせてはいなかったのだが、噂を聞きつけた雄馬が喜んでその話を本人に確かめた。

「あんなもの飲み物じゃない」

梓はぶっきらぼうに言った。次の瞬間、三人で大笑いした。

思い返すとどうしても顔がほころんでしまう。〝魔の三限目〟と恐れられている午後一の座学の時間に、居眠りしていたのを見つかって一人罰走させられた雄馬を、美結は梓と二人して指を差して笑った。だが雄馬本人が、走りながら二人よりも笑っていたのだが。

あれ以後、あんなに無邪気に笑ったことがあるだろうか？　あれが最後だった気がする。

ああ……忘れられない思い出ばかりだ。まもなく壁に映った呪わしい映像は終わる。その瞬間梓はまた、厳しい目で自分を睨みつけるに違いない。次々に質問をぶつけてくるに違いない。だが美結は知っている。梓も優しい眼差しをする。誰よりも傷つきやすそうな繊細な目をすることがあると。

忘れられない夜がある。あの日は、お互いに浴場の掃除当番だった。女子浴場を隅から隅までタワシ掛けし終えた美結と梓は二人きりで屋上に行き、ラウンジの自販機で買ったコーヒーで乾杯したあと、ずいぶん長いこと話をしたのだった。社交的とはお世辞にも言えない、シャイで口下手な女同士が、あんなにたくさん喋ったことは後にも先にもなかった。

自分のことだと口が重いのに、自分の親のこととなると誇らしげに喋る梓が微笑ましかった。アメリカ時代の思い出話には、強盗や暴漢や銃器が当たり前のように登場した。さつき田中のショールームで見せた好奇心は、梓でなくては発揮できないものだった。それもそのはず、梓は十三歳の時既に、両親と一緒に押し込み強盗団と闘い勝利している。梓は銃を持っていたが、結局それにはほとんど頼らずに素手で二人の男を叩きのめしたらしい。

育った環境が違いすぎると、諦めもつく。梓と自分では素質が違いすぎるのだ。武勇伝を全く提供できない代わりに、美結は自分の両親や弟の思い出をつつましく、少しだけ話した。梓は退屈そうな顔をせずに聞いてくれた。それどころか熱心に頷き、もっと聞きたそうにさえしてくれたのだ。

いつの間にか消灯時間は過ぎ、真夜中に近い時間。お互い目が潤んでいたことを覚えている。家族の話をしているうちに家族が恋しくなってしまった。お互いの家族は、それぞれの事情で近くにいなかった。梓も美結も、この国で一人きりだった。やっぱり私たちはどこか似ている――この子とずっと友達でいたい。向こうもそう思ってくれている。相手の目を見れば、そう信じられた。

出会えてよかった。心からそう思ったのに、もはやあの夜は遠い。

「やばい。やばすぎる」

梓の同僚の陣内が言った。

いつの間にか動画は終わっている。美結はハッとしてリモコンを操作した。プロジェクターの電源を落とす。

「こんなのが日本にいるとは……」

陣内は額に浮かんだ脂汗を拭くことも忘れている。どんなに声をひそめても安心できないらしい。恐る恐る周りを見回してから、バディに言った。

「こんなにヤバいＶＩＰはいねえぞ」

梓は頷くが、目が少し虚ろだ。さすがの梓も衝撃で頭の中が混乱している様子だった。

「雄馬は、今どこ？」

いきなり美結に向かって意外な言葉を吐く。美結は戸惑いながら答えた。

「分からない。病院で安珠と話してるか、サイバーフォースに戻ったか。それとも」

「連絡してみて」

梓は言い放った。

「あいつも田中氏の正体は知ってるんでしょ？」

「うん……今の動画を見てる。でも、どうして」

「警察の上層部の人間は田中氏の味方でしょう。何か頼める奴なんて、あいつしか思いつかない」

美結は携帯電話を取り出した。言われるがままに雄馬に連絡しようとする。

「おい。危険だぞ」

陣内が警告した。

「ここから何を指示するつもりだ？　このビルは普通じゃない。この部屋も、盗聴されてるかもしれん」

「……そうだね。でも」

梓はすぐ開き直った。

「もうあたしたちは、蛇の巣にいる。何やったって危険なことに変わりない。美結」

改めて同期に命じた。美結はボタンを押し、雄馬宛にコールを送った。

「……つながらない」

「なに、圏外?」

「うん」

アンテナ表示はゼロ。ここは電波が悪い、と田中は言っていた。

「陣内、あんたのも?」

確かめながら梓も自分の端末を取り出す。チッ、と舌打ちする。

「駄目か……だけど、あの田中氏、スマホでメール送ってなかった? 一階で」

「そう見えたけど、分からん。一階からなら送れるかも知れないが」

「…………」

ともかく、このペントハウスからは外部と通信できない。そう結論づけるしかなかった。

「パソコンでなら、ビデオ通話で話せるけど」

美結が言うと梓が目を吊り上げた。

「本当に?」

「ええ。さっき、サイバーフォースにつないだから」

「え? 警察庁に? 何話したの⁉」

「佐々木先生に……助けを求めてしまって。あたし一人で田中氏の相手をしてたら、ちょっと不安定になって……」

「だからって！　サイバーフォースって、Cに対抗する作戦司令室になってるんでしょ」

「……うん」

「直でつなぐなんて！　すぐ切ったんでしょ？」

「いや……佐々木先生と、田中氏が……」

「話したの⁉　何を⁉」

美結は口を閉じて頭を振った。いったい二人は何の話をしたのだろう。伝える言葉はないと思った。

煮え切らない美結に苛立《いらだ》ちをぶつける。

「本当にアンタったら、何も変わってやしない！」

「おやおや。何を喧嘩してるのかな？　仲良くやってくれ」

いきなり声が部屋に入ってくる。

「上映終了。これで全員が、私のことを知ってくれたな」

主が戻ってきた。ゲストたちの顔を満足げに見渡す。

「ではでは、歓談に移ろうじゃないか」

9

「通信司令本部より連絡」

安珠はぎょっとした。サイバーフォースの端に座ってインカムに耳を傾けていた辻技官がいきなり声を上げたのだ。

「世田谷区代田《だいた》付近で、交通機動隊のパトカーが小西巡査のSX4の追尾に入りました。環状七号線を北上中」

「ほんまか！」

水無瀬が叫んだ。少し前にサイバーフォースに戻ってきたが、どこか心ここにあらずという様子だった。瞳が小刻みに揺れている。

「チャールズを確保するのは……交機になるか」

「井上さんたちは？」

思わず安珠が訊くと、水無瀬の顔が渋くなる。

「さっきメールが入っとったが、港区の辺りを捜索してる。根拠があってのことだろうが」

二人の勘は外れたのか。安珠は落胆を隠せない。

「動きが不自然です」

だが安珠の兄はいやに落ち着いていた。

「手配された車で、堂々と環状線を走る。なぜチャールズがそんな目立った行動を？」

「……やっぱりそうか」

水無瀬はすぐ同意した。内心の不安と一致したようだ。

「ほんならこれは、囮《おとり》？」

「おそらく」

忠輔が頷く。

「邪魔が入ったそうです！」

辻技官の声が緊迫した。

「新たな車両が割り込んで……交機の車両を制して追跡に入ったと」

「奥島！」

水無瀬が憎しみを露にした。

「もはや狂った犬やな！　手段を選ばずや」

福顔が歪み、驚くほど凶悪な表情を作っている。安珠は思わず見とれた。なぜだかこの男は自分を惹きつける。見ていて飽きなかった。まばたきを繰り返して表情の移り変わりをきっちり記憶に収める自分がいる。いつかこの顔を絵に描こう、そして本人にプレゼントする。この場の緊迫感にそぐわないと思いながらも、安珠は密《ひそ》かにそう決めた。

「交通機動隊の巡査より連絡。公安のものと思われる車両が対象車を複数台で挟み込み、強引に停止させたそうです！」

「公安に任せっきりにするな。自分の目で確かめろ！　そう伝えろ」

水無瀬の言葉を辻が復唱し、しばらくの間が空く。

「確認に成功」

やがて報告が届いた。

「ＳＸ４には……誰も乗っていなかったそうです」

辻技官は仕事に徹している。だが、自分が伝える言葉の有り得なさに呆気にとられていた。

「代わりに、二体の人形が……空気で膨らませたゴム製の」

「舐《な》めたもんやな」

水無瀬が口の端を限界まで上げた。忠輔も苦笑いする。

「自走システムですね」

「うん。間違いないやろ」

「どういうこと？」

安珠が訊いた。忠輔は顔をしかめてみせる。

「チャールズのおふざけだ。独自に作った自動走行システムのソフトをＳＸ４の電子制御系に組み込んだ。パソコンごと繋《つな》いだんじゃないかな。おそらく、車の各部にレーダーやセンサーを取り付けて車間距離計測ソフトに連動させた。ＧＰＳも利用して、違和感なく車道を走り続けられるようにした」

「俺も、先端技術シンポジウムでデモを見たことがある」

水無瀬は老人のように目をしょぼしょぼさせた。

「レーンキーピングはまるで問題ない。電波を発してる車両を見つけてロックオンすれば、その動きを真似ていつまでも追っかけて行けるしな。そうやって、あたかも人が乗っているように偽装してたんや。時間稼ぎのために。ま、釣られた奴はただのアホやな」

水無瀬の顔は完全に締まりがなくなっている。安珠は溶けるチーズを思い浮かべた。

「井上さんと雄馬君は、どうやってかこの囮を見破った。とっくに先を読んで動いてる！　Ｃに一番近いのは、きっとあの二人だ」

誇らしくなった。あの二人の努力が報われてほしい。安珠は井上と雄馬の優しい顔が大好きだった。だがまだ朗報は届かない。残念なことに、Ｃのサイトのメッセージボードに書き込んだ安珠のメッセージに対する答えもまだない。チャールズが自分と話したいと思ってくれないとしたらいささかショックだった。それとも、それどころではないのか。

「水無瀬課長。自衛隊が動き出したとの情報が」

今度は反対側の端にいる坂下技官が緊迫した口調で伝えた。

「練馬区から一個隊が動き出したそうです。新青梅《しんおうめ》街道を南下中」

「なに、第一師団が南に……目指してるのは、湾岸地帯か？」

水無瀬の額に汗が噴き出している。

「現地の交通機動隊からの報告です。警視庁に報告済みかどうか確認を求めています」

「総理の断か？　総力で田中を守るっちゅうポーズか……だが、そんな報告は聞いていない。野見山さんに確認するが」

どこか虚ろに言う警視正に、坂下技官は声を上擦らせて畳みかけた。

「栃木《とちぎ》の宇都宮《うつのみや》駐屯地からも、装甲車に乗った部隊が東京方面に向かっているという報告が」

「なに。宇都宮……中央即応連隊！　エース部隊を出してきよった」

水無瀬は棒立ちになった。

「祝さんに確認せんといかん。相談もなしに、警察以外の力をこんなに……？」

ショックを受けている。混乱する男に、安珠の兄が更に冷水を浴びせた。

「水無瀬さん、その動きは危険です。止めないと」

「な、なんでや？　先生」

「防衛省と自衛隊のシステムは、データ解析を拒否されたままです。既に水無瀬さんが大掃除を終えた警察のシステムと違って信頼性がない。彼らは独自の防護を敷いていて安全だと言い張っているらしいですが、果たしてどうか……もしもその一部でも、チャールズの支配下にあったら」

「……なるほど」

「どうなるの？」

安珠が訊き、兄が答えた。

「自衛隊の武器が田中氏抹殺に利用される。特に、コンピュータ制御のオートメーション兵器が危ない」

「えらいこっちゃ。だが、あの子ならやりかねん‼」

「すぐに撤退を要請してください。田中氏を守るための盾《たて》が、とどめを刺す矛《ほこ》になりかねない」

水無瀬はすぐ動いた。内線電話を取る。

「長官！　チャールズは自衛隊の兵器を利用する気かもしれません。田中氏の警護は警察に任せろと説得してください！」

10

「おう。囮《ベイト》がばれた」

タブレットPCを覗き込んでいたチャールズが言った。

「捕まったか。俺のSX4が」

小西は振り返る。時間の問題だと思っていたが、予想より早い。

「うん。強引に止めた奴らがいる」

「また公安か……」

「これ、カメラの映像」

小西の目の前のカーテレビに映像が映った。チャールズは既に新しい車のカーテレビに自在に映像を送れるようにしていた。SX4の後部に取り付けておいたウェブカメラのものが飛んできている。

追ってくるパトカーを押しのけるようにして現れたセダンやヴァンがしたたかに激突してくる。ひどい振動で映像はブレまくっている。やがて、半ば空を映した角度で止まった。

「クソ乱暴な連中め」

これは数分前の光景。チャールズは動画保存したものを少し早送りした。背広の男たちが群がってくる光景が映る。目の吊り上がった細面の男と、蟹《かに》のように横長の顔をした男が車内に首を突っ込んでくる。人の形をしたものを摑み出して、呆然と口を開けた。

「気に入ったかな？　バルーンドール」

それには小西も笑う。膨らませた風船人形をガムテープで固定しただけだ。公安連中の間抜け面が痛快だった。その顔の後ろから、ぬっと現れた顔。深い業《ごう》が宿る、暗い瞳。じっと見ているとこちらが病みそうだ。

「……奥島」

小西は思わず唸った。

「日本警察のダークサイドを司る男だな」

チャールズは頷く。

「だがこいつも、兵長《ルテナント》に過ぎないよ。闇は深い。正体をつかませない」

「奥島の後ろに誰かいるってことか？　警察の中に？」

「もちろんいる。サスペクトが何人か。ぼくもまだ絞り切れていない」

「怪しいのは誰だ⁉」

チャールズは答えなかった。他のことに気を取られている。スピーカーから流れ出したのは、警察の無線だった。

『自衛隊が方向転換……第一師団一個隊、中央即応連隊の装甲車がともに、引き返し始めました』

「オウ、カモン！」

チャールズが嘆く。

「どうした？」

「ぼくの手を読まれた。忠輔だな」

「お前の手？　まさか」

小西は唖然とする。

「自衛隊を使って……田中を殺る気だったのか！」

「うん。相当良いウェポンを持ってるからね」

あっさり認める。

「ＭＬＲＳを、もうちょっと近くに持ってこれてたらなあ。ＳＡＭのいくつかはしっかり押さえてる。ぼくの自由自在に動かせるからね」

「ＳＡＭってなんだ？」

「知らないか。日本語では何だっけ。*surface-to-air missile* だよ。自分で調べろ。もう少しで射程圏内《シューティングレンジ》だったけど……仕掛けが早すぎたかな。タイミングが難しいね」

チャールズは少しもめげていない。これは、何重もの策の一つに過ぎないらしい。

「テメエは全く……どこまで悪巧みを」

「ポーカーが始まってるって言っただろう。だけどぼくは、まだ最強の役を晒《さら》してない。勝負はこれからだ！」

11

問題勃発。何か不測の事態が起きた。

水無瀬は膀胱《ぼうこう》が緩むような嫌な緊張に苛《さいな》まれながら、エレベータでまた最上階までやって来た。いったい今日何度目の往復か。自衛隊の件を相談するために野見山に内線をかけたら、

『もう向こうと話した。それより水無瀬、すぐ来い』

と呼び出されたのだ。ノックも省略してボスの部屋に入室する。奥のデスクまでがひどく遠くに感じられた。ようやく野見山の前に立つと、ボスは低い声で言った。

「神田の救急大学病院から連絡があった。王超《ワン・チャオ》が」

その沈痛な顔に、水無瀬は背筋を硬直させた。

「まさか……逃げた？」

「いや」

野見山は首を振る。

「襲われた」

「な……」

我ながら情けない反応だった。

「警備がついていたんでしょう⁉」

強いて声を押し出す。

「無論だ」

「ではなぜ……中国の別の工作員が侵入したんですか。証拠隠滅のために暗殺を」

「違う。襲ったのは――小笠原だ」

衝撃に言葉を失う。

まさかあの男が……偏屈で、すこぶる感じの悪い男だが、優秀な刑事であり管理官。いったいなぜ？

だが水無瀬はすぐ思い出した。あの男は福山寛子の、かつての夫だ。つまり王超は仇。やってしまった。小笠原は自分の立場を忘れ復讐に走った。

「警備の連中や医師が見ていない隙を狙って首を絞めた。様子がおかしいことに気づいた機捜の冨永が取り押さえた」

「……殺したんですか？」

「死んではいない。が、ますます危険な状態だ。いつ呼吸が止まってもおかしくない」

強烈な重量を、肩に感じた。警察官だけが感じる重みだった。

「しかし、あの男が……そこまで我を失うとは」

「目の前に仇がいたらな。正気を保つのは難しい」

野見山は、オフレコでしかあり得ない発言をした。

「俺だって自信はない。あいつの立場だったら、殺さずにいられるか……皮肉にも、福山が殺すまいとした男だが」

水無瀬は頭を振る。普段は口さがない自分が、吐く言葉を見つけられない。

逆に野見山が語り続けた。少し熱に浮かされたように。

「全ての警察官の模範でなくてはならない俺が……国民の敵を殺そうとしている。いや、人類の敵を……となると、俺は失格か？」

独り言のように声が小さくなる。

「結局俺は、警察官の魂に背いて終わるのか……」

水無瀬はせいいっぱい首を振った。自分は、常にあなたの側にいる。そう伝えたかった。伝わったかどうかは分からない。野見山は目を覚ましたようにまばたきを繰り返し、妙に素直な眼差しで水無瀬を見つめた。

「茂木《もぎ》さんと話したよ」

「ああ……幕僚長と」

「理解してもらえた。自衛隊のシステムを再度チェックするそうだ。こちらにデータは渡せないが、自分たちで徹底的にやる。こちらからも佐々木先生が作った解析ツールの提供を申し出ている。先方は検討中だが……やはり不安があるようだ。少し前から誤作動など、予兆があったのかもしれんな。地対空ミサイルは大急ぎで引き返させた」

「それは何よりです」

水無瀬はようやく声を返すことができた。

「幕僚長は話せる人ですね。慎重やし、頭に血が上って手が出るような、単純な武官やない。危ないのは制服組より、むしろ背広組でしょう。幼稚で思慮の浅い連中が多すぎる」

「うむ。茂木さんも言外に、そう言っていた。指令を下す権限のある文民の方が怖い。特に非常時は危ないとな。最近の背広組は、火事場で必ず判断ミスをする。茂木さんは文民の暴走を抑える、という義務感さえ感じているようだった。いま俺たちは、どれだけまともな閣僚や指揮官を持っているのか……」

「今の幕僚長が茂木さんでよかった。ひとまず安心です」

水無瀬は野見山に息をつかせたかったが、ボスの憂色は濃くなるばかりだった。

「祝さんも、出来る限りのことはしてくれているが……抑えきれんこともある。そもそも個人を軍事力で守れ、なんてことがあっていいはずがない。アメリカやその他の国へのポーズもあるのだろうが。俺たちはミスターをしっかり守る、田中氏は安全だと世界にアピールしなくてはならんようだ。これは正常か？」

水無瀬はまた、答える言葉を無くす。

自分らしくないと自分で思う。疲れを感じた。深い疲れを。寝ていないだけでは説明がつかない、心身が萎《な》えるような疲労だった。その原因の一つについて問わずにいられない。

「小笠原さんの件は、どうなさるんですか」

「隠蔽《いんぺい》はできない」

野見山はきつく目を閉じて言った。

「医師や看護師たちが見ていた」

「ということは……」

「罪に問わざるをえん。事態が落ち着いた後にな」

やるせなかった。水無瀬は立っているのも辛くなってきた。

「拘留……してるんですか」

「いや。自宅に戻した」

「…………」

「拘留はするな、と俺が命令した」

「逃走の心配は……」

「すると思うか？」

野見山は反問した。深い親心のようなものを感じた。水無瀬はそれ以上訊くことはないと思い、自分の仕事の報告に切り替えた。

「東京西部の電力システムはほぼ取り返しました。金融関連企業のウイルス駆除も開始。順調ではあります。数が多いので、いつ終わるかまだ目途《めど》が立ちませんが」

「チャールズとはまだ接触できていないのか?」

「はい。ただ、井上さんと雄馬君が迫ってる。佐々木先生の妹さんも呼びかけてくれた。いずれ反応があると思います」

野見山は頷き、

「勝つぞ」

いきなり宣言した。

「この勝負に負けたら……俺たちは一生負け犬だ。いや、日本という国が、未来永劫《えいごう》罪を負わされる」

野見山の声が震える。

「それは、俺たちが死ぬより悪い」

分かっている。水無瀬は頷いた。

だから自分は警察に身を捧げ、この男に忠誠を誓う決心をした。後悔はない。

だが状況は秒刻みで変遷している。果たして自分たちは、正しく機を捉えられるか?

12

銀座《ぎんざ》や新橋《しんばし》から始めて、浜松町《はままつちょう》方面に向かってレンタカーショップを当たり続けたのは井上の全くの勘だ。だが妥当な線だと雄馬は感じた。命からがら逃走した小西たちが車を乗り換えるならこの辺りだろう。だから、信じて粘り強く当たり続けるべきだ。

さっき水無瀬が報告をくれた。ＳＸ４はやはり囮で、公安がまんまと引っかかり環七の遥か北、練馬の方までひきずられたらしい。やはり無視して正解だった。この間にチャールズとの距離を詰めるのだ。

「墨田署の井上宛に伝言を残した男はいませんか」

どのレンタカーショップでも井上はそんな訊き方をした。なるほどと思った。小西が唯一、自分の後を追ってほしい人物。自分宛に伝言を残しているはずだと井上は踏んでいるのだ。

たとえ小西がチャールズと四六時中一緒にいるとしても、小西なら隙をついて店員にメッセージを伝えられる。機転の利く店員ならしっかり小西の意図を汲《く》み取って、訪れた井上に真実を告げてくれるだろう。すなわち――小西たちが乗っている車の車種とナンバーを。あるいは行き先を。

だが八軒目も空振りだった。まだ結論を下すのは早計だが、こうなるとレンタカーという推測が間違っている可能性がある。切羽詰まって車泥棒に走ってしまったかもしれない。いや、横にいるチャールズが突拍子もない策を弄した可能性もある。あの少年はオリジナルの自動走行システムで車を操れるほどの技術があるのだ。別の車を用意しておいて呼び寄せることもできるかもしれない。あるいは、シンパに命じて車を調達した可能性もあるのではないか。雄馬がそう進言すると、

「そうだな……だけど、もう少し当たってみよう」

井上はめげずに言った。小西のことをよく知る井上には井上なりの感触というものがある。尊重する気持ちに変わりはない。雄馬は愚直にハンドルを握り、目につくレンタカーショップを潰していった。めぼしいショップを当たり終え、大通りを外れて竹芝《たけしば》の辺りに車を入れると東京湾が目に入ってきた。人工島が海上に浮かんでいる。まだ夜明け前の光り輝くベイエリアを思い出した。そして、今も島のビルの中にいる美結のことを思う。

いったい何を見、何を聞いているだろう。不安が際限なく膨らんできて雄馬は頭を振った。今は自分の仕事に集中するほかない。ハンドルを切って新たな通りを探す。

「あそこにも一つある」

井上の声に従って、雄馬は小さなレンタカーショップに車を入れた。すぐさま二人でカウンターに向かう。

相手が客でなく警察だと知った店員は、警戒心も露に二人を見比べた。三十前後の男で、口ヒゲをはやし目つきが鋭い。あまり客商売に向いている風には見えなかった。井上の出す警察手帳をじっと見て店員は、

「本当に、井上さんですか？」

と確かめた。井上は警察手帳を店員に手渡す。

「どうぞよく見てください。偽物ではありません」

店員はたじろぎながらも手帳を手に取った。まだ確信が持てない様子だったが、

「井上さんだけに渡してくれと頼まれたものがあるんじゃないですか？」

雄馬は勢いこんで訊いた。この店員は今までとは感触が違う。

「信用してください。この人が、車を借りた小西さんの直属の上司です」

すると店員は、少し頷いた。そして意を決したように脇のキャビネットに手を伸ばし、引き出しの中から何かを取り出した。

「これを預かりました」

それは——小さなメモだった。ビンゴだ。

「井上さん！　読みが当たりましたね」

雄馬は労をねぎらった。だが井上は厳しい表情のまま、受け取ったメモを開いて文面に集中する。雄馬も横から覗き込んだ。

墨田署刑事課井上係長へ
チャールズは話せるヤツです。爆弾は脅し。見つけたらすぐ確保してください。
小西

急いでこっそり書いたためか、かろうじて読める程度の走り書き。だが重要な情報だった。小西の意図を汲み取ると、チャールズは決して狂人でも凶暴でもなく、確保は可能。怯える必要はない、と伝えているように思える。

「警察の方もいろいろですね」

店員は複雑な表情をしていた。

「というと？」

雄馬が訊くと、

「さっき来た人たちは、ずいぶん偉そうでした」

「…………」

雄馬と井上は視線を交わす。公安に違いなかった。

「何も教えませんでしたけどね」

店員は得意げに含み笑いした。

だが雄馬は笑みを返せない。連中も厚い態勢で来ている。SX4に踊らされているだけではない、この周辺の捜索にも人手を割いているのだ。俄然《がぜん》焦りが増す。

「ありがとうございます」

井上は若い店員に深く頭を下げた。店員は手を振る。

「そこにも書いてありますけど、小西さんは小声で、井上さん以外には絶対に漉さないでくれと。約束しましたから」

「よくぞ、約束を守ってくださった」

「勤務時間が終わったら、墨田署まで行って井上さんを訪ねるつもりでした」

「ありがとうございます。そこまで……」

雄馬が感激して言うと、

「だってあの人、すごく熱心だったから」

店員は満面の笑みになった。

「なんだかこっちも味方したくなりました」

短い間に小西を好きになったらしい。彼の真っ直ぐさ、誠実さが伝わったのか。雄馬は訊いた。

「子供連れてませんでしたか？　中学生ぐらいの」

「いましたね。帽子をかぶってメガネをかけて、隅の方にいて喋らなかったから、凄く内気な子なのかなって」

　それがCだと知ったらこの男はひっくり返るに違いなかった。人目を気にして少し小西から離れてくれたおかげで、小西はこの店員にメモを渡し、小声で話しかけることができた。

「小西に貸した車種とナンバーを教えてください」

　店員はすぐに、メモに書いて渡してくれた。

「ありがとうございます。恩に着ます」

　二人して頭を下げて、店を出る。インプレッサに乗り込むと雄馬は言った。

「車種はアクアだと分かりました。ナンバーも」

「色はブラックマイカ。この頃いちばん売れているタイプだな。街の風景に馴染む」

「はい。水無瀬さんに連絡入れます。でも、応援は呼べませんね」

「大事《おおごと》にはできんからな。警察中が、それに公安が追ってきたらCはすぐ気付く」

「水無瀬さんの方でうまく判断してくださるでしょう。長官から指示があるかもしれない」

「うん。頼む」

　雄馬はメールで、

――小西巡査の乗り換えた車種とナンバーが判明。引き続き捜索します。

と書き、車種とナンバーも添えて送った。むろん暗号通信にする。傍受の恐れはない。

「公安はやっぱり甘く見れませんね」

眉をひそめながら雄馬は言った。

「ここも先回りされてた。あの店員がしっかり小西さんとの約束を守ってくれたから、事なきを得ましたが……」

井上は頷いた。

「公安は是が非でも、刑事部より先にCを押さえる気だ。いや」

はっきり言い切る。

「連中は、Cを殺す気だと思う」

「まさか……そんな命令を、誰が」

雄馬は言葉を切り、頭を振った。今やどんな事態もあり得るのだ。常識は通用しない。

そして、信じられる人間は限られている。

「公安の内部は分裂しています。一部が制御不能になってる」

雄馬は言葉を選びながら言った。

「あの、奥島だな？」

「はい。あの人は長官をさえ恐れていない。あの人の一派は、まるで治外法権の愚連隊です」

「よくそんな言葉知ってるな。若いのに」

井上が感心し、二人は一瞬苦笑いしあう。すぐに顔を引き締めた。

「奥島副部長は、野見山さんが長官になる前から公安部を牛耳っています。彼の噂はご存知ですよね」

「ああ。影の権力者。笑い飛ばしてきたが、本人を見たら……噂は本当だと思えてきたよ。しかし、いったいどれほどの力がある？　裏に誰がいる？」

雄馬は力なく首を振る。そしてなおさら慎重に言葉を選んだ。

「ぼくの兄も、長いものには巻かれていますが……思うところは色々あるはず」

「外事課の課長だったよな。頼れるのか？」

「……分かりません。連絡してみます」

「任せる。君のお兄さんだからな」

雄馬はスマートフォンに兄の電話番号を表示させる。井上の方は改めて、店員からもらったメモを見つめた。

「どこに向かうかまでは書いてないな。気の利かない奴だ」

声には情が溢れていた。その井上の顔を見つめながら雄馬は思う。

爆弾は脅し、と自分で言いながら、小西はチャールズを力ずくで確保しようとはしていない。言いなりになり続けている。そのことをどう捉えるべきなのか。

むろん、目を盗んで書いたメモに小西は全ての思いを書きつけることはできなかっただろう。

爆弾は脅しの可能性が高い。

チャールズは話せる奴だと思います。

それが正確だ。だから万が一に備えて、小西は少年を刺激せずに言いなりになっている。

だがもしかすると――と雄馬は思う。

小西はすすんで行動を共にしている。

その可能性を口にすることはできなかった。ただ黙って、電話の向こうの反応を待つ。

思いは通じない。龍《りゅう》太《た》は出なかった。

13

「さてと」

摩天楼の主はソファに腰掛けた。三人の若き警察官たちと正面から対峙《たいじ》する。

「私がなぜ狙われているか、これで理解できたね」

信じがたいほど上機嫌な声で、ＳＡＴの二人に向かって訊く。

「い……いや……」

陣内は対応できない。声を上擦らせてしまった。だが梓とて同じ。こんな内容、本当であるはずがないでしょう⁉　そう突っぱねたかったが身体が強張る。声が出ない。予想がつかなくて楽しい」

「チャールズは本当に、天晴《あっぱ》れな子供だよ。これから彼はどうすると思う？　予想がつかなくて楽しい」

梓は思わず田中を見据えた。全く信じられない男だ。この状況を楽しんでいる。

「それにしても、彼は私のことが気に食わなくてたまらないらしい。君たちもそうか？　さっき見てもらったような武器たちが、そんなに許せないか」

誰も答えない。梓は、何と言おうか迷った。

火器が身近なアメリカで生まれ育った梓にとって、武器を見ただけで動揺することはない。銃砲店に日常的に通っていたことを思えば、大差はない。だがその根源に日本人がいるという事実が驚きだった。平和主義が染み込んだ日本人がいつの間にか軍事企業のトップに収まっているなどとは想像したこともない。血腥《ちなまぐさ》い弾薬の匂いはこの民族には縁遠いと思い込んでいたが、実は違った。戦場や血の臭いを求める日本人もいるのだ。自分の血の半分。

何か言いたそうにしている梓を見て、田中の表情がゆるんだ。

「日本人にしかできないことがあるんだよ」

梓の内心を正しく読み取る。

「繊細さ。丹念な工夫。こだわり。閃《ひらめ》き。職人芸。私は自分を愛国者だと思ったことはないが、確かに、日本人だからできることがあると感じる。兵器の分野にもそれは必要とされていた。いや、欠かせないものだったんだ。今までは画竜点睛《がりょうてんせい》を欠いた。私こそが龍の目だ」

田中は言い放った。その笑みには含みがありすぎて、受け止められない。

「チャールズはどうしても、いかなる手段を使ってでも、私を殺したいんだろう。だからここまでの派手な大騒ぎを引き起こした。お膳立ては整ったというところかな。さて、次はどんな決め球を投げて来ることか。どう思う？　君たちの意見をぜひ聞きたい」

「……どうして」

梓は訊いた。

「もっと安全な場所に身を隠さないんですか？」

「ここが一番安全だ」

愉《たの》しげに答えてくる。

「そうは見えないかもしれないが、難攻不落の城だ」

この男は強がっているのではない。本当にリラックスしていた。その声や動作、目や表情筋の動きから緊張がかけらも伝わってこない。自信家。おそらくは世界一の。だが、根拠があるからだ。備えは万全なのだろう。

「特に、この私の部屋。ペントハウス」

田中は両手を広げた。

「スタッフたちは冗談めかして〝天守閣〟と呼んでるがね。ここに入れば絶対安全だ。だから君たちも安心していい。死ぬ危険がないからね」

じわじわと背中を這い上がってくるものがある。この男が安心しろと言うごとに、どす黒い感情が生々しく脈打つ。本能の警告だった。自分は死のすぐそばにいる、という。外の空気を吸いたかった。自分の弱気を吹き飛ばしたい。だがこの男がそばにいると、この男の言うことだけが真実に思えてしまう。ゆったりした口調は心地いいくらいで、まるで催眠術師。丸め込まれてしまう。知らぬ間に誘導されているような……梓は背筋に無理やり活を入れた。こんな臆病風に吹かれるとは。恥だ。

確かにこんな人物に会ったことはない。これほど強大で、これほど底知れない人間には。

だが、あたしはあたしだ。

「そろそろ任務に就いていいでしょうか」

梓は言い放った。田中が鋭く見てくる。

「警護するポイントを決めて、配置につきます」

「ずいぶんとビジネスライクだね」

田中の笑顔に淋しさが交じった。

「こんな男、守ってやるもんか。そう思ってるんじゃないのかい？」

「私はハッカーの言うことなど信じません」

梓は言い切った。

「あんな映像など信じるに値しない。それ以前に私は、命令に従うのが仕事です。私の上司はあなたを守れと命令した」

「あくまで警察官でいるか。人間、戸部シャノン梓の意見はないのかい」

田中の問いに、なぜか美結が激しく反応した。色をなして梓と田中を見比べる。その視線を梓は無視した。

「繰り返しになりますが、私が判断する問題ではありません」

「あの動画はぜんぶ事実だよ」

「……………」

梓は口を閉じる。男はフッと笑い、

「一柳さんの意見はどうだ？　何か言いたそうだが」

と美結に水を向けた。梓は危機感を持つ。

だが美結はたちまち凝固した。何度か口を開けたが、やがてぐっと閉じ——目を伏せてしまう。

「陣内君、君はどうだ」

梓のバディを見る。

「私を守るなんてとんでもない。こんな男、殺してしまえ。そう思ってるんじゃないのか」

陣内はしゃちほこ張って頰をひくつかせる。

「とんでもありません。あなたを守れという厳命を受けています。そのために参ったんです」

「本当かい？　君も血気盛んな若者だ。悪人を殺したくて特殊部隊に入ったのでは？」

「違います。もしそうなら……ＴＲＴでテロリストを射殺しています」

頰を紅潮させて声を震わせた。梓はすぐバディをフォローする。

「結果的に発砲しましたが、急所を外しました。テロリストは生きています。我々ＳＡＴは、やむを得ない場合以外は決して誰も殺さない」

言ってしまってから、青ざめた。

捜査機密を口にした。我を忘れてしまったのだ。

「戸部さん。全く問題ないよ。木村さんに断ってある」

ＳＡＴの二人は啞然として見返す。

「気兼ねなく喋ってくれ。私も既に、いろんな情報を仕入れさせてもらってるしね」

「ありがとう、梓」

いきなり美結が言い出した。梓を見つめ、強い声で続ける。

「福山さんと村松君を、助けようとしてくれて」

溢れる思いを堪えることができなかったようだ。梓は頷いた。

「美結、あんたの同僚さんは立派だった」

ぜひ言いたかった。田中を忘れて語気を強める。

「あの女性刑事……福山さん。最後まで命を張って、テロリストを捕まえたの。刑事の鑑《かがみ》よ。あんな人を先輩に持てて、あんたは幸せ。これからもあの人についていって」

その瞬間、美結の表情が罅割《ひびわ》れた。梓は恐ろしい予感に襲われる。

「福山さんは……亡くなった」

美結がぽつりと言い、

「なんでよ⁉」

梓はほとんど絶叫していた。陣内も口を開けている。王超《ワン・チャオ》を撃って戦闘力を奪ったことで、他の警察官を守ることができた。助けられたはずだと信じていたのだ。

「重傷だったけど、命に別状は……」

「身体に打ち込まれた物に毒が含まれていた」

口を開いたのは田中だった。

「いかにも中国の諜報部のやり口だ。決してスマートではない、だが実戦的。最新兵器に、最も原始的な方法を組み合わせるやり方。彼らなりの知恵だね」

全員が唖然として田中を見つめる。底冷えするような畏怖が膨らんだ。なぜ知っている？

田中は三人の驚愕《きょうがく》にお構いなしだった。更に上乗せしてくる。

「それにしても、実に惜しい人材をなくしたね。福山巡査部長。初代女性ＳＡＴ隊員を」

「なんですって⁉」

梓は再び絶叫する。殴られたに等しい衝撃だった。

「君たちも知らなかったか。さすがだね、彼女は自分の経歴を完璧に隠しおおせていた」

田中は愉快そうに目を細めた。

「彼女こそ、五年もの長きに渡って己の役目を全うしたＳＡＴ史上初の女性隊員。これほどの期間、最前線で任務を全うした女性隊員は歴代で彼女だけだそうだ。最も活躍した男性隊員に少しも劣らない」

陣内の顔色も変わっている。この男も若いから福山の現役時代を直接は知らない。だが、初代女性隊員の優秀さについては先輩から聞いたことがあるのだろう。あまりに数奇な運命に痺《しび》れを感じている。梓は――いつしか深く頷いていた。

まさに彼女は、自分にとって偉大な先輩だった。

塔の上ではろくに言葉を交わせなかった。元気のある姿さえ一瞬も見ていない。にもかかわらず、彼女が本物の闘士であることは一目で分かった。警視庁には不屈の女がいる、と噂だけは前から耳に入っていたし、自分もそうありたいと願い続けてきたのだ。見まごうはずもない。

　彼女に続く女性隊員は不運だった。否応なしに福山と比べられたからだ。先輩が偉大すぎると長続きしない。福山ほどの逸材が現れないまま、ＳＡＴの女性隊員採用は徐々に減っていった。今や途絶えようとしている。

――自分が歴史を変えなくてはならない。かつて感じたことのない種類の闘志が燃え上がる。自分ならあの人の衣鉢《いはつ》を継げる……これほどの自負心、燃え立つような名誉と使命感を覚えたことはなかった。

　もちろん無念だ。もう彼女の言葉を聞けない。その勇姿を見られない。だが、偉大な先輩の姿を、世を去る前にこの目に焼きつけることができた。そのことが、自分の中にかつてない力を注入するのを感じた。

「だがいくら優秀でも、長く前線の隊員を務めることは出来ない。男だろうと女だろうとね」

　田中はなおも喋り続ける。異様な説得力で。

「常に生死の境にいるということは、戦場の兵士と同じ状態だ。神経が保《も》たないんだ。それでも彼女は五年という異例の長きにわたり、二十代後半のほとんどを特殊部隊員として務め上げた。君たちと同じ最前線部隊、制圧班のリーダーとして。警視庁の警備部は彼女を手放したくなかったそうだ。技術班か狙撃班に移ってこれからもＳＡＴを締めてくれと求めたらしいが、彼女は辞退した。そして強行犯係の刑事となった。より前線に近い場所を選んだようだね。彼女はあくまで悪人と直接対峙《たいじ》する職務を選んだ」

まるで福山の生涯にナレーションでもつけているかのようだった。その淀みない声音に梓は脅威を感じる。魅力的なのだ。この男はかつてこの調子でクライアントたちを魅了した……畏怖感はとどまるところを知らない。この男はどこまで知っている？　警察の内部情報を。とりわけ特殊部隊については極秘中の極秘だ。だがこの男は知りたいことを知る術を持っている。不可能は、ないのか。

正気を保つために梓は田中から目を外す。美結が心配だった。どれほどこの男に怯えているだろう。そう思って見たのに、梓は拍子抜けした。剛《つよ》い顔がそこにあった。いつの間にか、しっかり警察官になってるじゃない……と思った。警察学校時代、あれだけ自信なさげで、迷ってばかりいたこの子が。

福山の思わぬ過去に、初めは衝撃のあまり震えていた様子だったが、仲間を思う気持ちがこの子を見違えさせている。

「田中さん。我々は任務を遂行します」

梓は声高に宣言した。これ以上この男の弁舌に巻き取られたくない。

田中は気を悪くした様子もなく、にこやかに応じた。

「君の警護ポイントは決まってるよ。ライジングタワーの英雄たちを迎えると決めた時に、もう決まっていた。この、私のペントハウスを直接守ってもらう」

「……とおっしゃいますと？」

「君たちが最後の砦《とりで》だ」

満開の花のような笑みに、梓はまた目を逸らしたくなる。

「私の命を預けた」

間奏一――某の怯懦《きょうだ》

私は怯えている。

東京ジャックが始まってから、一秒たりとも気が休まる時がない。

Cが東京を大混乱に陥れていること自体は、大して問題ではなかった。私の住んでいる区域は停電を免れたし、帰路を通る鉄道も一時は止まったものの、やがて運転を再開し帰ることができた。いささか問題なのは、東京西部に住む後輩が家に帰れなくなり、私の家に泊めなくてはならなくなったことだ。同僚にも後輩にも慕われている私は、困っている人間を見捨てられない。

もう真夜中近く。私の家のバスルームでシャワーを浴び、リビングのソファに座って出されたビールに口をつけながらスマートフォンをいじっていた後輩は、微妙な笑い顔を浮かべて私に言った。

「先輩！　Cのリストに、先輩と同じ名前の人が」

その通りだ。Cが制裁リストを発表してから私の怯えが始まった。

後輩は、今回の大混乱を引き起こしたとされるCのサイトに興味本位でアクセスし、私の名を発見したのだった。だが私はあわてない。

「私と同姓同名の人間なんて、何百人といるよ。全く迷惑だ」

「そうですよねえ。気をつけてくださいよ！　Cのシンパに襲われないように」

後輩はそう冗談めかして笑った。親切のつもりだ。私が、Cに狙われるような悪人ではないと信じ切っている。

だが笑い事ではなかった。なぜかリストに写真が載っていないのは幸いだが、このリストは間違いなく私を指している。初めてリストを見た時、私の名に付いているキャッチフレーズを見て震撼《しんかん》した。

まさに、私の生きる意味がそこに刻まれていたのだ。

なぜCは知ったのか？　私の存在を。正体を。警察はまるで私に辿り着けなかったというのに。

私の真の姿を知る人間は――世界に一人しかいないはずなのだ。

Cは恐るべき存在だ。東京をジャックしたからではない、私の存在に辿り着いたから。

だがリストには個人を特定する情報が少ない。写真ばかりか、年齢も住所も載っていない。そして、私と同姓同名の人間は多い。つまり、私と特定する材料は一切無いのだ。怯えるのは馬鹿げている。Cのシンパが襲ってくる気配も全くない。

そう自分を納得させても、不安はまるで去らなかった。むろん決して態度には出さない。空き部屋に後輩を寝かしつけると、私は一人、リビングでビールを飲みながら考えた。これからの身の処し方を。

結論は出なかった。騒ぎの続く東京を映し出す報道番組を、呆《ほう》けたように眺めるばかり。

――連絡するべきだろうか。

あの男に。

第三章　濁流

「ぼくはしらみをつぶしただけなんだよ、ソーニャ、なんの益もない、いやらしい、害毒を流すしらみを」
「まあ、人間をしらみだなんて!」(中略)
「…そのうちにぼくはね、ソーニャ、みんなが利口になるのを待っていたら、いつのことになるかわからない、ということがわかったんだ……それから更にぼくはさとった、ぜったいにそんなことにはなりっこない、人間は変わるものじゃないし、誰も人間を作り変えることはできない、そんなことに労力を費やすのはむだなことだ、とね。…」

(ドストエフスキー『罪と罰』工藤精一郎訳)

1

「さて、後はどうやって、小西たちのアクアを見つけるかだが」

井上は悩み深い眼差しで言った。

「むろん本部に連絡して、Nシステムに頼るわけにもいかない。公安に筒抜けになる」

「そうですね」

日比谷《ひびや》通りをゆっくり流しながら、雄馬は頷く。

「今どこにいるのか考えると……」

「すぐそばではないにしても、チャールズはやはり、田中氏の住居に向かうかもしれないな」

「ベイエリア。そうですね」

「雄馬君は、田中氏の住居を知っているんだよな」

「はい。建物の前まで行きました。真新しい高層ビルです」

井上は視線を宙に漂わせながら考えた。

「チャールズが、その近くにいる可能性は高い。行ってくれるか？　そのビルまで」

「了解しました。いちばん近いルートは、レインボーブリッジですが……どうしますか？」

「いいじゃないか。堂々と乗り込もう」

その時、インプレッサの無線が声を拾った。

『吉岡警部補、応答願います。そちらの現在地は』

聞き覚えがある。サイバーフォースの技官の声のようだった。

「港区芝三丁目、田町《たまち》駅付近です」

無線のマイクをとって雄馬は返答する。

『そこから近い、芝浦《しばうら》埠頭に市民が集まっている模様です。数は百人ほど』

「何事ですか？」

『意図・目的は不明です。ベイエリアに近いことから、もしかすると』

技官は少し言い淀んだ。誰かの意見を聞いているのか。

『田中氏を目指したデモか、抗議集会の可能性が』

「田中氏の住居がばれたか？　騒がしくなるな」

井上が渋面になる。当然だった。平和的デモならまだいい。だが、Cのシンパたちがこぞって田中氏を襲撃しようとしているとしたら。

『様子を見に行ってもらえますか？』

「雄馬君、近くだ。現場へ急ごう」

井上の断を受けてすぐ応答した。

「至急芝浦埠頭に向かいます。詳しい場所は？」

相手から詳細を聞いて無線を切る。

「Cはシンパを集めて、数にものを言わせる気か」

「シンパにだけ、田中の居場所を知らせた可能性がありますね。でも……分かりませんね、チャールズの考えることは。とにかく行ってみましょう」

雄馬はインプレッサを海に向けた。日比谷通りを左折するとたちまち巨大な倉庫が連なる埠頭の景色が目に入ってくる。時折マンションも挟まるものの、この一帯の建物のほとんどは倉庫か工場か物流センター。行き交う車はトラックが多い。

だがどこを見ても人の姿はまばらで、集会をしている様子はない。

「おかしいな」

井上が呟く。

「はい。この辺のはずなんですが……」

雄馬がハンドルを切ると、少し開けた広場のような場所に出た。三十人ほどの人間たちが見えた。

「あっ、あそこに人が集まっています」

「あれか？」

二人は即座に車を駐めて降り、広場に入っていった。シートを敷いてたくさんの衣類や小物を並べる人々がいる。それをブラブラと眺めるのは、客。どうやらフリーマーケットだ。まだ午前中のせいか客はまばらだった。井上が首を振る。

「これは集会じゃない。ここじゃないのか？　人が集まってるのは」

雄馬は無線で確かめようと踵を返したが、背広を着た男が近づいてくるのに気づいた。

「井上さんと吉岡さんですか？」

声をひそめて訊いてくる。三十代半ばぐらいの顎の長い男だった。今までフリーマーケットの客の中に紛れていたようだ。

「はい」

雄馬も声を抑えて答えると、男は少し頭を下げた。

「私、港南署生活安全課の江畑《えばた》と申します。このへんに不審者が集まっているという、付近住民の通報が」

「どこですか？」

「向こうのコンテナ置き場です。複数の人間が不法に出入りしているようで」

江畑刑事の言う通り、広場の隣にある倉庫と倉庫の間に、赤茶色と水色に塗られたコンテナの列が見えた。井上と雄馬は顔を見合わせる。

「Cのシンパたちの密会か？」

井上が鋭く訊き、

「あるいは」

江畑は頷いた。だがまばたきが多い。確信はないようだ。

「放っておくわけにはいかんな」

「凶器でも持ち寄ってるなら、凶器準備集合罪に問えますが」

「……踏み込むか」

井上が決意し、江畑という刑事はゴクリと唾を飲み込んだ。たまたま近くにいたためにここを動けなくなったのだろう。荒事は苦手、と顔に書いてあった。頼りにはできない。自分たちと違って拳銃も携帯していないのではないか。だが迷っている場合ではなかった。雄馬は覚悟を決めて井上に向かって頷く。

まさにその時——コンテナの列の間を誰かが走り抜けた。列の奥へと遠ざかってゆく。

「気づかれた⁉」

「急げ。逃げられる」

腰の引けている港南署の刑事を置き去りにして二人は走った。雄馬は素早く銃を取り出すと井上の先に立って走る。若い自分が矢面に立たなくてはならない。それに、万が一にも井上を危険にさらしたくなかった。この係長にもしものことがあれば墨田署強行犯係は瓦解《がかい》する。美結が帰る場所はなくなってしまう。

ほぼ等間隔に立つコンテナの間を雄馬は駆け抜けた。遠ざかる人影の足は速くない。ところが、とりわけ大きなコンテナに差し掛かったところでふいに消えた。雄馬は訝《いぶか》って足を緩める。待ち伏せされているかもしれない。

振り返って井上を手で制してから、雄馬は慎重にコンテナに近づいていった。拳銃を油断なく構えながら角を曲がる。

コンテナのドアが半開きになっていた。

このコンテナは、人間がゆうに十人は入りそうな大きさだった。そして、この先のコンテナの列の先に人の姿は見えない。逃げてきた人影はここに逃げ込んだとしか考えられなかった。

雄馬は無言で井上に語りかける。井上は頷き返してきた。やるべきことは一つだ。

感心なことに、少し遅れて港南署の江畑も追いついてきた。激しくまばたきしながら二人を見る。雄馬が突入する、と目配せすると、またゴクリと唾を飲み込んだ。

雄馬は江畑には構わずに、足音を立てないようにコンテナの入り口に近づいて手を伸ばした。ドアの取っ手に手をかける。

一秒だけ動きを止めて耳を澄まし、それから一気に踏み込んだ。

「動くな！　警視庁だ」

拳銃を真ん前に突きつける。だがコンテナの中には明かりがなかった。奥の方は全く見えない。井上も続いて駆け込んでくる。

次の瞬間、視界がハレーションを起こす。正面の壁から強烈な光が放たれ二人の目を射た。手をかざしながら雄馬は必死に前を見る。ドン、というドアが閉まる重い音がした。あわてて振り返るとぴたりと閉じている。港南署の刑事の姿はない。

続いてガチリ、という音。信じられない。外から鍵を掛けたらしい。

雄馬は悟った。あの男は港南署の刑事ではない。

「罠か──」

井上が無念の声を漏らした。

「銃を捨てろ！」

怒鳴り声が顔を打つ。目を凝らすと強烈なライトをバックに、こちらに銃口を向ける三人の人影が見えた。

雄馬は二秒後に銃を床に落とした。他に選択肢はなかった。

自分たちは袋の鼠《ねずみ》だ。待ち構えていたのは──

「ここは行き止まりだ」

胎動するマグマのような声の持ち主。

2

「このペントハウスの出入り口は二つ」

主、田中晃次が説明した。

「一つは、エレベータ。奥のドアを開けるとすぐのところにある」

意外だった。屋内にも直通のエレベータがある。ならどうして、それを使ってここに直行しなかったのか。わざわざ下の階から階段を使ったのか。

屋上の景色を見せたかったからに決まっていた。この男は、自分が王座にいることを見せつけたかった。

「こちらのセキュリティは完璧だ。地上入り口でも、上層階でもチェックポイントがあって、ガードたちが監視している。私が許す人間しかここまで上がって来られない。そしてもう一つは、さっき私たちが入ってきた正面扉。階段から屋上に出て、扉まで歩いて来なくてはならない。特殊部隊のお二人にはそちらを守ってもらいたい」

「……なるほど」

奇抜な攻撃を仕掛けかねないCは、空から飛来するかもしれない。この男はそう考えている。既に空で敵と闘った実績のある特殊部隊を配するわけだ。

「このゲストルームは、通って来てもらってお分かりのように、正面扉に近い。内扉と外扉がある」

田中は説明しながら三人を扉の外に連れ出した。ゲストルーム自体の扉があり、その先に正面玄関がある形だ。田中が玄関から外へ出たので、三人も倣った。再び上空の風が顔を襲う。

「ご案内、ありがとうございました」

あふれる陽光に目を細めながら梓は言った。

「配置につきます」

「分かった。預かった武器をお返しする。持って来させよう」

すると陣内が言った。

「俺が外扉。お前は内扉を守れ」

梓はバディを見返す。二人して外扉を守るものと思ったのだが、陣内は二つの扉に一人ずつ配した方が良いという判断らしい。特殊部隊歴の長い先輩の判断に従うしかない。

「なるほど、三段構えか。これは安心だ」

田中も嬉しそうにした。

「最後の一柳巡査を突破して初めて、チャールズは私の命を奪える……無理だな。私は絶対的に安全だ」

ハハハと快活に笑う俳優のような男を、美結は陰鬱《いんうつ》な眼差しで見た。梓にはそれが、征服された被支配民族の目に見える。自分は絶対にこんな目はしない、と思った。

ふいに笑うのをやめ、田中が耳を抑える。誰かの声を聞いていた。耳に極小イヤホンを仕込んでいるらしい。

「ん。佐々木先生の論文が届いた。戻って繙《ひもと》こう」

いったい何の話だ。梓はもの問いたげに美結を見たが、美結はそれどころではなさそうだった。狂おしいほどの不安と期待が顔に明滅していた。

3

「……どういうつもりだ」

井上は目の前の男たちに向かって鋭く言った。

とりわけ、コンテナの奥に一人、椅子に座っている男に向かって。

「奥島副部長。ここで何をしているんですか」

雄馬も怒りに任せて声を張った。背面の明かりが明度を下げたおかげで顔が見えたのだ。

だが相手は完全に無視した。

「井上——貴様は性懲《しょうこ》りもなく」

所轄署の係長を睨みつけ、闘犬のように吠えた。

「派手に邪魔してくれたな！　おかげでCを逃した」

清澄通りでのカーチェイスのことを言っている。雄馬は、奥島の両隣に立っている二人の顔を鋭く見た。部下の公安刑事たちを。だがどちらも、マムシかトカゲのような無感情な目で見返してくるのみ。

「部下を助けて何が悪い」

所轄の警部補は警視長に向かって言い放った。敬語さえ捨てた。完全に開き直っている。この人は警察官人生を懸けているのだと雄馬は悟った。もはや誰のことも恐れてはいない。

「処分するならしろ。俺は、あんたたちの言うことは聞かん」

「……致し方ない」

奥島はポツリと呟いた。耳にイヤホンをしている。コードが後ろにある機械類に伸びていた。かすかに頭を振っている。その目は妙に虚ろだった。何を聞いているのか。いや、何を考えているのか。

「奥島副部長。どうするおつもりですか」

雄馬はまだかろうじて平身低頭を保った。

「私たちの動きは長官も把握しています。一方、あなた方はどうですか？　長官は、あなたがここで何をやっているかご存知ですか」

理を尽くして責めるつもりだった。相手の非を証明するのだ。

「脅しのつもりか？」

奥島は口の端を上げた。雄馬は負けずに続ける。

「あなた方の動きは不審すぎる。長官に報告しないわけにはいきません」

「吉岡家」

奥島は吐き捨てた。

「何が名門だ、笑わせる……お前ら兄弟など、そろって落ちこぼれだ。いつでも潰せる」

「あなたには背任の疑いがある。警察の、いや国民の利益に反する行動をとり続けている」

雄馬は我を失った。言い過ぎた、と思った瞬間にはもう遅かった。相手に矛を収める余地を与えるつもりだったが、我慢の限界を越えたのだ。

「あなたこそ、処分の対象にならないように気をつけるべきです」

ついに雄馬は言い切った。

「愚か者め！　俺たちは永遠に処分されない。されるのはお前たちだ」

奥島の闇からマグマが噴出してきた。

「お前たちの命運はここで尽きた」

「本気か、あんた」

井上は呆然とした。

「俺たちを殺すのか？」

すると奥島はフッと笑う。頭のネジが緩んだような、妙な笑みだった。

「それは俺の一存だ……お前らの末路など誰も問題にしない」

「チャールズと小西さんも殺すんですか」

雄馬は叫んだ。後戻りできないどころか、これは瀬戸際。生命の危機だ。もはや言葉を選んでいる場合ではない。

「そんなことが出来るとしたらあなたは刑事じゃない」

「チャールズ暗殺は取りやめになった」

奥島の顔から完全に表情が消えた。

「ミスターからの勅令だ。まだCを殺すな。信じられん、あの人を守るために先んじて駆けずり回ったんだ。公道で銃撃さえしたのに……あんな危険なガキを殺すなとは！　あの人は時々……酔狂に過ぎる」

「あなたは警察官ではない」

雄馬は震えながら言った。すると奥島から返ってきたのは意外な反応だった。

「俺に選択の余地はない」

笑みというより、虚無。何もかも諦めたかのような。

奥島は耳からイヤホンを外した。脇にいる部下に何か指図する。奥島が自分たちから視線を外した隙に、雄馬は逃げ道を探した。だがこのコンテナに出入り口は一つ。いま入ってきた扉だけだ。あの江畑と名乗った刑事に外から閉じられてしまった。あれも公安の一員に違いない。見上げると天井に、正方形のハッチのようなものが見えた。あそこから外に出られるかもしれないが、むろん高すぎて梯子《はしご》でもない限り届かない。

奥島の横の公安刑事が、背後にある機械類に手を伸ばした。スイッチを押しつまみを回す。

『……育てる方がよほど難しい。この理屈は分かるだろう、チャールズ？』

いきなり、人の声が響いた。

『……を殺す人間は、本当にやるべき仕事を避けて……つまり怠け者なんだよ。自分の感情に身を任せて……』

スピーカーから漏れ出している。何の声だ？

『先生。いつだってあなたは正しいよ。憎たらしいくらいにね……君は論文で、ご丁寧に、人間が……について列挙してくれたな……の事例。囚人や死刑囚の……そして……』

その声に聞き覚えがあった。

4

しばらくの間、チャールズはうんともすんとも言わなかった。ものすごい勢いでタブレットPCの画面に指を躍らせている。自衛隊作戦を見抜かれたことは案外痛手だったのではないか？　小西はほくそ笑みながらおとなしくしていた。だが、ただじっとしているほどバカではない。井上に現在地を知らせるのだ。

小西は巨大な背中をぴくりとも動かさないように気を付けながら、自分の携帯電話の電源を入れ、こっそりメールの文字を打ち込み始めた。だが新世代の若者のようにメールを打ち慣れてはいない。視線が下がるのは如何《いかん》ともし難かった。

「コ、コ、コーニシ」

呼ばれた。閻魔《えんま》大王の声に聞こえた。

「お前のモバイルを没収する」

「な、なんでだ」

小西は無辜《むこ》の市民を装う。無駄だった。

「勝手に電源を入れたからだ。井上サンに居場所を知らせる気だろ」

運転席の下に盗撮カメラでも仕掛けたのか。いつの間に？　俺がマヌケなだけか。

「早く寄越しなさい」

小西は仕方なく携帯電話を差し出す。早弁を見つかった中学生のような気分だった。

チャールズはニンマリしながら戦利品を受け取ると、

「さて、そろそろ安珠と話でもするか」

と何気ない調子で言った。

「なんだと？」

聞き捨てならない。

「どうして安珠さんと話を」

「少し前にメッセージが来てた。IPアドレスは、警察庁サイバーフォース。佐々木兄妹は感動の再会を果たしたらしい」

サイトのメッセージボードに書き込んだのか。兄で駄目なら妹が出てくる。そういうことか。

「安珠さんは、なんだって？」

「ぼくと話したいとさ。うん、安珠とも久しぶりだ。話すのも一興」

チャールズはカーテレビの映像を切り替えた。ご丁寧に自分のPC画面を小西に見せる。

さっそくビデオ通話コールを送った。メッセージボードに書き込まれた安珠指定のアカウント――つまり、サイバーフォースに直でつながる。少し前に舌戦を繰り広げた佐々木忠輔がいる場所に。だが、今度の話し相手はその妹。

カーテレビに安珠の顔が映った。頬の痣が痛々しい。

『チャールズ、ありがとう。連絡に答えてくれて』

安珠が礼を言う。

「お詫《わ》びがしたかったからね」

画面の隅には話し相手、つまりチャールズの顔がワイプで写っている。いやに神妙な表情だった。

「危険に晒してすまない。君を傷つけるつもりはなかった……君のビッグブラザーが君のために必ず折れると思っていたし、最悪、王超《ワン・チャオ》を殺せば問題ないと思っていた。だが、甘かった。謝る」

常にこんなに素直だったらどんなにいいだろう。小西は皮肉を言いたくなった。

『あんたねえ。兄貴の頑固さをナメちゃダメよ』

安珠はさばさばと言った。

『自分の理論のためなら、妹のことなんか屁《へ》とも思わないんだから』

「ああ。すまない」

『あんたを責めたくて連絡したんじゃないの。一緒に戦えたらと思って』

「ほう?」

チャールズは面白そうにする。小西も思わず身じろぎした。

この女性は頼もしい。ストレートに事態を打開に来た。

『どうにか妥協して、協力し合うことはできない？』

「ふむ」

チャールズは愉快げに鼻を鳴らし、少し宙を見つめて思案した。

「ぼくと忠輔の立場が平行線な限りそれは難しい。だが、話は聞こう。君が仲介役ってわけだな」

『話したいのはあたしだけじゃない』

ウォッホン、という咳払《せきばら》いが届く。

小西は相手が誰かすぐ分かった。相手が柄にもなく緊張していることも。

『あー。チャールズ君か？　こちらは、水無瀬と申す者だ』

「おー、シリック！」

チャールズが歓声を上げる。

『……もう知っとったか』

諦めたような声。顔が画面に出てこない。ビビッているらしい。

「認めるんだね。シリックとしか考えられない、という結論に達したところだった。話せて嬉しいよ。最大限《マキシマム》のリスペクトを送る。ぜひ顔を見せてくれ！」

チャールズの求めに、水無瀬は渋々応じた。安珠の横に冴えない福顔がフェードインする。

「ずいぶんお疲れのようだね」

チャールズはニヤニヤしながらねぎらった。

「ボロボロの麻袋《ジュートバッグ》みたいだ」

『君のせいや。分かっとるやろ。山ほど仕事を作ってくれおって』

水無瀬は素直に愚痴った。

『こちとら老兵や。手加減してくれ』

「警察なんかに身をやつした報いだね」

『ああ、好きなように言え。こっちがリスペクトを送ったる』

やけくそのようなセリフが返ってくる。

『あいつにここまでおおっぴらに弓を引いたのはお前が初めて。天晴れや。たいていは弓を引く前に潰されるからな』

「楽じゃなかった」

チャールズは、水無瀬と同じくらい素直だった。

「すごく慎重に、時間をかけて準備した。あらゆる事態を想定しながらね。でも日本の警察にシリックがいるとは想定してなかった。知ってたら、もう少し別のやり方を考えたんだけどね」

『今からでも遅くない。手を考えよう』

水無瀬はここぞとばかりに言った。

『全部が全部、田中の臣下ってわけやない。日本警察の中にも、田中を倒すことをずっと考えてきた人間がいるんや』

「石垣サン以外にも？」

『もちろん』

水無瀬は声を強める。

『君が行動を起こした今こそ、またとない好機や。そう考えとる』

「ぼくに協力してくれるんだね？」

チャールズは声を弾ませた。

『……おおっぴらに言うことはできん。分かるやろ？　察してくれ』

「日本警察がバックアップに回ってくれるなら言うことなしだ。奴を殺すことに協力してくれるわけ？」

『いや……』

水無瀬はしなびた茄子《な》のような顔になった。

「じゃ、少なくとも、黙認はしてくれるってことか。それは嬉しい」

『ヤツが死んだら、世界は今よりマシになる。俺もそう思う』

低い声。水無瀬が決死の覚悟で言ったのが分かった。チャールズが快哉《かいさい》を叫ぶ。

「シリックもぼくに賛成だ！　とても嬉しい」

『だが……佐々木先生は違う意見か』

水無瀬は絞り出すように言う。画面の中の顔が、気を遣うように振り返る。

『何度でも言う。殺すことは敗北だと』

揺るぎない声が聞こえた。そして眼鏡《めがね》をかけた男が画面に入ってくる。チャールズが顔をしかめた。

忠輔の顔の方がひどい、と小西は思った。頬が見るからに痩《こ》けている。全く寝ていないのだろう。だが目の光は恐ろしく強い。

『それがまさに、田中氏が取ってきた手段だ。どうして道義的に劣っている相手と同じ方法を取ろうとするんだ？　相手の敗北につき合うだけだ。お互いにどれだけ負けるかを競っても、本質的な勝利からは遠ざかるばかり。勝者はいない、いわば共倒れだ』

『兄貴！　あんた話聞いてた？　妥協点を探そうって言ってんじゃないの。引っ込んでて』

安珠があわてて声を大きくする。

『だが、悪を滅ぼす事＝善、ではないということは、作用反作用の法則と同じくらい基礎的な公式だ』

　妹も忠輔を止めるには至らない。それほどの勢いだった。

『悪人を百人殺すより、一人の善人を育てる方がよほど難しい。この理屈は分かるだろう、チャールズ？　悪人を殺す人間は、本当にやるべき仕事を避けているだけだ。つまり怠け者なんだよ。自分の感情に身を任せて、復讐の欲望を満たそうとしているだけだ。それが新たな悪以外の何だと言うんだ？』

　本当に厄介な男。安珠が兄をそう評していたらしい。美結から聞いたのを思い出した。

全くその通りだと小西は思った。

「先生。いつだってあなたは正しいよ。憎たらしいくらいには」

　チャールズのしかめ面は、妙に透明な笑みに変わっていた。

「君は論文で人間が悔い改める可能性について列挙してる……歴史の事例。囚人や死刑囚の実録。そして文学作品、芸術作品。どんな極悪人でも変わる可能性がある。そして、そいつが悪に染まった理由、育った環境や、周りにいた人間の責任を忘れてはならないと繰り返してる。人間は社会的動物。つまり、その社会を作っている人間一人一人に、悪を生み出した責任が求められる。誰一人他人事として済ませることはできない……君が言っているのは、そういうことだ」

『ああ。誰かを殺す前に、その相手を一度だって変える努力をしたか？　それもせずに殺す？　悪が出現する責任の一端は自分にあるのに。悪人を殺すことは真実から目を背けること。自分の一部を殺すことに他ならない』

「分かる。理解はできる。他の人間には出来なくてもね」

　チャールズは大きく息を吐く。

「だがやっぱりぼくは、今日起こる犠牲を無視できない。忠輔、対症療法と言わば言え！　桁外れの悪人は、殺すことが最も効率的だ。変える努力など無意味」

『その醜い選択は必ず禍根を残す』

　恐るべきしつこさ……小西は思う。この男がいま俺の目の前にいたら力ずくで口を塞ぐだろうと。

『サンプルをとって、百年単位のタイムスパンで検証すれば明らかだ。それが人心にどのような影響を及ぼし、新たな悪縁を生み出すかを。殺意や憎悪や偏見を、どれほど確実に次の世代に移植するかを』

「アスティは賢明だった」

　チャールズは鋭く切り返した。

「一向に進歩しない人間に絶望した。無実の血が流れ続ける大地に別れを告げた」

　少年は詩を朗読するように、抑揚をつけて言った。相手を黙らせることに成功する。

「忠輔……どこまで〝正しさ〟を追い求める気だ！　誰もついていかないぞ。誰も責任を負いたくない。考えたくないいんだ。みんなが真実を好きなわけじゃない、君みたいにとことんまで考えたくなどないんだ。一人一人に正義を求めるな。全員に、世界を変える責任を負わせるな！　みんな君と違って、考えるのをやめろと言われたら喜んでやめるんだよ。真実から目を逸らせと言えば喜んで逸らすんだ。自分が何もしないせいで誰かが苦しみ、死んでいくなんて思いたくない。そんな連中に何を期待するんだ？」

忠輔は黙った。

痛快だった。小西はチャールズの肩を叩いてやりたかった。だが胸のどこかが破れて血が流れている。忠輔も日々絶望を繰り返している、それが伝わってきた。それでも立ち向かっている。いったいどんな根性してんだ？　信じられないと思った。あんたはあらゆる意味で頭がどうかしている。

「殺人は、あまりに決定的な道義的負債だと君は言う」

勝ち誇ることもない、相手をやり込める調子でもない。チャールズはただ淡々と言葉を紡ぐ。

「つまり、〝罪〟だ。だがぼくは喜んで負うよ。罰を受けろと言うなら喜んで受ける。奴はそれに値するからね。人類七十億の中で、唯一殺すべき者がいるとすれば、奴だ」

その声は言葉を重ねるごとに稚気をなくしていく。

「奴の人生こそが科学的証明になってる。そうじゃないか？」

忠輔はなおも黙り込んでいる。画面に映り込む安珠と水無瀬が固唾《かたず》を呑んで聞き入っていた。歳の離れた、おかしな旧友同士の会話の行方を見守っている。

「今すぐ死んだ方が人類のためになる。そういう人間も存在する、という生きた実例だ。忠輔、ぼくのどこが間違っている？」

小西は思わず頷いた。心から頷く自分がいた。

5

『忠輔。君が殺人を許す唯一の状況は、〝狭義の正当防衛〟だったよな』

スピーカーから響く声。

『恐ろしく厳しい基準を設けてあって、全ての条件をクリアしなくては正当防衛とは認められない。だが、忠輔……ヤツは原則に当てはまらない存在だ』

この声は――チャールズだ！　雄馬は気づいた。そして繰り返し呼びかける名前は、忠輔。つまりチャールズはサイバーフォースと回線をつないで喋っている最中。それを、奥島が聞いていた。

それが意味することは明らかだった。

『これだけ殺して、なおも殺そうとしてる奴なんか矯正は絶対に不可能。悔い改める可能性はゼロだ。つまり、もう、人間と見なすべきではないんだ』

「サイバーフォースを盗聴してるのか⁉」

雄馬は怒り任せに叫んだ。国を救うための最先端にいるプロジェクトチームの会話が敵に筒抜けだ、危機だった。すぐ知らせなくては、水無瀬と忠輔に……

「あのガキが言ってることが分かるか？」

奥島は雄馬の激昂《げっこう》に取り合わない。

「分かりにくいが、つまりは……ミスターを殺すと繰り返してる」

「でも佐々木先生はそれを止めようとしてる！　常に」

雄馬は遮った。

「つまり、田中氏を守ろうとしている。目的は一緒だ。そうでしょう？」

「佐々木は、危ない……」

奥島の耳には雄馬の言うことが全く入っていない。

「排除すべきか……」

「いい加減にしろ」

井上も怒声を上げた。

「いつまで仲間に銃を向けている気だ。俺たちをここから出せ」

「あのガキは渡さん！」

唐突に、奥島が噴火した。

「目障りすぎるんだお前らは」

雄馬は、胸のあたりをざっくりと切られたような感覚を覚える。認めたくない。だが——死が近づいている。この男はまだ揺れているが、その天秤《てんびん》は容易に一方に傾く。あまりに危うい。

命令一つで、目の前の銃口が火を噴く。

そこでギイ、という音がした。奥島がビクリと身を震わせ、椅子から腰を浮かせた。

雄馬もあわてて振り返る。何の前触れもなく倉庫のドアが開いたのだ。

「な……なぜ貴様らがここに！」

奥島の吠え声が響く。

6

『ぼくだって何度も考えた——だが、結論は同じだ』

野見山は椅子にもたれてじっと耳を傾けていた。自分よりずっと年若い者たちの対話に。

『この男を殺すことは、逆に大勢を救うことだ。むしろ殺さないことこそ人の義務に反する、そうじゃないか？』

チャールズの声は今や少年のものではない。修行を重ねた修道士を思わせた。

『めんどくさいコンビよね』

女の声が割って入る。佐々木忠輔の妹だ。

『結局こうやって、話し出すと止まらないんだから。昔とちっとも変わらない』

妹の茶々に兄は一言も言い返さない。

『確かにそうだね！　安珠』

苦し紛れの笑い声。チャールズも冗談に逃げたい気分だったようだ。

『これほど話が尽きない相手はいない。よくも悪くもね。ぼくは本当に、人と会話できていると感じられる数少ない人間だ。忠輔とは、どうでもいい話をする方が難しい』

チャールズなりの愛情表現。野見山は思わず口の端を上げる。

「いったい彼らは」

そばで聞いていた男たちが声を上げた。

「何の話を……こんな場面で」

「分からんか？」

野見山はチラリと見る。

「罪と罰の話だよ。つまりは、正義の話だ。俺たち警察官とは切っても切れない、だが、誰もが突き詰めて考えようとしない問題。とことんまで考えられる人間がどれだけいる？

いったい、全国二十六万人の警察官のうち誰が、これが正義だと自信を持って答えられるだろう。長官の俺だって怪しい」

長官の言葉が説教なのか独り言なのか分からず、そばに控える男たちは黙るだけだった。

「日々犯罪者を追うのに消耗して、組織の中でなんとか生きていくことに気をとられて、誰もが考えるのをやめる。法律や裁判や、宗教やなんかに答えを投げっぱなしにしてしまう。致し方ないかもしれん……だが、それでいいのか？」

誰も答えない。五十を超えた男たちが完全に言葉をなくしている。

「俺はあの先生の勇気に敬意を払う」

野見山は構わずに言った。

「あの人は逃げようとしない。とことんまで突き詰めようとしている。正解を見つけて、万人に渡そうとしている。驚いたことにな」

野見山は椅子の背もたれから身を起こし、長官室に居並ぶ顔を見た。

全てがポカンとしている。野見山は諦めたように頭を振った。

「先生。あんたの仕事は報われそうにないな」

ボソリと言う。

「百年後か二百年後なら分からんが……いや、無理か」

苦く笑うと、顔を引き締めて前を見る。

「小笠原は？」

部下たちに訊いた。

「おとなしくしています。目が覚めたようです」

答えたのは、多々良《たたら》刑事部長だった。直属の部下の凶行に完全に精気を失っている。

「しかし……大変な不祥事を起こしてしまいました」

「対処は後回しだ。自宅に監視をつけて、目を離すな」

野見山は一瞬、部下たちの悄然《しょうぜん》たる様子に同情の眼差しを浮かべた。

「王超《ワン・チャオ》の容態は？」

「危篤状態が続いています」

「祈るしかないな。奴を殺すわけにはいかん」

部下たちは俯く。

「さて、井上と吉岡だが」

野見山は口調を変えた。

「間に合ったか？」

7

雄馬は目の前に現れた光景を信じられない。

コンテナのドアを開けて入って来た男。それは、何度連絡しても応じなかった実の兄——龍太だった。だが真の驚きはその後にやってきた。

「長尾さん！……」

そうだった。敬愛して止まない刑事部の上司。いま一番会いたかった男が、なぜか今、兄と共に扉から入ってきた。

「ど、どうして貴様らが一緒にいる」

椅子から立ち上がった奥島の目玉の振動が止まらない。現れた二人の間を激しく往復し、やがて一人を選んだ。

「吉岡、貴様……寝返ったか。長官に」

「いいえ」

直属の上司の視線を受け止め、龍太は言った。

「私は、警察に忠実なだけです」

その顔が少し神経質なのを雄馬は見てとった。無理もない、拳銃を公安部の仲間たちに突きつけているのだ。明らかに叛乱《はんらん》――天敵である刑事部の警部と共に現れたのだから言い逃れのしようがない。

だが龍太の目は毅然としていた。

「野見山長官は決断しました。もはや公安の特権を放っておかない」

「な、なんだと？」

目が覚めたような思いだった。揺れ続けてきた龍太がついに断を下した――横暴が過ぎる上司に見切りをつけた。いや！　雄馬の胸の中に喜びが膨れ上がる。兄は初めから警察全体のことを考えられる人間だったのだ。だから慎重に立ち振る舞ってきた。公安の闇に心から染まったことなど一度もない！

「警察のための、断固たる決断だ」

奥島に答えたのは長尾だった。

「大機構改革が始まる」

穏やかな物言いがなおさら威厳を感じさせた。久しぶりに見る長尾の眼差しはいつにも増して揺るぎがない。ノンキャリアにしか醸し出せない、現場の刑事としての年季と凄みだった。

「貴様は停職中だろう！」

奥島の糾弾にも全く動じない。

「お前の訴えを受理するふりをして、長官は私に密命を与えた」

「密命？」

「公安部内の有志と接触しろ。不穏分子を特定せよ、と」

奥島の顔が凍りついた。

「公安は解体される」

長尾の表現は穏やかすぎる。雄馬は悟った。奥島の一派が徹底排除されるのだ。長官は粛清の機会を狙っていた！ それを裏で支えていたのが長尾。龍太を説得ししっかり手を結んだのも、もちろんこの人の功績だ。誰からも信頼されるこの警部にしかできない仕事だった。

「貴様が内偵を？」

奥島の顔はこの上ないどす黒さに染まっていた。

「内部調査は——公安の仕事だぞ！」

「それが問題なのだ。特権を独占してきた。それは、剝奪《はくだつ》される」

龍太が頷く。全く残念そうではない。

「特権を利用して全ての秘密を握ってきた。その結果が、目に余る横暴。警察内の相互不信を煽り立ててきた罪は重いぞ、奥島」

奥島の両脇の二人が見るからに動揺している。拳銃をこちらに向けてはいるが、銃口は自信なさげに揺れている。奥島への忠誠より保身を考え始めていた。

「相手は仲間だぞ？　お前は、力の使い方を間違えて久しいのだ。もはや放っておかない」

長尾の凜然たる決意を援護するように龍太も言う。

「腐敗が進み、指揮系統が機能不全に陥っています。最高指揮官の命令を無視するようになったら、それはもう組織ではない。公安の解体なしに警察は立ち行かないと長官は考えています」

上司の前で、検察官のように告げた。雄馬は誇らしく思う。この人は名門の嫡男にふさわしい男だ——そして雄馬の兄は、臆さずに最後まで言い切った。

「奥島さん。諦めてください。あなたは終わりです」

「部下に銃を下ろさせろ」

長尾はあくまで穏やかだった。

「ここにお前がいることは長官に知らせた。まもなくここは包囲される」

「だからあの男を長官にしてはならなかったのだ！」

奥島は吠えた。目玉が震えすぎて裏返ってしまいそうな勢いだった。

「思い上がった、羊の皮を被った革命分子が……警察の汚点だ。歴代最低の長官だ」

いや、と長尾が遮った。

「お前こそ、公安部始まって以来最悪な人間だ。いったい誰の命令で動いている？」

するとと奥島は——笑みを見せた。深海底に生じた亀裂のような笑みを。

雄馬は戦慄した。これがこの男の凄みだ。恐れがない。自分の身の安全など気にしていないのだ。

「トップに決まっているだろう」

底なしに傲岸な声。長尾は首を傾げる。

「政府から直接命令を受けている、とでも？」

雄馬は鋭く訊いた。

「馬鹿め。この国の内閣にどれほどの力がある」

奥島は雄馬を鼻で笑う。

「この国の政治力の貧困さは世界でもトップだ。いったいどの政治家に権力がある？　誰が日本を牛耳ってると思ってるんだ」

「やはり、田中氏……」

龍太は嚙み締めるように言う。

「貴様、いつからだ」

長尾の問いに、奥島は緩んだ笑みを返すだけだった。

圧倒的余裕。自分の後ろ盾に絶対の自信があるのだ。

「お前だけじゃないな。警察で、田中氏に通じている人間は」

「当然だろう」

奥島はあっさり認めた。

「頭の冴えた人間なら誰でもミスターに共鳴する。何も考えず、国の言いなりに動く公務員は、ただの兵隊蟻《あり》をやっていればいい。一生」

「奥島さん。あなたはどうして……」

気づくと雄馬は問い掛けていた。

「何が原因だ？　あなたがそんなふうになったのは。なぜ田中に忠誠を尽くす？」

心底からの疑問だった。

「見返りは何ですか。それとも、脅されているのか？　何かをネタに」

「お坊ちゃんは黙っていろ！」

奥島の表情が危険なものに変わった。

「息子《むすこ》が」

長尾が言った。雄馬は驚いて上司を見る。

「奥島の一人息子が」

「黙れ‼」

マグマが沸騰した。

8

ソファに座って、主がパソコンの画面に向かっている。

映し出された文字を読んでいる。ひたすらに。その全てが——

佐々木忠輔によって書かれたもの。公式、解説そして証明。

一見数学や物理の論文のような、しかし、違う何か。

田中は恐ろしく集中していた。その横顔を見ながら、美結はさっき受けた衝撃の余韻を噛み締める。

所属上長の井上は知っていただろうと思った。福山の経歴を全て。SATの元エース隊員であるということを。だがむろん口外はせず、おくびにも出さずに率いていた。墨田署強行犯係が一つの家族だとしたら、末の娘である自分が知らないことはきっとまだまだあるのだろうと思った。いつか充分に成長したと判断されたら告げられるであろうこと。長男の小西は知っていたのだろうか、福山のことを？　知らないはずがなかった。

美結は強行犯係の面々を思い浮かべた。傷ついた者。行方知れずの者。そして逝ってしまった者……誰もがいとおしい。自分がどれほど深い愛情を抱いているか、どれほど心の奥深くで頼っていたか、身に沁みて思い知る。

彼らのために死にたい、と思った。

田中がモニタから目を離し、耳に仕込んでいるイヤホンにまた手を当てた。側近たちからの連絡。今度は何だ。だが田中はソファから立ち上がることなく、再びパソコンの画面に戻った。ふいに美結を見て、

「君も読む？」

と声をかけてくる。

「私にはどうせ理解できませんから」

小声で答えた。

「難解さを排した、初心者向けのものもあるよ。とても分かりやすい」

「はあ……」

曖昧に返す。気が進まない。そう伝わるように。

「戸部さんならどうかな」

このゲストルームの扉のすぐ外に立っている梓を見る。そこが同期の持ち場。警護ポイントだ。話し声は聞こえているはずだが、梓は微動だにしない。自分の任務に集中している。あるいは、そのふりをしている。振り向きたくないのかもしれない。

「なかなかすごいよ。これは、説得されそうだ」

田中の声は妙に浮ついている。梓に無視されたことも気にしない。

「あの先生は本当に、正当な殺人など存在しないと科学的に証明しているかもしれない。参ったな！」

美結は口を閉じるばかりだった。すると田中が面白そうに見てくる。

「怖いのか？」

男の目が恐ろしい。見透かされた――

「正当な殺人はある。君はそう思っているんじゃないか？　だからこれを読みたくない。困ったことになるから。違うか？」

「………」

そこで田中はまた自分の耳にしばらく手を当てると、サイドボードに手を伸ばしてリモコンを手に取った。プロジェクターを操作するのとは違うリモコンだった。

ふいに音が鳴り出す。人の声……このゲストルームのあちこちに埋め込まれたスピーカーから出ている。

『*I'm sick of it. bla bla bla*……ああ言えばこう言う』

聞き覚えがある。

『忠輔、君は田中の味方か？』

『断じて、そうではない。道理を突き詰めているだけだ』

「これは……」

美結の声は掠《かす》れて、スピーカーの声にかき消される。

『正しい道筋から外れれば決して勝利は手に入らない。それこそ自明の理だろう？　勝ちたいなら考えるしかない。潔癖とか厳密とか言うが、ぼくは貪欲なだけ。本物の勝利以外は欲しくないだけだ』

『マイマイマイ……』

その声は紛れもなく、佐々木忠輔。少し離れた電子音声、話し相手はチャールズだった。東京のどこかにいる〝C〟が今、サイバーフォースと回線をつないで喋っているのだ。

「よく聞こえる。いい仕事だ」

田中が満足げに笑う。

「盗聴⁉」

美結は驚きに声を張り上げる。

間違いない。サイバーフォースが盗聴されているのだ。

「警察庁の中を？　まさか……ハッキング？」

「警察の監視システムをかい？　Cのウイルスのおかげでガードが固くなったから無理だ」

田中は肩をすくめて見せた。

「私も優秀なサイバー部隊を抱えてはいるが、今回は彼らの手柄じゃない。もっと単純なことだ」

そして田中は、クイズを出題した司会者のように美結を見た。答えを待つ。

美結は答えられない。

「盗聴マイクを持ってサイバーフォースに入り込んでいる奴がいる」

代わりに答えたのは、扉の脇で直立不動だった梓。燃えるような目でこっちを見ている。

「あなたの手先がサイバーフォースにいる」

田中を鋭く見ながら指摘した。

「手先。もっといい表現はないのかい」

田中は切なそうに言った。

「手先で悪ければ、裏切り者」

身も蓋もない断言に、田中は頭を振る。無理解な生徒を嘆く教師のように。

「まあいいさ。それにしても、青いというか眩しいというか……無意味なことを熱心に語り合っている。私を殺すことに理由がいるらしいよ、彼らには。ふむふむ。私は人間か？人間ではないのか？」

愉快そうに笑う。

『君は今日死ぬ大勢の人間を見捨てる。それこそ非道だ！』

スピーカーから飛び出すチャールズの声は苛立ちではち切れんばかりだった。

『分かってる。人命が失われることを防ぐ手立ては講じなくてはならない。チャールズ、それは正しい』

　忠輔は真っ正面から応じた。

『が、それと、田中氏を殺すことは両立しない』

　美結は聞きたい、と思い、同時に耳を塞ぎたくなった。

『罪を罪では打ち消せない』

『じゃあ、どうしろと？』

『その逆のものをぶつけるしかない』

『その逆……』

　美結は耳に全神経を集中する。

9

「……詭弁《きべん》だ」

　しばらくの沈黙の後、少年は背後で言い切った。小西はぞくりとする。

「空論。閉じた論理。現実とリンクしない。君は、象牙の塔《ラトゥ・ディヴォワ》の隠者《ハーミット》と同じだ」

『チャールズ。君の論証は、まだぼくのところに届いてないぞ？』

返る声は、鞭のようにしなやかだった。

『道理を否定したいなら反証をくれ。君が絶対的に正しいことを証明しろ。それが出来なければ、ぼくは君を全力で止める』

「何？」

『止めてみせる』

「不可能《インポッシブル》」

背後のチャールズの声が、そのまま小西の心の声だった。

「生意気な。君に何ができる⁉」

ミラーの中のチャールズの笑みは歪み切っている。

「君は考えて、喋るだけだ。何の行動力もない。誰が君の言葉を聞く？　世界はどう変わった？　なんにも変わらないんだよ。今までも、これからも」

『自己弁護させてもらうと、人を殺すよりはマシだ』

忠輔はそう返した。そして声を大きくする。

『悪者は殺せ。なんと使い古された、なんと工夫のない、馬鹿げた過ちなのか。殺していい人間はいない。そこから始めなければ世界は変わらない。いつかぼくらは誰も殺さなくなる。悲惨な境遇にいる人間を誰一人放っておかなくなる。そうならなくては、アスティが夢見た生きたいと望む世界はやって来ない』

「*How dare you*……どれだけ待てばそんな世界がやってくるんだ？」

『さあ』

ひどく透明な声が返ってくる。

『千年以内に来れば幸運だろうね』

「忠輔……」

チャールズは絶句する。

小西は、少年と全く心を一つにした。

回線の向こうにいる男は人間ではない。別の生き物だ。

「心底理解したよ。あんたは、田中以上にクレイジーだ」

震える息とともにチャールズは言った。

「あくまでも、田中を殺すことを許さないなら……ぼくの敵だ」

小西は気づくと再び振り返っていた。その両眼に燃える炎。

10

ぼくの敵だ、という少年の声を聞いて、美結は悟った。

佐々木忠輔という人間こそが、チャールズに埋め込まれたロジック・ボムだ。これほど忠輔にこだわるのは必死に抵抗しているから。そしてチャールズは、忠輔という人間を自分の頭から駆除できないでいる。

『先生の論理爆弾は、相手を破壊するのではない』

別の声が聞こえた。穏やかなるアフリカの男のもの。ウスマン・サンゴールだ。

『そうだ。先生の論理は、憎悪を解体して別のものに変えてしまう』

戦《おのの》きに満ちた別の声。

『……ゴーシュ』

チャールズが忌々しそうに呟いた。かつての己の分身の名を。

『忠輔のボムにやられたな。だが、ぼくは違う』

『チャールズ！　暴走を止めろ！』

ゴーシュの苦しげな訴えを、チャールズは無視した。

「忠輔のロジックは完全に排除する。もはや行動あるのみだ」

美結は素早く目の前の男の顔を確かめた。そして愕然《がくぜん》とする。

「一柳巡査。佐々木先生に連絡を」

田中晃次は美結を見つめてそう言ったのだった。

「えっ……」

「彼らと話したい。佐々木先生と、チャールズと」

美結は動転した。この男自身が対話に乱入するというのか？　殺すべきか殺さざるべきか。その焦点にいるこの男自身が？　有り得ない。

「早く」

だが美結は、気づくと田中からパソコンを譲り受けていた。ただちにスカイプを起ち上げてサイバーフォースにビデオ通話コールを送る。

梓が扉の陰からさりげなくこちらを見ていた。だが何も言ってこない。数秒のタイムラグの後、

『田中氏から⁉』

音声が先に届いた。リイバーフォースの混乱が鮮やかに伝わってくる。やがてそれに映像が伴った。モニタに現れたのは、オペレーションルームの面々——忠輔。その後ろにゴーシュとウスマン、そして安珠。水無瀬と技官たちは見えない。部屋の端の方にいるのだろう。

田中はその映像を、わざわざプロジェクターにも転送した。扉の方にいる梓にもよく見えるようにという配慮だろう。サイバーフォースにいる者たちがほとんど実物大でゲストルームに映し出される。

「お忙しいところ恐縮です。ぜひお話しさせてほしい」

田中晃次は高らかに言った。

ついに三者が同時に相見えた――東京が揺れる。何かが起こる、間違いなく。

美結は固まった背筋が永遠にほぐれないような気がした。

『田中⁉　何の用だ！』

愕然とする少年の声。サイバーフォースでは、回線をまたぐ田中とチャールズの音声もうまく交換できるように調整された様子だった。会話に問題がない。

「チャールズ。君と話せて嬉しい」

田中は余裕たっぷりに話しかけた。

「私の仕事をこれほど正しく評価してくれた人間はいないよ。私は、君に命を狙われながら、君を応援したいという不思議な思いでいるんだ！……そして、佐々木先生」

もう一人に話しかける田中の顔は、輝いている。

「目を通させてもらった。君の論文に」

『なんだって？』

チャールズの声が裏返った。

「君の理論は、正しいようだ」

田中はさらりと、信じがたいことを言い出した。

美結は目の前にいるにもかかわらず、男がどんな表情をしているのか分からない。それが顔に見えなかった。生き物にさえ見えなかった。サイバーフォースに田中の手先がいる、そちらの話は筒抜け……そう伝えたいが、恐ろしい。田中がどんな反応をするか分からない。

「君の公式に当てはめると、私がこの地上の誰よりも敗北者であることは間違いなさそうだ。ところが！　こんな私でも死刑には値しない。大罪人にでも救いはある、贖罪の方法が残されていると君は言う。いやはや全くなんてことだろう！　なんと優しく、なんと美しい理論なのか。私は感動したよ」

　美結はこの男の言うことが何一つ信じられなかった。

「ただ、残念なことがある」

　田中の声は瞬時に冷厳になる。

「私には適用外だ。私は、例外だ」

『例外はありません』

　忠輔は静かに答えた。

『万有引力の法則は、宇宙にある全ての物質に平等に適用される。重力波の影響を逃れて、ふわふわと漂っていく物質はない。それと同じです。人間とは道義の次元を生きる生物。道義を表す公式から逃れられる個体は一つもない』

「ああ、ではこう言い換えようか」

　田中は異様に上機嫌だった。

「君の理論は正しいと私も認める。だが、それでも私を変えるには至らないということだ。残念ながら」

『では、ぼくの理論に不備があるのです。万人に適用するものを目指しているので』

「ふむ。確かに、君の理論には重大な欠陥がある」

田中が指で顎を撫《な》でながら言う。美結は思わず身を乗り出していた。

「それは、根本的なものだ」

『とおっしゃいますと？』

「人間個々人に価値を置き過ぎなんだ」

明快に告げた。試験の答え合わせをするかのように。

「個人の値をXの値とすると、君と私では代入する数値が違いすぎる。君のやるように、人間一人一人に無限の価値を置くとしたら、この理論は美しく成立するだろう。だが私の基準は違う。全ての人々に同様の、大いなる価値を認めるなんてことは、どう転んでもできない」

　美結は頷きそうになっている自分を見つけて訳が分からなくなる。いま私は何をやってもまともな判断を下せない……間違ってしまう。レーザーが直撃したように頭の中が熱と蒸気で覆われている。

「殺していい人間はいないと君は言う。私に言わせれば、殺していけない人間はいない。

それが私の基準だ。私にとっての、揺るぎない真理だ」

『あなたの反応は予期していました』

返ってくる声は落ち着いている。

『あなたの持つ基準は珍しくもない。ぼくは人間の価値を科学的に、客観的に証明する論文もいくつか著しています。確かにまだ充分とはいえないが、論理の穴を埋めるべく日々活動を続けている』

「そんな論証は読むまでもない。人間にそんな価値はない。ほとんどの人間にはね。これは私の君との埋まらない懸隔《けんかく》のようだ」

『でもぼくは、そんなあなたにさえ期待をかけています』

東京を流れる時間が止まった。美結はそう感じた。

『甚だしいマイナスがプラスに転じたら、人類全体にとって大きな利益になる。無辜の人々の命が救われるのはもちろん、それどころかあなたという人間の転回の実例が、あらゆる人間の規範、モデルになるのです。実に有意義な仕事だ。あなたを変えることは』

「恐ろしく無駄な努力をする気のようだね」

田中は混ぜっ返した。この男も一ミリも揺らいでいないのを、美結は見てとった。

『そうですね。おっしゃる通りです。しかし、あなたが絶対に変わらないという証明がない』

忠輔から返ってきた言葉に、田中はひどく深く、ひどく虚ろな笑みで満面を覆った。

『あなたが人間であることを否定することは原理的に不可能です。つまり、あなたには変わる可能性がある。その蓋然率《がいぜんりつ》がほんの〇・〇一％だとしても』

「ずいぶん高いね」

田中は呆れたように笑ってみせた。

「一万分の一とは。私は知っている。可能性はゼロだと」

『ぼくもそう思います』

忠輔はあっさり言った。プロジェクターが壁に映した映像の中で安珠が目を剝く。その激しい表情が、美結の目には凄絶なまでに美しく映る。背後から冷気を立ち上らせる氷の女神のようだ。

『だがもしかすると、あなたの責任によって命を失った人間の十倍の人数を、あなたがこれから救うかもしれない。だからあなたを殺すことも殺人なのだ』

東京中を沈黙が覆っている。チャールズがひたすらに息を潜めている。美結は、唐突に悟った。これこそがチャールズが望んでいたこと。

今、彼の夢が叶《かな》っている最中だと。

だがその夢は無残に散り果てる。美結は唇をきつく嚙み締めた。

『みんなに言われるほどぼくは夢想家ではない』

忠輔は続けた。

『現実をしっかりわきまえているつもりです。どうやってもあなたは変わらない。放っておけばさらに何百万人もの人間を死に導くだろうと。それでもやはり、道理は不変です。可能性は潰せない……多くの人間を殺戮《さつりく》し、その後改心し慈悲深い統治を行ったアショカ王のように、あなたも一人一人の痛みを感じられる人間になるかもしれない。多くの人々を救う有徳の士になるかもしれない』

「むはははははは」

田中は腹から笑った。生まれてから最もおかしい冗談を聞いたかのように。

「美しい。君は、負け戦と知って戦い抜く侍のようだな！」

皇帝はソファから腰を上げ、舞台俳優のように優雅に佇んだ。

「死ぬ事と見つけたり。道理という名の主君に背くことができないらしい。忠義に従って死んだ真田幸村《さなだゆきむら》や、新撰組《しんせんぐみ》の如《ごと》し。確かに美しい生き様だ。名も残るかもしれない。だが――地上を統《す》べる法とはなれない」

『はい』

忠輔は言った。

『だがこれは、千年単位の勝負です。千年で無理なら二千年』

「君は全く、想像以上の御仁だよ」

見上げる美結の前で、田中は両目を細めた。心底感心しているように見える。

「だが本当に、無駄な努力はやめてくれ。衷心《ちゅうしん》からそう薦める」

両目に同情が溢れた。

「私は、自分が人類史上最大の敗北者でも構わないのだよ。それでも殺したい」

この男は今……恐ろしく正直に語っている。美結は鮮やかに感じた。

「ほとんどの人間は全く、見るに耐えないクズだ。これは厳然たる事実。地球に有害だ。人間に対しても有害だ。いない方がいい」

今までに見せたことのない熱が迸る。美結は目を奪われた。頷きそうになっている自分を必死に抑える。

「だから整理したい。無駄を消し去り風通しを良くしたい。少しでも良い空気を吸いたい。価値のない人間を一掃したい」

悪魔の囁き――だが、田中のこの言葉に少しでも心動かされない人間がいるだろうか？ほとんど真っ直ぐに同意する自分を、美結は自分の中に見つけた。警察官としてクズのような人間たちを目の当たりにしてきた。刑事とは人間の中でも最低の部類の者たちと向き合う仕事だ、人間不信こそ宿業なのだ。人を疑い、人の中の悪を掘り出す仕事をしていると芯から実感する。あまりにろくでもない、どうやっても救いようのない人間がこの世にはいると。こんな奴は今すぐ死刑にすべきだと思ったこともある。

「先生。君だって内心はそう思っているだろう？　価値のある人間はあまりに少ない。価値のある人間と価値のない人間は、はっきり区別するべきだ」

忠輔は黙った。

さしもの男も、返す言葉をなくしたのか。

「佐々木先生。だから私は君を殺さない」

田中は平然とそう言った。美結は愕然として目の前の顔を確かめる。

本気だ、と美結は感じた。

「価値がある。君のような人間は滅多にいない。ほんの少しでも私を揺るがした者を殺すわけがない――積極的にはね。私に刃《やいば》を向けるならむろん、やむを得ず殺すが。一柳美結君もそうだ」

史上最大の殺戮者が、慈悲深い目を向けてきた。

この両目の前で、自分は全裸よりも無防備に自分を晒している。そう感じた。

「とてつもない傷を負い、甚だしい孤独と憎悪を抱えて生き延びてきた。被害者から偉大なる加害者に転じる可能性を秘めている――そんな面白い人間は殺さない」

田中は扉の方を振り返り、自分を守る特殊部隊員を見た。

「戸部シャノン梓君も同じだ。まだ調べている最中だが、相当な過去がある」

扉の脇の梓がピクリと動いた。敵襲よりも動揺している。

「それだけではない。日本警察の中の何人かはとても興味深い。なあ先生、私は愛情深いと思わないか？　歯向かう者を殺すのではない。そんなありふれた暴君と、私は違う。価値のある人間はできるだけ生かすのだ。それ以外には容赦しないが。なぜなら生きている価値がないから。何のインパクトも深みも同情も呼び起こさない。虫の群れと同じだよ。蚊や蠅《はえ》を殺して誰が咎める？　何も考えず、ただ食い、ただ生きている連中に価値を認めることはできない」

梓も自分もひっそり息をひそめている――と美結は思う。この男の視界に入る場所にいるのに、必死に身を隠しているかのような。虫けらの気持ちが分かる。

「連中は、価値ある人間の足を引っ張るしか能がない。挙句には見境なく殺すのだ。だから私は自然淘汰《とうた》に手を貸す。殺し合う人間に手段を与える。そうやって、滅びるべきものを滅ぼしているだけ。それが人類のためだ。それが、私の正義だ」

なんという清々《すがすが》しい笑み。歪みきったものは、突き抜けてしまう。むしろ美しいのだと美結は思った。共鳴している自分を殺せない、美結は竜巻の中にいることを自覚した。この男は全ての罪を飲み尽くす怪物だ、どんな理論もどんな武器も通用しない、ならば――殺すべきではないのか。

今目の前にいるこの私が。空間的に、一番近くにいるのは自分。この男を殺せる距離だ。

その瞬間美結を捕まえた考えは、圧倒的な強さで美結を乗っ取った。チャールズは正しい。人類のために今すぐこの男を殺せ――

ふいに梓が振り返ってこっちを見た。まるで、美結の心の中を正しく読んだかのように。

『やっぱり無理だったな』

遠く、少年の声が届いた。

『とんだ時間の無駄だった。ほんの少しだけ、君に期待してしまった自分が馬鹿だったよ。忠輔』

11

「やはり君の出る幕じゃない。田中を倒せるのはぼくだけだ」

そうだ、と小西哲多は思った。俺は自分をバディと呼ぶこのガキのことを受け入れつつある。こんな骨のあるヤツはいない、見上げた野郎だと思っている。ずいぶん前から。

『駄目だチャールズ。力に頼るな』

だがあの突拍子もない男が立ちはだかりつづけている。

「冗談じゃない。ぼくがどんな思いで、田中に対抗するだけの力を手に入れたと思ってるんだ？」

少年は声を荒らげる。

『やめろ。ぼくは認めない』

やはり男はひかない。理想ばかり追い続けている世間知らずの学者だと思った。忠輔に向かってもうやめろ、と怒鳴ることもできる。小西は大きく息を吸い込んだ。

「忠輔。ぼくを止めると言ったな？」

だがチャールズは今にも忠輔を克服しようとしている。脳内のアンチハッキングを完了させる。

「そんなブラフはきかない。どうやって止めるというんだ？　無理だね」

『おやおや、ここにも見解の相違か』

田中の声が聞こえた。目の前の摩天楼の遥か上にいる男は、楽しんでいる。

『相互理解とはなんと難しいのか。千年経っても、無理じゃないのか』

「ぼくは決断する」

チャールズは呪いを払うかのように宣言した。

「正義をなす」

小西のすぐ後ろで指を上げ、タッチパネルに触れた。

「田中——祈りでも捧げろ。地獄の鬼にな」

サッと指をフリックする。

「お前の故郷へ帰れ」

小西は動かなかった。気づいたが、止めなかったのだ。

すぐ自分の選択が恐ろしくなった。ゆっくり振り返って訊く。

「チャールズ……何をした？」

少年の顔を、年老いた笑みが被《おお》っていた。

やり切った。生涯の仕事を成し遂げた顔だった。

「すぐ分かる」

返ってきた答えはそれだけ。

空虚な沈黙がベイエリアを覆っている。

チャールズがサイバーフォースとの回線を断ち切ったことを、小西は知った。

12

「凡愚どもめ！　ほざけ！　そして野垂れ死ね！」

目の前で奥島が荒れ狂っている。憎しみの塊が礫《つぶて》のように飛んで来る。雄馬は、痛みを感じた。どうしてこんな風になれるのか。病気か？　それとも生まれつきこういう人間なのか。この男を見る限り性善説など否定されそうだ。絶望感が湧いてくる。人間などどうしようもない生き物に思えてくる。

「いずれ貴様らに裁定が下る！」

奥島は、自分を追いつめた四人の刑事一人一人に指を突きつけながら言った。

「俺を滅ぼしたつもりか！　貴様らが……生き延びることはない！」

「奥島さん、この期《ご》に及んで、何を――」

龍太は不安を抑え切れない顔だ。ここはまもなく包囲される。逃げ場はない。もはや何もできないはずの奥島は、憎悪に喜悦を滴らせ始めたのだ。

「俺は最高指揮官ではない」

奥島が――喜悦の理由を明かした。

「ミスターの化身がいる。彼の意思はミスターの意思。誰も捕らえることができない」

「それは誰だ。言え」

長尾が厳しく問うた。

「警察の中にある田中の勢力。そのヘッドとは誰だ⁉」

にじりよる長尾には迫力がある。人間の厚みそのものが、長尾の力だった。実際に奥島は後退《あとずさ》った。たちまち顔が不安に曇る。

その顔が消えた。

コンテナの中が一瞬にして暗転したのだ。真っ暗闇だった。雄馬はとっさに振り返って扉に飛びつく。だがビクともしない。閉じ込められた――再び。

なんだ⁉　奥島の側近たちの声。パニックだ。闇ほど人間を怯えさせるものはない、灯りが落ちたのと同時にスピーカーからの音声も消えている。雄馬も極限状態の中で中腰になって防御姿勢をとる。だがほとんど意味がないことは分かっていた。むやみに銃を撃ち出す人間がいたら、破滅だ。防ぎようがない。

「出られないか？」

兄の声が聞こえた。弟が扉に飛びついた気配を感じたのだ。

「開かない」

雄馬が返すと、龍太の声が近づいてきた。

「すぐ応援が来るが、間に合わないか――」

「落ち着け！」

長尾の声が響き渡った。コンテナの中央の方だ。奥島を追いつめている。執念だった。逃がさない、秘密を吐かせる、という使命感の塊。

「撃つなよ！　全員その場でじっとしてろ。そうすれば安全だ」

井上も声を張り上げた。それが功を奏したようだった。ここにいる人間は全て、曲がりなりにも刑事。修羅場をくぐってきた男たちだ。共倒れだけは避けなくてはならない、とどうにか自制し、努めて冷静に声を上げ始めた。

「電源を確かめろ！」

「閉じ込められたのか？　外に、誰が……」

「さっきの江畑というのは？」

井上が公安刑事たちに訊く。

「奴はただの監視役だ」

公安刑事の一人が正直に返してきた。

「井上係長。さっき私が、そいつに手錠を掛けてコンテナに繋いでおきました。こんなことはできない」

龍太も丁寧にそう説明する。雄馬の背中に冷や汗が噴き出した。では、外に、誰が、来た、？

「明かりを持っている者。灯せ」

ひときわ冷静な長尾の声が響いた。

間を置かずガコン、と上から音が響く。

雄馬はハッとして見上げた。天井にある正方形のハッチが開いた。光が差し込んでくる。闇とのあまりの落差に、コンテナの中の全員が目をやられた。だが——見えた。差し入れられる一本の腕が。

バン。

一発のみの銃声が耳を痛めつけた。

雄馬は脳髄の痺れを覚えながら、痛みが耳以外にないことを何度も確認した。身体には当たっていない……直後に床を打つ振動を感じた。誰かが、倒れた。

天井のハッチは瞬く間に閉じられてしまった。また全く視界が利かなくなる。

今のは——刺客。暗殺者。誰かを選んで一発だけ撃った……撃たれたのは誰だ？　心臓が強烈に早鐘を打つ。悪い予感と、更に悪い予感しかしない。だが確認せねばという使命感が雄馬を動かした。

「……井上さん！」

自分のすぐそばにいるはずの井上を呼ぶ。ああ、と乾いた声が返ってくる。井上は無事だ。

「龍太」

兄の名を呼ぶ。すぐには返ってこないが、

「ここだ」

という答え。コンテナの奥の方だ。

「なんてことだ……」

途方に暮れた声が続く。予感が満ちる。

「長尾さん‼」

雄馬は叫ぶ。

「長尾さん‼」

答えはどこからも返ってこない。必死に叫び続ける。

「長尾さん‼　龍太、長尾さんは……」

ふわっと明かりが灯る。スマートフォンの光だ。

手にしているのは――兄。静かに床に向ける。

その小さな明かりに照らされて、浮かび上がってくる。もつれあうように倒れている二人の男が。

その二人のすぐそばに、龍太は跪《ひざまず》いた。明かりが下がり、床の男たちがくっきり浮かび上がる。下の方でもぞもぞと動いているのは、奥島だった。自分の上に乗ったものから逃れようともがいている。元気だ。

そして奥島の上に覆いかぶさり、ピクリとも動かない男。

13

モニタからチャールズの顔が消える。

向こうから切断したことを、安珠は知った。だが、切れる寸前の顔――やり切った表情だった。人生を生き切った老人のような。

「課長」

坂下技官が緊迫した様子で水無瀬を呼んだ。自分のつけているインカムを指して口を開ける。水無瀬は察して、モニタを指差して喉を横に切る仕草をした。辻の方が頷いて何か操作する。

安珠は悟った。水無瀬の指示で、田中邸とはビデオ通話回線が切られたのだ。

「切断したのか？」

水無瀬が声を出して訊いた。今まで一言も発しなかったのだ。回線に自分の声を乗せたくなかったらしい。

「いいえ。ホールド状態です。いつでも復活させられます」

「よし」

気の利く部下たちに満足した水無瀬は、ふらふらとオペレーションルームの中を漂う。

安珠は心配だった、目の光が異常だ。

「Cのサイトに変化！　制裁リストが」

技官の訴えにも反応が鈍い。数秒経ってようやく、どうした？　と訊いた。

「……大幅に増強されています。新たに三十人の名前が……警察関係者の名前も」

「なんだと」

「AAA《トリプルエー》は？」

忠輔がすかさず訊いた。

「ちょっと待って下さい」

坂下が確認する前に辻が声を上げる。

「ツイートが爆発的に増加しています！　目撃情報が……いや、これは」

絶句する。いったいどうしたのかと、安珠は辻のモニタに寄っていった。そこに表示されているのは、
#Watchthedevildie
というハッシュタグ。連なるツイートの列。

「田中氏の住所がさらされています！」

「……シンパを集める気か？」

水無瀬が喉に何か詰まったような声で言った。

「襲撃を促しとるんか？」

「違うようです」

辻は言う。

「Cからのオリジナルツイートは……*Watch the devil die*。悪魔が死ぬのを目撃しろ。つまり」

「近くに集めて……処刑を見せる？　どうやって」

チャールズ！　という忠輔の叫びは虚しく掻き消えた。

「更に異常事態です」

もう一方の技官の報告に、水無瀬はもはや石のような反応しか見せない。

「……何や」

「ベイエリア一帯が停電。信号やモノレールが機能停止」

「交通機関がストップ……」

忠輔が考え込む。

「矛盾してる。処刑を見せるのに、それでは……」

「ベイエリアの電力って、スキャンは？」

安珠が思わず訊くと、ゴーシュが答えた。

「東京西部の停電に対処するのが先決だったので、湾岸地帯のシステムはスキャンが完了していません」

「やはり、チャールズの支配が及んでいた」

忠輔が視線を動かさずに言う。

「チャールズは、電力を奪って何を？」

ゴーシュが忠輔に問う。このインド青年はさっきわずかな仮眠を取っただけだが、目に光が戻っていると安珠は思った。しかし状況に振り回されているのはみんなと同じだ。

「ああ。田中のビルは自家発電に切り替えるだけやろ……備えてないはずがない」

苦しげな水無瀬の呻《うめ》き。

「だが、周りは麻痺する。混乱を引き起こす」

忠輔が指摘した。水無瀬が虚ろに見る。

「それに乗じて、何かする気か？」

「おそらく」

「しかし、何を……全く、地獄の釜の蓋が開いたな……」

水無瀬を今すぐ寝かせるべきだと安珠は思った。あるいは救急車に乗せる。

「チャールズは、今度こそ本気や……田中にとどめを刺す」

技官たちがハッと背筋を硬直させた。

「野見山長官です！　テレビ電話に切り替えます」

モニタに野見山の姿が映った。

『自衛隊から緊急連絡が入った』

表情は厳しかった。声も緊迫している。

『在日米軍司令部から、警戒を促す極秘連絡が入ったそうだ』

「いったいなんですか」

問う水無瀬の目が、狂気じみた光を放つ。

『米軍の航空機が二機、横須賀港に碇泊《ていはく》している原子力空母のデッキを飛び立った。制御不能だそうだ』

「制御不能？」

全員が色めき立つ。あまりに意外な事態に頭が追いつかない。

「どこに向かっているんですか」

忠輔が素早く確かめた。

『……東京湾岸を目指している』

予感が結実する。破滅の匂いに、眩暈《めまい》がした。

「今どこに？」

『まもなく、横浜市上空に入る』

安珠は見えた気がした。チャールズが描くシナリオが。

「これや……チャールズの本命。必殺の一手」

水無瀬も同意見だった。

他の騒動は全て攪乱。最善の一手を隠し、気をそらすための空騒ぎだ！

「操縦士はどこの誰ですか」

急いで上官に訊く。

『操縦者は乗っていない』

野見山は自らの憂悶の理由を明かした。

「乗っていない？　馬鹿な」

口を開けた水無瀬だが、

「無人機？　まさか……」

理解に至って愕然とする。

「米軍は日本に持ち込んでたのか？　無人攻撃機を」

「ベイエリアとの回線を戻します」

忠輔は水無瀬に断った。

「田中氏に警告しなくては。いいですね」

だが水無瀬は動かない。

「水無瀬さん⁉」

全員の目が水無瀬に注がれた。

水無瀬はなおも動かない。

田中にこの危機を知らせないつもりか？　そうすれば田中は――米軍機の攻撃を浴びる。

ゴーシュ・チャンドラセカールがCその人のように水無瀬を見つめていた。田中を殺すことが正義と信じ切っていた、つい先日までの目で。

冗談じゃない、と安珠は思った。

「美結が‼」

思い切り叫ぶ。全員に思い出させてやった。

水無瀬は目が覚めたように背筋を伸ばし、安珠を見つめ、それから忠輔に向かって頷いた。忠輔は技官にキューを出す。

「田中さん、聞こえますか？」

復活した回線を通して即座に警告する。

『ああ。クリアに聞こえている』

田中晃次は待ち構えていたように答えた。

「今すぐ避難してください。あなたの邸宅に向かって戦闘機が飛んでいる。ミサイルが撃ち込まれる」

答えはない。

「ミュー！　逃げて‼」

安珠は叫んだ。

やはり答えはない。安珠は絶望に駆られ、ぐらつく身体をそばのデスクに手をついて支えた。あと何分で破滅が訪れるのか分からない、止めなくては……何かしなくては、できることを何か……弾丸の勢いでオペレーションルームを飛び出す。

強烈な閃きが安珠を乗っ取っていた。

14

なんだ？　安珠はどこへ行く⁉　尋常な様子ではない。泡を食って制止しようとしたが、水無瀬はあわてて声を飲み込んだ。回線に自分の声を乗せたくない。ウェブカメラからも身を避けている。

とてつもなく長く感じた数秒間だった。千載一遇のチャンス——田中の息の根を止める刻《とき》だと思った。だが安珠が思い出させてくれた、田中の横に美結がいることを。一瞬にせよ、大切な部下のことを忘れ去った自分が恐ろしかった。むろん警備部のＳＰもＳＡＴ隊員も同じ場所にいるのだ。

それにしても安珠はどこに消えた？　もはやオペレーションルームを去って跡形もない、ミサイルが撃ち込まれるのがこの部屋だとでもいうようなあわてぶりだった。安珠の兄を見るが妹が消えたことにさえ気づいていない様子だ。もう構ってはいられない——水無瀬は部下にキューを出し、再び田中邸との通信をホールドした。

「長官。無人機は……米軍には止められんのですか」

急いでボスに訊く。

『ホーネットをスクランブル発進させようとしたが失敗したらしい。横須賀で合同訓練中だった自衛隊機に追尾を命じたが、間に合うかどうか分からん』

野見山の声は感情を欠いていた。

『非常事態宣言を検討している。政府は考慮中だ』

水無瀬には野見山の心情が我が事のように分かった。一瞬でも、とてつもない大嵐に翻弄された。自分と同様に。田中の息の根を止めるチャンス、ただし部下たちの犠牲を伴う……

『水無瀬』

だが野見山は、既に決断していた。

『無人機を止められるか』

15

「答えろ、チャールズ」

燃え尽きたように後部座席にへたり込んでいる英国少年に、小西は迫った。バディの特権を行使するのだ。こんな大事なことを確かめられなかったら相棒でもなんでもない。

「何を飛ばした」

するとチャールズは夢から覚めたように身を起こし、小西の目を見つめて言った。

「プレデターの後継機さ」

「プレデター？」

「知らないのか？　悪名高き無人戦闘機を。リーパー、死神って愛称もある。なあ、すごいセンスだと思わないか？」

　チャールズは口の端をひん曲げながら甲高い声を上げた。

「アメリカは自ら死の神を名乗ってるんだ！　なんという傲慢《ごうまん》……眩暈がするほどだ。なんと血塗られた、呪われた政府だろう。神を気取って、好きなように人の命を奪うなんてね！」

　小西は腹でも殴られたような気分になった。

「今回拝借したのはその後継機、ＭＱシリーズの最新モデルだ。極秘の通称はネメシス。義憤《インディグネイション》を体現する女神の名だが、これまた傲慢すぎるネーミングだよ！　無人機なんかには過分《イクセッシヴ》だね。アメリカ政府はどこまでも傲慢の罪を重ねてる」

「チャールズ……またハッキングして掠め取ったのか？」

　小西はかろうじて口を挟む。どうやって美結を助け出すか考えながら。

「掠め取った？　人聞きが悪いね、バディ」

　少年は笑い飛ばす。

「地球上の、遠隔操作できるものは全てぼくのものだ」

恐ろしく傲慢に言い放つ。お前がアメリカを非難できるのか？　そう言おうとしたが、シャキーンというアニメじみた電子音が遮った。

「ん。シリックだ」

ビデオ通話コールが届いたらしい。さっきは自分から回線を切った。どうする気だ？　ところがチャールズはあっさり、またビデオ通話を繋いだ。カーテレビの画面にズタボロの雑巾のような状態の水無瀬が映る。

『何をハックしてくれとんねん』

ガラガラに掠れた声が飛び込んできた。チャールズはウフフと笑う。

「シリック。君ならもちろんよく知ってるよね」

『自衛隊のレーダー画像来ました！』

技官の声が後ろで響いている。

「見えるか？　死の翼が。撃ち落としてみろ。時速一五〇キロ超だけどね」

『陸寄りに飛ばしよって。下には住民がいる。撃ち落とすに撃ち落とせへん』

「当然だろ」

チャールズが勝ち誇る。武器商人に最新鋭の武器をぶつける。皮肉のつもりだろうが、小西の中で急速に割り切れない思いが膨らんだ。無意識に頭を激しく振る。共感は薄れ、大きな過ちに加担してしまった気分が襲ってくる。

「なんでそんなものが日本に……」

小西が口走ると、回線の向こうの水無瀬が応じた。

『公式には、日本にない。だが米軍は極秘裏に日本に持ち込んでたんや』

『チャールズ。君には筒抜けだった』

忠輔が感心したように言った。

『空母に密かに搭載されていることを知って、いつでも使えるようにしておいた。MQシリーズが搭載しているヘルファイアミサイルは要人暗殺に威力を発揮する。田中氏のビルに撃ち込まれたらひとたまりもない！』

『チャールズ君』

掠れ切った水無瀬の声が懇願する。

『攻撃を中止してくれ』

「シリック。田中を殺すチャンスだぞ？」

『俺たちの仲間がいるんや！　田中のそばに』

「その責めは負う」

チャールズは即答した。既に覚悟していた……小西は今度こそ戦慄した。もはや一刻の猶予もない。

「犠牲なしには田中抹殺を達成できない。常に田中の周りには誰かしら人がいるんだ。それを避けていたら、あの死神はいつになっても滅ぼせない。警察官諸君には気の毒だが、正義のためだ。きっと分かってくれる」

「勝手なこと言うな！　ゼッテー許さねえ」

小西は鬼と化して後部座席の少年に迫った。死んでも止める。

「ぼくが引き下がると思うか？」

だがチャールズは目の前の大男をまるで恐れていない。

「お前に脅されたぐらいでやめると思うか。お前がぼくを殺したとしてもぼくはネメシスを止めない！」

その眼差しの揺るぎなさに小西はたじろぐ。

「わずかな犠牲で、何百万人も救うチャンスだぞ！　ぼくはここで死んでもいいんだ」

少年も小西も、命を懸ける覚悟は同じ。だが圧倒的な力を振るうのは、この小さな巨人の方だ。小西は絶望に崩れ落ちそうだった。

いつの間にかカーテレビの映像が変わっている。

「これはぼくからのプレゼントだ。正義の瞬間を目に焼きつけろ」

チャールズは宣告した。サイバーフォースにもこの同じ映像が送られている。すごいスピードで移動している、小西は虚ろな頭で悟った。空撮映像――無人機が搭載しているテレビカメラのものだ。

「地獄の業火《ヘルファイア》を発射して、ビルを奴の墓にする。奴が世界中で繰り返してきたことだ！無人機の開発を後押ししたのは奴自身なんだからな！」

16

梓の耳に、はしゃいだような声が響く。

「チャールズはついに決断したね。私を抹殺。たいしたものだ」

振り返ると、田中は喜色満面だった。その真ん前で美結が凝固している。

梓はもう見ていられない。持ち場を離れてゲストルームへ入り込むと、主に言った。

「安全な場所に避難してください」

「あわてる必要はないだろ。君たちが守ってくれる」

あくまで笑みを絶やさない。全く信じられない男だった。

「強がりはやめてください。ミサイルですよ？　一番安全なところへ避難してください！あなたなら、核シェルターぐらい持っているのでは？」

火に油を注ぐだけだった。田中はますます嬉々《きき》とする。

「ここが核シェルターだよ」

「……正気ですか？」

屋上など、最も無防備な場所ではないか。

「正気だ」

田中は自信満々だった。

「このペントハウスは特殊装甲とスプリングで覆われている。たとえビルが倒壊しても地面でピョンピョンと飛び跳ねる。大丈夫だ」

「………」

冗談に決まっていたが、この男ならどんな備えをしているか分からない。さっきも絶対安全を宣言していた。この余裕には理由がある。

いや、と梓は思い直した。この男の頭はイカレてる、何もせずに座っているわけにはいかない。

『ゴーシュ！　チャールズのハックを無効化できるか？』

スピーカーから音が聞こえた。盗聴されているサイバーフォースの音声だ。

『時間が足りない……』

『イオナは？』

『すぐ呼んできます』

『無人機の位置は……』

『間もなく川崎上空。ベイエリアには、あと八分程度で到達』

『それぐらいあれば、エレベータで下へ……充分間に合う』

そして、ホールドされていたビデオ通話回線が復活した。

『田中さん。すぐ退避して下さい。間に合います』

この状況にあって、冷静な声だった。これが佐々木忠輔という男。この破滅を回避するために頭をフル回転させている。それを受けて、梓は直ちに行動に反映させた。ゲストルームの奥の扉を開けるとエレベータが見えた。さっき田中に教わった通りだ。すかさずボタンに手を伸ばす。

血の気が引いた。ボタンを押しても何の反応もない。

『エレベータが動くか？　やってみればいい』

嘲笑うような少年の声が聞こえた。梓はゲストルームにとって返す。美結が愕然とした顔で近づいてくるところだった。美結と、その後ろのソファに足を組んで座っている田中に向かって叫ぶ。

「エレベータ動きません！」

電力は生きているのになぜエレベータが動かない？　ハッキングか。いや、この男はきっと鉄壁の備えをしているはず。それならばなぜ……

「外のエレベータを使いましょう」

梓は急いで提案したが、田中はただ笑うだけだ。

「無駄だよ。チャールズは抜け目ない。退避が間に合わないように、どうやってかエレベータを止めたんだ。誰かこのビルに送り込んだかな？」

まるで他人事だ。やはりこの男はイカレている、頼りにできない――ぐっと己の内面に集中した。数々の危地で養ったメソッドだ。梓は自分の中にいる特殊部隊員の権化《ごんげ》に問う。生き延びる術を弾き出せ！

答えはすぐ出た。田中を睨んで言う。

「私が飛行物体を撃ち落とします！」

「おお。それはいい！　頼めるかい」

田中は無邪気に喜んだ。

「やるしかない」

梓はぶっきらぼうに答え、同期を見た。

「美結、この人についていて」

「分かってる」

美結は思いのほか強い目で言った。自分がこの同期に勇気を与えているのかもしれない。決して弱気は見せられない。

「銃は持ってるの？」

訊くと、美結は首を振った。梓は自分の腰に手を伸ばす。ＵＳＰコンパクトの銃身を持ち、美結に銃把を差し出す。

「撃てる?」

するとと美結は頷き、しっかりと銃把を握って拳銃を受け取った。

「私の射撃の腕は知ってるでしょう?」

「……ああ。悪くなかったね」

「あなたの次に優秀だった」

「美しい友情だね」

田中が目を細めている。梓は、田中を鋭く見やった。

「田中さん。あのショールームから武器を借ります」

「ご自由に」

満面の笑みが返ってくる。

「もし使い方が分からなかったら訊いてくれ」

17

スマートフォンの弱い光でも、銃創を確認するには充分だった。

長尾の背中に銃弾が突き刺さっていた。

「大丈夫です、すぐに助けが……苦しいでしょうけど、もう少し我慢して」

長尾の腰の辺りに手を置きながら雄馬は言い続けた。震え、体温、呻き声、悪態、なんでもいい。生きていることを証《あか》す反応を待ち続けた。

何もない。

雄馬の肩にそっと手が置かれた。振り返らなくても、兄のものだと分かった。

「脈は確かめた」

一言。

受け入れろ、と兄は言っている。

受け入れられない。かあっ、と声にならない声を床に吐く。駄目だ……長尾らしい。長尾らしすぎる。雄馬は上司の身体に縋《すが》りついて訴えたかった。どうしてあなたはそこまで……長尾は瞬時に、天井からの刺客が誰を狙っているか悟ったのだ。だから自分の身を投げ出して守った。

今にも崩れ落ちそうな自分のすぐそばに、新たに誰かの足が立った。震えている。見上げると、井上だ。薄明かりの中でも物凄い形相をしているのが分かる。

「奥島……誰がお前を守った」

聞いたこともないような怒りが漲《みなぎ》っていた。長尾の身体の下からようやく逃れ、肩で息をしている奥島に迫る。

「誰がお前の命を救ったか言ってみろ！」

井上は地団駄を踏んだ、今にもその足を振り上げて蹴りつける、いや井上さんにそんなことをさせるわけにはいかない――雄馬は奥島の胸ぐらをつかんで引き寄せた。

「これをやったのがあんたの仲間なら、ぼくが」

M37を奥島に突きつける。まるで暗殺者の手並みだった。

「ぼくがあなたを殺してやる」

銃口は奥島のたるんだ腹にめり込んでいく。今にも弾をぶち込む。

「雄馬君」

井上が鋭く叫んだ。

「駄目だぞ。落ち着け。長尾さんが何のためにこいつを生かしたか考えろ」

「雄馬」

兄も呼んだ。

「頭を冷やせ。敵は、失敗したんだ。長尾さんのおかげで」

兄の言葉は真実だった。その命を散らしたことで、長尾が守ったもの――それは決定的な何かだ。〝影の権力者〟をついに手中にした。だから無駄死にした訳ではない、断じて……雄馬は再びかあっと叫びながら銃を突き出し、うえええっと奥島の胃に吐き気を起こさせてからようやく引っ込めた。震える手で、銃を懐に収める。つかんでいた奥島の胸を突き放した。

床でのたうち回る男に手を差し伸べる者は誰もいない。

パトカーのサイレンの音が聞こえた。

まもなく自分たちは救出される。暗殺者はとうに逃げ去った……傷は大きすぎるが、ほとんど致命傷に思えるほどだが、先に進まねばならない。泣いたり立ち止まっている暇はない。目の前の無言の長尾がそう語りかけてくる。

雄馬は両足に力を込めて立ち上がった。

「行こう、雄馬君」

正気の世界に戻ってきた雄馬の肩を井上が叩く。

「奥島を連れて帰る。全て吐かせる。そして、敵を一網打尽にする」

雄馬はどうにか頷いた。

18

梓はペントハウスを飛び出してバディの姿を探した。だが外扉のそばにいるはずの陣内がいない。どこへ？　ダメ元でインカムのスイッチを入れて呼びかけてみるがやはり機能しない、このビルではまるでジャミング電波の発信基地のように通信を遮断される。外部に助けは求められない。

梓は広い屋上デッキを横切り、さっき上ってきた階段を駆け下りるとそのままもう一階下りた。さっき訪れた武器展示室に出る。一気に大量の武器に囲まれると迷いが襲う。だが意を決し、奥の兵器《ウェポン》のコーナーに突き進んだ。相手は戦闘機とミサイルだ、兵器には兵器で対抗しなくては！　だがすぐにおかしい、と気づいた。

スティンガータイプの地対空ミサイルがない。どこへ行った？　あれが最も迎撃に有効なはず。だがどこを見てもないものはない。となればセカンドベストをチョイスするしかない、もう迷いはなかった。自分にとってはむしろベストチョイスかもしれない。わき目もふらず銃器《ガン》のエリアに戻り、さっき手にした対物ライフルに向かう。地上から飛行物体を攻撃できる銃はあれしかない。

再び目の前にして一瞬ためらった。使いこなせるか？　だが物心ついたときからあらゆる銃器に親しんできた。あたしならすぐにアジャストできる。壁から取りセイフティボタンの位置と、マガジンに弾が詰まっていることを素早く確かめた。装塡されている弾は十二発。おあつらえ向きに全ては徹甲弾《AP》だった。ミサイル程度なら一発で破壊できる。むろん当たれば、の話だが。銃にはむろん、兵器と違って自動追尾センサーなど無い。つまり射手の腕に依存する。全てはあたし次第だ、と考えると自然に笑みが顔を覆った。これほどの重責、これほどのやり甲斐はない。銃身上部に付いている照準器《テレスコピックサイト》も覗き込んでしっかり機能することを確かめる。

自分の愛機であるＭＰ５Ａ５はその場に捨て、代わりにメガライフルを担ぐと悩む暇も惜しくショールームを飛び出した。階段を駆け上りながら考える。本来なら試し撃ちをしたいところだがここは軍用施設ではない。屋上でやるのも危険すぎる。本番で調整するしかない！

屋上に戻ってきた。見渡す限りの青空に、迫り来る機影はまだ見えない。

梓は手をかざしながら南の水平線を睨んだ。

間奏二――某の躊躇

数時間前に届いたメールが記憶の扉を開いた。

私に力を授けてくれた男からの、久しぶりの便り。


――因果の矢、虚空より現る。

憤怒《ふんぬ》の女神、その名はミュー

預言のような、神託のような、謎の二行。

いったい何年ぶりだろう。おかしな話かもしれないが、普段の生活で彼のことを思い出すことは一切ない。スイッチが切れたように、記憶は彼の情報にアクセスしない。顔さえよく思い出せない。

ところが、特定の時期に彼は現れ私を導いてくれる。

それによって、私は私の生まれた意味を思い出し、自分の使命を果たす。それによって世界は秩序を取り戻す。限界まで歯車が狂って軋《きし》んでいた世界が、また正常に動き出すのだ。私の行動のおかげで。

そう。私が世界に果たす役割は大きい。この世を無事に存続させているのは、私かもしれない。そうした確信は年を重ねるごとに強まっている。もし私が死んだらこの世界はどうなってしまうのだろう？

そして――いずれ誰かが私の元を訪れる。それもあらかじめ預言されたことだった。

Cのリストがアップされてから一夜経ち、私もだいぶ落ち着きを取り戻した。少しずつ覚悟は定まっている。

あの男からの便りがこのタイミングで届いたのはむろん偶然ではない。リストに導かれて誰かが私の元を訪れるという警告に違いなかった。そして私は怯えを克服しつつある。現れるのが誰であれ、私は毅然としていられる自信がある。

私は自分の務めを果たしているだけだからだ。他ならぬ人類のために。

「今日は仕事になんないでしょうね。休みにしてくれたらいいのに」

徐行運転の電車に揺られ、隣に立つ後輩の無邪気なボヤキを聞きながら思う。私が務めを果たさなければ彼もここにはいなかった。無事にここまで成長し、大人になることもなかっただろう。感謝を求めるつもりはない。自分の正体はもちろん明かさない。だが――やはり私は救世主なのだ。

ただ、次の務めをこなすのは来年の予定だった。

神聖なる三の周期が訪れるのは今年ではない。だから年を越すまでは、私はひたすらに真面目な小市民でいる。周りに慕われる良き社会人として生きる。そのつもりだった。
だが、今年は例外。特殊な年らしい。
別の務めをこなさなくてはならない。
これから訪れる者に、対処しなくてはならない。
私は熟慮する。メールに返信すべきか。
いや――あの男に、相見えるべきだろうか。

第四章　激流

老婆を殺し、その金を奪うがいい、ただしそのあとでその金をつかって全人類と公共の福祉に奉仕する。どうかね、何千という善行によって一つのごみみたいな罪が消されると思うかね？　一つの生命《いのち》を消すことによって――数千の生命が腐敗と堕落から救われる。一つの死と百の生命の交代――こんなことは算術の計算をするまでもなく明らかじゃないか！

（ドストエフスキー『罪と罰』工藤精一郎訳）

1

カーテレビのモニタの中では風景が猛スピードで移り変わっている。

無人機は快調に飛んでいる――まもなく標的のビルは、これによってミリイルを撃ち込まれて火を噴く。黒煙を吐きながら轟沈《ごうちん》する。自分の目の前で。

絶望に打ちひしがれた小西の耳に、佐々木忠輔の声が拡散する。

『チャールズ。どうして米軍の兵器を？　なぜ田中氏の兵器を使わない。自滅させればいい、彼の兵器を——彼を殺すという意味ではなくて、彼の兵器を全滅させれば』

『先生。田中直轄のものは無理なんや』

水無瀬が指摘した。その声は恐ろしく疲れていた。

『だからチャールズは米軍の兵器に手を出した……田中のものに比べれば、奪い取るのは児戯に等しいからな。田中は金で転ぶ凄腕ハッカーを世界中からスカウトしてガードを張ってる。田中の最新兵器は誰もハックできない』

「シリック。君が言うか？」

チャールズは声を張り上げた。

「田中にサイバー技術を伝授したのは、かつての世界一のハッカー。つまり——君だ」

『……なんですって⁉』

回線が繋がっている先全てで、全員が驚愕に震えた。小西もうぬ、と呻く。

水無瀬と田中は……かつて仲間だったというのか？

「君の技術をベースに、連中は防壁を築いた。まさに鉄壁だ。なんと迷惑な話だろう」

『……そこまで知っとったか』

水無瀬が観念したように言った。

2

美結は衝撃に凍りついた。田中の顔を確かめる。
田中晃次は、遠くを見ていた。
「懐かしいね」
感傷的な笑み。竹馬の友を思いやるような、目の光の暖かさ。
美結は壊れた機械のように静止した。心が受け入れを拒んでいる。
『水無瀬さん。嘘でしょう、そんなこと――』
忠輔の声が美結の耳に虚ろに響く。
『いや』
ひどく悲しげなエコー。
『本当や。残念ながらな』
そこで田中が口を開いた。
「水無瀬、久しぶり。元気そうで何よりだ」
サイバーフォースが愕然としている。
『なんでや？　通信ホールドにしておかんかったんか』

『いや……なぜかまた繋がりました』

技官たちが困惑している。

「話ができて私は本当に嬉しい」

田中はなおも言った。

水無瀬は答えない。答えられないのだろう。

「君との日々が懐かしいよ、本当に。あの頃は夢があった」

『田中。何を悠長に……』

苦しげな声がようやく返ってくる。

『もうすぐミサイルが』

「私は逃げない」

『⁉』

「どうしてですか」

美結はふいに己を取り戻した。

「逃げる必要がないからだ」

田中は美結の目を見て答えた。

『飛行物体は間もなく東京都上空に侵入します！　ベイエリアにはあと六分で到達の見込み』

声にならない叫びで満たされる。サイバーフォースの誰もが顔を歪めているに違いない。

「いよいよだな」

顔に笑みがあるのは田中だけだった。

「逃げたければ逃げなさい」

穏やかな声が美結の耳に届く。なんて優しい目だ……縋りつきたくなる自分を見つけて美結は動揺した。目の前の男は、大量殺人者にはとても見えない。

「逃げません」

美結は言った。

刑事として言ったのかそうでないのか、分からない。さっき同期が飛び出していった扉を見つめる。梓！　と叫びたかった。

お願い、撃ち落として！

3

銃器の扱いについては天賦の才があると誰からも褒めそやされてきた。どんな銃であれ基本構造は変わらない。銃口から台尻まで、根幹は同じだ。引き金を引けば弾が出る。だから自分には発射はできる。問題は命中させること。

梓が対物《アンチ・マテリアル》ライフル、バレットM82の使い方を教わったのは十四歳の頃。現役ネイビーシールズ隊員の友人のところに母親と共に訪ねた時のことだった。初めて見たM82は銃というよりは大砲に見えた。破壊兵器だ。だが実際に撃ったことがあるわけではない。実物に触り、構えただけ。だからどれほどの反動があるかも分からない。田中の企業、CPT製の最新式対物ライフルは既存のものに比べて何もかもが進歩しているようだが、照準器と実際の着弾点の微妙なズレや、弾道の軌跡にどんな個別の癖があるかは撃ってみなくては分からない。そもそも猛スピードで向かってくる戦闘機やミサイルに弾を当てるなど、確率が低いことは分かりきっていた。だが——他に方法はない。

大きさの割には信じられないほど軽いメガライフルを構える。田中はスカイフィッシュと呼んでいた、言い得て妙だ。空を舞う魚のように軽い。これならば何十分でも同じ姿勢でいられる。

梓は太陽の位置と建物、湾の形で判断し、横須賀方面をしっかり見据えた。まだ照準器に目は当てず、できるだけ広く視野を取る。真っ直ぐ来ようが迂回して現れようが、この視界のどこかに現れるに違いなかった。機影はまだ見えない。だが猛スピードで向かっている。あと数分で着くだろう。

弾が外れたときのことを考え、ビルや施設、人がいない方向に銃口が向くように姿勢を微調整した。そして梓はもはや何も考えない。自分を生きる迎撃システムに変える。興奮も怯えもない、冷徹な判断力と反射神経だけを残す。

人差し指は引き金にしっかり掛かっている。

4

カーテレビにはなおも空撮映像。いつその視界にビルを捉えてもおかしくはない。その先にあるのは破滅。

「チャールズ」

だが小西は諦められない。車内の沈黙を破って振り返る。

「この拳銃を貸してやる」

自らのM37を少年の顔の前に差し出した。

「殺したい奴がいるなら殺せばいい。だが、自分の手で、殺せ」

チャールズが目を剝いて見返した。

「なんだって?」

「いい加減、ハイテクや兵器に頼るのはやめろ。モニター越しに殺したって実感なんか湧かねえだろ。自分が出て行って、自分の手でやれ」

「何を……」

チャールズは泡を食っている。気がふれたのかと訝っている。

「せめて、殺す相手に自分の姿を見せてやれ」

小西はなおも言い募《つの》った。

「それが、相手に対するせめてもの礼儀じゃねえか」

「言ってることが分からない」

チャールズは小西の目から逃げてそっぽを向く。

「それは正しい日本語か？　それとも……それが武士道《ブシドー》だとでも？」

「知らねえよ。俺は、お前らみたいに頭が良くねえ」

銃を受け取ろうとしないチャールズに業を煮やし、小西はM37を持ったままドアを開けた。ブラックマイカ色のハッチバックから降りて、空を見上げる。

「おい。拳銃でネメシスを止める気か？」

チャールズはひきつった笑みを浮かべる。

「さすが日本人だ。竹槍で爆撃機を落とすんだな」

「貴様は許さん。俺の仲間を巻き添えにするんだからな」

「これから死ぬ数百万とどっちを選ぶ？」

チャールズはすかさず言い返す。

小西はカッと痰《たん》を地面に吐き出すと、ビルを見据える。そして宣言した。

「美結を連れ出す」

「ワッツ？」

「田中を殺すのはいい。だが、美結を助け出すまでミサイルは撃つな！」

言った者勝ち、とでもいうように小西は駆け出した。

「ヘルファイア着弾まで五分を切ってる！　無理だ」

少年の声が追いすがってくる。

「じゃあバディも殺せ！」

小西は言い捨てて全力疾走に移る。一秒でも惜しい。

5

シリックはもはや過去の英雄だ。あの強力なスピリットは自分のもとを去った……圧倒的な疲労の中で水無瀬は痛感した。後手後手に回り、何一つ効果的な手を打てない。若き天才たちの攻防の前でただ翻弄されている。俺はいつからこんな無力な存在に成り下がったのか。

『自衛隊はスクランブル発進に成功』

ボスの声が聞こえた。

『Ｆ15が無人機を追っている――水無瀬、聞いているか？』

「聞いてます、野見山さん」

長官の声に頭を振る。闘いの最中だ、死力を振り絞らねばならない。自分の消し去りたい過去が――田中に力を貸していた若き日のことが明らかになった今でも。

俺は贖罪の道の半ばまでも来ていない。

「撃墜できますか？　あと四分で」

水無瀬は訊いた。有能な技官たちがすぐ切り替えてくれた、いま警察庁の内線以外の音声はオフにしてあるから、野見山と水無瀬の声が外部に漏れることはない。

『分からん。無人機は低空飛行している。機銃にしてもミサイルにしても撃ち落とすのは相当危険だ……すぐ下に住民がいる』

苦渋の声。チャールズが人間のいる区域を飛ばすのは当然だった。

『ＰＡＣ３にしても同じだ。市《いち》ヶ谷《や》駐屯地の迎撃ミサイルが無人機のロックオンを試みているが、自衛隊のものだ……チャールズの支配下にないとは限らない』

野見山の言う通り。追っているというＦ15にしても同じことだ。あまりに分の悪い賭けだった、追撃や迎撃は期待できない。撃ち落とせたとしても被害は避けられない――しかもチャールズはどうにかして田中のビルのエレベータを止めた。高層ビルから階段で退避する時間がない。必殺。

水無瀬は気づくと一人の男を見つめていた。自分より十も年下の大学講師を。モニタを睨み、無人戦闘機の空撮映像から目を離さない。考えている。解を求めている。破滅の直前であるこの時も。

水無瀬は佐々木忠輔に向かって口を開けた。言葉は出てこない。

「チャールズ……」

だが忠輔も同じらしかった。その呟きには絶望が染み込んでいる。

バン、とドアが開く音。水無瀬は入り口に目を向けたが焦点がぼやける。それが佐々木安珠だと分かったのは声のおかげだった。

「兄貴。チャールズを止める」

安珠はそう言い放った。

水無瀬の視界はますますぼやけた。その声に満ちている自信を理解できない。

「何……どうやってだ?」

忠輔は妹の大言壮語に唖然としている。

「お前がどうして止められる」

「兄貴。知らなかったでしょう?」

すると佐々木安珠は、今日ここへ来て初めて——笑みを見せたのだった。晴れやかな笑みを。

「アスティは生きてる」

水無瀬の思考は停止した。俺もヤキが回った、と思った。安珠のセリフが全く理解できない。主語も述語も意味不明だった。

「アストリッドが生きてるだと？」

佐々木忠輔の顔色が白い。この天才でも妹の言動が理解できないらしい、ということに水無瀬は少し救われた気分だった。やはり常識外れのことを言っているのは安珠の方だ……だが安珠は笑みを浮かべたまま、

「チャールズと話させて」

と言ってマイクスタンドを取ったのだった。オフになっていたスイッチをオンにする。

「チャールズ。あなたは間違ってる」

『安珠か？』

チャールズは深い声音で応じた。

『……君の同級生については謝る。だが、意味のある犠牲だ』

「そうじゃない」

安珠はすげなく返した。

「あなたが間違ってるのは、アストリッドのこと。あなたの妹は死んでなんかいない」

チャールズは絶句した。

『……何を言ってるんだ？』

ようやく声が出た少年に同情するように、安珠はゆっくりと言う。

「セブンシスターズの崖から飛び降りた。それは、あたしも聞いてた。だけどノスティは生きてる」

『……なんだそれは』

チャールズは水無瀬と同じ状態になった。思考停止だ。

『……なぜそんなことが分かるんだ、君が』

「なぜって、ここにいるんだもの」

6

「面白いことになってるね」

田中が目を輝かせている。盗聴を続けているサイバーフォースの声に夢中になっている。

美結はそれどころではなかった。田中の存在を脳からシャットアウトする。呼吸も忘れて耳を傾ける。

『あの子に会わせてあげる』

安珠の声が凛々《りり》しく耳に響いた。未来を見据える、彼女の強い瞳が目の前に見えるようだ。

美結は自分の手を握り合わせ、いつしか祈るように身をかがめていた。

あの子は——大逆転を目論《もくろ》んでいる！

7

水無瀬は時間感覚を失っている。あと二分か三分で無人機が田中のビルに到達するのではなかったか？　そしてミサイルを発射する。カタストロフ。

だが、目が釘付けだ。目の前の美しい若い女に。何かがひっくり返ろうとしている、狂おしい希望が胸の底から湧き出してくる。

「アスティ。カモンイン」

安珠は確かにそう言った。

水無瀬は目だけになってドアから入ってくる人間を見つめた。そして、

「馬鹿な……」

と言う羽目になった。そこに現れたのは——

イオナ・サボー。

後ろにはウスマンもいる。さっき呼びに行ったのだ。応接室で三人は合流し、ここに戻

ってきた。

「ふむ。スーパーレコグナイザーめ」

水無瀬は戦慄に襲われた。まさか……振り返ると声の主、佐々木忠輔が一人頷いている。誰よりも早く妹の言うことに納得した様子だった。

「お前は一度見たものは忘れない。特に、人の顔は」

ゴーシュがガタリと立ち上がった。郷土の妖怪にでも遭遇したような迷信深い目。

水無瀬は、自分も同じ目をしているだろうと思った。

「立体構造を座標軸として捉え正確に記憶する。外見が少し変わっても骨格は変えられない……実際に会ったことはなくても、以前のアストリッドの写真や動画を見たことがあれば、現在のアスティを見誤ることはない」

そして、ドアのそばに立つ小さな少女を見つめた。

「きみがアストリッドだったのか」

全員の視線がイオナに集まる。

「間違いない。この子はアストリッド」

安珠は宣言した。

「ここに来た時、応接室に入っていく彼女を見かけた。まさか、と思った。顔を伏せてたから確信が持てなかった。でも……確かめたかった。確かめてよかった」

水無瀬は気づくと、わななくように一歩、二歩とイオナに近づいていた。アストリッド・ディッキンソンは生きていれば十三歳。イオナの外見はまさに、十三歳の少女と言ってもおかしくはない。幼く見えるだけだと思っていたが……

「先生……彼女は、十八歳のハンガリー人では？」

水無瀬はどうにか訊いた。

「いや。十三歳のイギリス人だった……申し訳ありません。ぼくはアストリッドの顔を写真やビデオ通話で見たことがあるが、イオナと同一人物とは見分けられなかった」

相貌失認なのだから当然だ。責めることはできない。イオナが――アストリッドがそれを利用したのだ。水無瀬は食い入るように少女を見つめた。そういえば似ている、写真やビデオ通話で見たチャールズに。淡い髪の色、濃い色の瞳。

「イオナ、君が……本当に？」

少女が頷くのを確かめたゴーシュは卒倒寸前だった。同じ研究室の同輩と信じていた。まさか、Cの妹と毎日のように顔を合わせていたとは思いもしなかったのだ。

戻ってきたウスマンも同じ。だが、応接室で既にイオナがアストリッド・ディッキンソンと知った分、ゴーシュより冷静だった。少女に問い掛ける心の余裕がある。

「ではイオナ・サボーというのは、架空の？」

「実在する。ウスマン」

少女はセネガル人を振り返った。

「私の友人。ネット上で知り合い、親友になった。私の願いを聞き入れて、自分の素性を隠してくれたの。彼女は今もハンガリーにいる。別の町に隠れて暮らしてくれています。私がここで、イオナを名乗っている間は」

そうだったのか、と鈍い衝撃を覚えながら水無瀬は思う。本人の協力があれば、成り替わることはたやすい。

「彼女はもともと写真嫌いだから……どこにも彼女の顔は出ていない。好都合だった」

強烈な違和感が襲った。なんと流暢《りゅうちょう》な日本語だ――イントネーションに全くおかしなところがない。イオナが日本語が苦手というのは演技、設定にすぎなかったのだ。水無瀬はひたすらに頭を振っている自分に気づいた。全く、自分は何も分かっていない。老いたものだと笑うしかない。

「そうか、忠輔さんは顔が分からないけど、安珠さんが来る。吉岡さんからのメールでそれを知って、君は気分が悪くなったふりをして……」

「そこを、見られてしまった。顔は隠したけど……安珠の目からは、逃げられなかった」

「話は後よ、アスティ。時間がない」

安珠が促した。

「チャールズと話して」

だが、向こうから先に声が届いた。

『*Asty*……』

ビデオ通話回線の向こうから届いたのは、

『*Is it really you?*』

噴き上がる祈りのような声だった。

『*Show me your face!*』

少女の兄の叫び声に、安珠が応じた。少女の肩に手をかけて導く。

アストリッドは拒まなかった。ウェブカメラの前に立つ。

『*Asty! My God!*』

聖母マリアでも降臨したかのような敬虔《けいけん》な声。

『*You are alive!*……いや」

日本語に切り替わる。

『忠輔！　まさか、このアスティ』

全てを疑うような声が飛んでくる。

『スーパーコンピュータで作ったCGじゃないだろうな⁉　死んだアスティを生きているように見せかけて……』

「チャールズ。あんたそんなに馬鹿だった？」

安珠は容赦なくせせら笑う。

「アスティと作り物の区別もつかないっての？」

「そんなもの作ってる暇ないよ！」

忠輔も早口で言った。

「君のウイルスやDdos攻撃に対抗するので精一杯だ、気の利いた詐術を弄する余裕はない」

「チャールズ」

安珠は決めゼリフと分かる強さとタイミングで、言葉を放った。

「あなたの復讐の理由はなくなった。そうじゃない？」

それは雲間から照らす光のように思えた。

8

一柳美結の心は高層ビルの上になかった。サイバーフォースの妹と、その兄をつなぐ回線にすっかり入り込んでいた。

『チャールズに伝えてくれ。彼は血を流そうとしている』

忠輔の声が優しい手のように添えられる。すぐそばにいるアストリッド・ディッキンソンの心に。止めようとしている——取り返しのつかない破壊を。

『ぼくは失敗した、チャールズを止められなかった。彼は死神を発進させてしまった。だが、君が生きている』

チャールズが息をひそめて聞いているのが分かる。美結は、すぐ隣にいるように感じた。あの子は黙って妹の言葉を待っている。まるで神の慈悲を乞うように。

『*Charles……I'm sorry*』

血を分けた妹の言葉が、回線を通じて、光の速度で兄に届けられる。

『*I pretended to bid farewell to this world. I……*』

そこで、言葉は流れを止めた。

死を装っていたこの少女は、まだ答えを見つけられないのか。

『時間がないぞ』

水無瀬の声。結論を促している。

東京の、いや世界の命運を決める、誰を生かし誰を殺すかを決する数秒だった。

『*Asty*』

兄は名を呼んだ。愛する分身の言葉を狂おしく欲している。

美結は目を閉じた。

沈黙。東京中が耳を澄ましているかのようだった。

9

恐ろしいほどの沈黙が梓の耳を覆っている。

何も聞こえない。時間が止まっている。

対物ライフルの重みが肩に増している。一瞬目を閉じた。

……かすかな風の音。遠い唸りを知覚した。

何かが近づいてくる。大気に不穏な振動を起こしている。

目を開けた。

キラリと光る点が目に入る。

あれだ――ついにやってきた。死神だ。

光の点はすぐに、黒光りする航空機に変わった。数は二機。

静けさは今や完全に侵されてゆく。耳を聾《ろう》する轟音が広い空を切り裂き始める。

梓は驚きに目を瞠った。その後ろから、新たに現れた機影がある。先に現れた二機より一回り大きい。数は同じ二機。

自衛隊機だ、とすぐに分かった。見たことがある。長く日本の空を守ってきたF15。関東地域を担当する第七航空団か。いや――現れた方向は同じ横須賀方面。米軍と合同訓練でもしていたのだろう、命令を受けてスクランブル発進し、フルスピードで無人機を追尾してきた。だが梓は自衛隊機に期待する気はない。ここまで無人機を撃墜できていないのだ。即座に脳内からその存在を排除した。

頼るのは自分だけ。この手の中にあるメガライフルだけだ。

二つの黒い死神がみるみる近づいてくる。二という数が呪わしかった、一度に破壊することはできない。しかもそれぞれが二つ以上のミサイルを装備しているはず。全てを撃ち落とすことは、ほぼ不可能。

引き金を引く指に力が籠もる。あたしに敗北主義は無縁。最後の瞬間まであがいてやる

――梓の視線はレーザーのように、照準器《テレスコピックサイト》を通して無人機を貫いた。

10

「そろそろだね」

目の前の男は腕を組んで瞑目《めいもく》した。

その真正面で、美結は祈った。何を祈っているのか自分でも分からなかった。無人戦闘機がミサイルを発射しないでくれ。忠輔と安珠とアスティが、チャールズを思い留まらせてくれと？

いや――ミサイルよ届け。目の前のこの男を葬り去ってくれと？

自分の命のことは、不思議に小さかった。身体は痛みに備えて縮こまっているが、心は落ち着いている。これから起きることをただ受け入れようとしていた。

「もし、私たちが無事生き残ったら」

田中晃次が目を閉じたまま言った。

「君の家族を殺した犯人を教えよう」

空を切り裂く音が聞こえた。

11

アストリッドは大きく目を見開いている。
安珠は気づいた。その瞳は――忠輔だけを見つめている。
そして、はっきりと言葉を口にした。
『*Charles. Do not kill*』
たとえ英語の分からない人間でも、意味が伝わるような声の響き。
『*If you kill, it means defeat.*
Whoever, even villains.

I think Chusuke is right』
そして深い息とともに言う。
『*Charles ……I want to see you*』
『*Asty! I can see you.?*』
血を吐くような叫びが返ってきた。妹の声にすがるように。
『*I can see your living face.?*』
『*You can see me*』
優しい声だった。顔には、春の陽射しのような笑み。
兄を思う妹そのものだ、と安珠は思った。
「チャールズ。無人機を止めろ」
安珠の兄が言った。

12

轟音は今や耳に溢れている。パニックを起こし無闇に引き金を引かせようとする。だが梓の中にある不動の核がそうはさせない。決断の瞬間を、弾を向かわせる方向を、少しでも誤ればミサイルはこのビルを貫く。つまりあたしも吹っ飛んで終わり。

無人戦闘機の黒い頭は今や、照準器の中ですぐ目の前にあった。手を伸ばせば届きそうだ。梓の意識は秒の世界に入っている。マイクロセカンドの中で撃つ、撃たないの決断がめまぐるしく変わる。だがしっかりグリップしている、全ての状況を、全ての時間を。

あたしの集中力は世界を支配している。

引き金と指が一体化する。あと一ミリでも押し込めば弾が飛び出す。

13

足をとめ、小西は見上げた。

摩天楼が目の前にある。ガラスの壁面に映る翼が見えた。それは見る見る大きくなる――死神が手を広げている。

その後には二機の戦闘機も見えた。自衛隊か……だがもう遅い。

死神からミサイルが分離した。

その光景は、恐ろしくゆっくり見えた。

14

「ミサイル発射されました！」

辻技官の叫び声。

「発射された？　本当か？」

水無瀬の声は掠れ切っている。

「はい……自衛隊機が視認しました」

ああ、という悲嘆が満ちる。賭けに負けた。失敗。ジ・エンド……目の前が暗くなる。

だが安珠は頭を振り、自分に活を入れた。希望を捨てるなと自分に命令する。

「美結の応答は？……美結につないで」

鋭く叫ぶ。

「ミュー？　無事なんでしょう……ミュー!!」

金切り声になってしまう。どうしてもあの子の声が聞きたい。

応答はない。

「回線途絶えました」

坂下技官が非情な事実を伝えてくる。

幻聴が耳を襲った。轟音……炎上するビルが目蓋にちらつく。安珠はそれを必死に打ち消した。モニタを確かめる。

無人機の空撮映像は消え、ホワイトノイズに変わっている。発射したミサイルの全てが着弾した。ビルは大破した。その事実を示しているとしか思われない。

「どうなった……」

水無瀬が声を震わせた。この男も現実を受け止められない様子だった。確認を求めながら、その顔は知りたくないと言っている。

「*Charles*……」

アスティが呟く。顔からは完全に血の気が引き、その細い身体は今にも崩れ落ちそうだ。安珠は思わず歩み寄り、少女の肩を抱き寄せた。兄の横顔が目に入る。

忠輔は唇を嚙み締めて凝固していた。

だがその目の光は強い。あたしと同じだ、希望を捨てていない。

「ただし……」

辻技官が、上擦った声で言った。

「ミサイルは、ビルに着弾せず」

「なんやと?」

水無瀬が声を上げた。信じていた、と安珠は思った。

「自衛隊機からの報告です。発射された四発のミサイルは全て、東京湾に落下した模様です。爆発は確認されず」

わっ、とサイバーフォースが湧いた。

「無人機はそのまま飛び去りました。千葉方面です。自衛隊機が追尾を続けていますが」

「やったぞ、先生」

水無瀬は額の汗を拭いながら、忠輔に向かって言った。

「Cは失敗した――いや」

すぐ訂正する。忠輔は頷いた。

「チャールズは思い留まった」

全員の目が、その妹に集まる。

アストリッド・ディッキンソンの顔は輝いていた。

第五章　流離

いまだまったく経験されていない個物について、明らかに私たちは前もって何らかの真理を知ることができているが、それは不思議なことだと思われるのである。しかし数学や論理学が、そうした経験されていないものにも成り立つことは、どうも疑えそうにない。（中略）まったく経験していないものに関する事実をあらかじめ把握するという、私たちが明らかに持っているこの能力は、まさに驚くべきものである。（中略）アプリオリな知識は――間違っていないのであれば――心の構造に関する知識にすぎないのではなく、心的・非心的を問わず、この世の一切について成立するのである。

（バートランド・ラッセル『哲学入門』）

1

「チャールズ」

安珠は呼びかけた。ベイエリアのどこかにいる少年に向かって。

「ありがとう。ミサイルを逸らしてくれて」

『ぼくは納得したわけじゃない』

無感情な声が返ってくる。

『誰が何と言おうと、田中は死ぬべきだ。この信念は変わらない。だが今は――祝いだ！』

感情が弾けた。

『アスティは生きていた。アスティの願いを叶えることにする』

誰もが大きく息を吐いた。肺の空気を全部吐き出す勢いだった。

「……アスティのおかげだ」

やがて忠輔が言った。だがその顔は晴れなかった。山積みになった問題について考えている。この男は既に、次の課題に向かっている。新たな悩みに頭を突っ込んでいる。

それがこの男の仕事。あたしは違う、と思った。

安珠はマイクをつかんで腹から声を出す。

「あたしはほっとしてる。あんたがまだまともな子だったってことに」

『いや。もう後悔してるよ』

ふてぶてしい声が返ってくる。

『田中を殺す、千載一遇《ワンス・イン・ア・ライフタイム》のチャンスだった……一年かけた計画が台なしだ。もう、こんな機会は訪れないかもしれない』

「田中のことなんか知らない」

安珠は突っ慳貪《けんどん》に切り返した。

「あんたがミューを殺さなかったことを言ってるの。殺したら、あたしがあんたを殺してるところよ」

『……………』

ホッとゆるんでいた空気が強張る。安珠は容赦する気がなかった。更に責めようとしたが、少女が近づいてくるのに気づいて舌鋒《ぜっぽう》を収める。

「ありがとう、チャールズ」

英国の少女の声が空気を温めた。

「私は嬉しい。あなたは誰も殺さなかった」

『おお、アスティ。ぼくは負け犬みたいな気分だ！』

チャールズはケラケラと笑う。

『お前の顔を見なきゃ、気は晴れない。会えるよな？』

2

梓は——引き金から、指を外した。

撃たない、という判断は正しかったらしい。

翼を広げた死神から細い弾頭が切り離された時、梓は全世界を呪った。だが次の瞬間にはミサイルの角度がおかしいことに気づいた。梓のいるビルではなく、まるであさっての方に向かったのだ。ギュン、という空気を切り裂く音の後に来るはずの爆発音はどこからも響かなかった。

気づくと無人機本体も、猛スピードでビルの上空を越えて去った。

フェイントだったかのように。梓を馬鹿にするように。

それを追う自衛隊機が鼓膜を破るかのような轟音を置き土産《みやげ》にして飛び去ってしばらくしてから、梓はようやく呼吸を再開した。それほどに集中し切っていた。

あんなに軽量に感じられていた最新式銃器が、拷問の責め具のように肩に痛い。梓は、ゆっくりとメガライフルを下ろして床に置いた。

「戸部。無事か」

背中から声がかかった。

振り返ると、相棒だった。

「陣内」

しばらく思考が停止する。

「あんたどこに行ってたの？」

「応援を呼ぼうと思って、階下のSG連中の所へ行ってたんだ。今の戦闘機は？　Cの襲撃だな？」

「うん」

なんと能天気な。こんな訊き方をする相棒も、あっさり頷く自分も。

「でももう行っちゃった。なんだか知らないけど、Cは失敗した」

「そのようだな」

陣内は手をかざして空を見上げ、それから辺りを見回した。

「田中氏は？」

「もちろん無事。ペントハウスの中に、美結といる」

「無事を確かめよう」

「大丈夫よ。美結がそばについてる。一応、刑事なんだし。田中氏に危険はない」

「いや、それはどうかな」

「……どういう意味？」

陣内の顔が緊張していることに、梓は気づいた。まばたきが多い。視線も落ち着かない。

この男は、切羽詰まっている。

「田中氏が危ない」

陣内は少し震える声で言った。

「彼女は、Ｃのシンパだ」

「……何言ってるの？」

梓はぽかんと口を開けた。

「そんなことあるわけ……」

「下へ行って見て来いよ。ＳＧ連中がどうなってるか」

「……どうなってるの？」

陣内は頭を振りながら言った。

「眠らされてる。即効性の催眠ガスだ」

「なんですって？　どうやってそんな——」

「一柳刑事だよ。彼女しかいない」

「まさか」

梓は努めて冷静になろうとする。無理だった。視界がぐるぐる回る。

「俺たちが到着する前に、彼女はここに来ていた。田中氏の目を盗んでガス噴出器を仕掛けたんだろう。つまり彼女は、Cの刺客だ」

到底信じられない。刑事に向いているかさえ疑問なあの同期が、手際のいいスパイだなんて。誰かを暗殺しようとするなんて。

だが陣内は疑っていない。危機感に満ちた顔で梓を促した。

「行くぞ、戸部。田中氏を守る！」

3

「聞かせてくれ。アストリッド」

異国の少女に、兄が正面から向き合っている。安珠は頼もしく思っている自分に気づく。

「君の死がチャールズを怒れるCにした。Cが世界に闘いを仕掛けたのは、君のためだ」

静かな問い。

「どうして名乗り出てくれなかった？　今まで」

アストリッド・ディッキンソンの顔が翳《かげ》る。痛みに耐えるように俯く。

「どうして君は死んだふりをして、今まで本当のことを明かさず、別人になり切ってここに居たんだ」

「私は一度死んだ」

アストリッドは眉間に懊悩を溜めながら、ゆっくりと言った。

「これ以上、この世界に生きていたくない――本心からそう思った。中東やアフリカになぜ今も武器が大量に流れ込み、殺し合わせ続けているのか。どうしてガザ地区の人々を誰も救えないのか。南米や中央アジアの子どもたちは小さな頃から働かされて学校にも行けない。チベットやウイグルの人々は弾圧され続け、クルド人は未だに自分の国も持てない。終わりのないロマへの差別。飢え死に寸前の北朝鮮の人々。チェチェンは、コソボは、ソマリアは、スーダンは……」

安珠は胸を締めつけられた。この少女が言うと心に素直に入ってくる。見せかけの同情や感傷とはまるで違う。自分の生命を振り絞った声だった。

「そして全ての国の、貧困に喘《あえ》いでいる人たち。どうしてこの世を地獄としか思えずに、あまりに短い人生を終える人がこんなに多いのか。対して……平穏な暮らしを送っている人たち。生きることに苦痛を感じずに済んでいる人々は、どうしてみんな、そんな現状を放っておくのか。気づかないふりができるのか。変化をもたらすために本気で動かないのか。全員が力を合わせれば、事態を変えることは可能なはずなのに。どうしてどうしてどうして……」

声の震えに応じて、耳鳴りがした。安珠はまばたきを繰り返して眩暈に耐える。

「もう駄目、と思った。私は人間でいたくはない。でも……」

そこで少女は、安珠の兄を見た。

「死ぬ前に忠輔に会いたかった。そばであなたを見たかった。声が聞きたかった」

アストリッドは、まるで恋する者のように忠輔を見つめている。

「あなたは、根本から、全てを変える方法を本気で見つけようとしているから。生きる望みがあるとするなら、それはあなただと思った。だから私は、ここへ来た」

「でも、アスティ」

忠輔は少しも嬉しそうではない。諌《いさ》める口調は変わらなかった。

「死んだふりをする必要はなかったはずだ」

「いいえ。チャールズから完全に離れる必要がありました。私のためにも、チャールズのためにも」

アストリッド・ディッキンソンは明言した。

「私の存在が、私の傷つきやすさが、チャールズを苦しめていた。それが私の苦しみでもあった。私はチャールズを、私という肉親から解放したかった」

アストリッドはぎゅっと目を閉じた。

「なのに……世界に戦いを仕掛けるなんて」

回線の向こうのチャールズは、声もない。

兄妹の絆《きずな》。それは時に重たすぎる鎖だ。どんな兄妹関係かは千差万別で、他人には決して理解できないものかもしれない。だが、安珠には分かると思った。

自分にとって兄は、時には身体の臓器と同じように欠かせないものであり、時には癌《がん》細胞のように自分を殺す致命的なものに思える。切り離すことはできない、そう悟って絶望したこともある。それこそ〝死〟に頼るしかない。そんな気分になることもある。

この少女は、チャールズと忠輔、二人の間で常に揺れ動いていた。

そして、その目で確かめるために来たのだ。佐々木忠輔という男を。

安珠はまたアストリッドを抱きしめたくなった。

だが——目を開けたこの子は今、兄貴だけを見つめている。

4

『そうだったのか』

忠輔の、妙に呆けた声が聞こえる。

美結は思わず口元をほころばせた。あの素っ頓狂な顔が目に浮かぶ。

美結は自分もサイバーフォースにいるように感じた。命が助かったこと。相変わらずすぐそばにいる恐ろしい男。全てを忘れて、回線の向こうにいる兄妹の魂の物語に寄り添っている。

『ぼくは君に見定められていた。吟味されていたわけか』

『いいえ。ただ、見ていただけ』

十三歳の少女のか細い声が答える。

『私の絶望が消える。そんな奇蹟があるかどうか——祈りながら見ていただけ』

美結のすぐ前で田中晃次は目を輝かせて聞き入っている。ビデオ通話回線は断ち切った。だが盗聴は続いている。自らは話に入ることなく、ただ楽しんでいた。サイバーフォースに裏切り者がいる、という警告をできなかったことが悔恨として美結の胸を刺す。

『アスティ。あなたは兄貴のそばに来て、生身の兄貴を見てた。言葉を聞いてた』

美結には親しい、忠輔の妹の声が響く。安珠は最後まであたしの身を案じてくれた。あたしを救おうとしてくれた。それが嬉しくてたまらない。

『がっかりしたよね？　期待を裏切ったでしょ』

常に兄に厳しい彼女らしいセリフだった。

『そんなことない』

という少女の答え。

『じゃあ何？　兄貴に会って……生きる気になった？』

しばしの無言。

『……分からなくなった。生きるべきか死ぬべきか。何が本当か。ただ、目を離せなかった。忠輔と、Cになったチャールズを、ずっと見ていた』

『君なりの真理を見定めようとしていた』

忠輔は優しく言った。

『君は、エスカレートしていく〝C〟を見ながら、しかし、自分が生きているとチャールズに伝えなかった』

鋭く割り込んできた声は、ゴーシュだった。

『君もCに期待したんだな』

かつてのCダッシュは、自分と同じ感情をアスティに見ている。

『本当に正しいのは誰か。誰が勝つのか。君は、ここでじっと見極めようとした』

『唯《ウェイ》が死んで、私は揺らぎました。激しく』

少女はそう答えた。

『信じられないほどの憎しみと怒りが湧いてきた。チャールズが王超《ワン・チャオ》を殺せばいいとさえ思った。そんな自分が恐ろしくて、また死にたくなった。あんなに愛情深い子が、こんなに苦しんで死んでしまうようなこの世界には、やっぱりいたくない……でも』

少女の声はふいに剛さを得た。

『忠輔と、チームのみんな。それに警察の人たちが、頑張っている』

その場にいる一人一人の顔を見ながら言葉を紡いでいるのが、目に見えるようだった。『悪を捕まえようとしてる。真実を探している。私は……立ち去れなかった。死ねなかった。最後まで見届けたかった』

5

「先生だけやない。俺らも多少は役に立ったようやな」

水無瀬が嬉しそうに笑っている。元気を取り戻したように見えて安珠は嬉しかった。

「ところで、すまん。無粋で恐縮やが」

水無瀬は遠慮がちに言った。

「訊いていいか？　イオナというハンガリー人は実在する。コンピュータ工学の天才。アストリッドさんも、同じぐらいの天才っちゅうことか？　解析ツールの作成は見事だったぞ。本当の天才にしかできん」

「私には、イオナほどの能力はありません」

アストリッドははにかんだ。

「私は、イオナに助けてもらっていた。自分の手に余るレベルの問題は全部、イオナに転送して作業してもらっていた」

「インターネットで繋がってたんか？　気づかへんかったわ」

水無瀬がはにかむ番だった。

「そんな巧妙なチームワークがあったとはなあ。イオナって子は、よっぽど君が好きみたいやな」

「私をセブンシスターズの崖から引き戻してくれたのも、彼女です」

強く頷きながらアスティは言った。

「彼女がいなければ私は生きていない」

「いずれ挨拶してもらうわ。国賓として迎えたいぐらいや。我がサイバーフォースに手を貸してくれたらどんなに助かるか！　ゴーシュ君、君もな」

ゴーシュがはにかみの連鎖に加わる。今度はそのゴーシュが、躊躇いながら言い出した。

「道理で、写真の管理が厳重だったわけだ。君は偏屈者を装って、自分が写っているわずかなポートレイトにもセキュリティを掛けていた……まさか君がチャールズの妹とは思わないから、ぼくも暗号を破ってまで写真を送ろうとは思わなかった。でも、声は？　忠輔さん、アスティと昔、喋ったことがあったんでしょう」

すると忠輔は苦く笑った。

「回線の向こうのアスティはあまり喋らなかった。とてもシャイだったし、いつもチャールズが喋りすぎていたからね。言い訳させてもらえるなら、肉声とスピーカーで聴く声は違うし。まあ、ぼくが迂闊だったと非難されても仕方ないが」

忠輔はペロリと舌を出した。この下手くそ、可愛くも何ともないと妹は思う。

だがアストリッドは満面の笑みだった。デスクからマイクを取って握りしめる。静かに母国語で言った。

「*Kiilling someone is wrong.*

Killing myself is also wrong.

I found this out」

そして日本語で言った。

「忠輔に会いに来て、本当に良かった――」

回線の向こうから、答えはなかった。

チャールズはどんな顔をしているだろうと安珠は思った。負けを認めた顔だろう。つまり、私と一緒。

妙に放心した顔をしていた水無瀬が、ふいに言った。

「田中はどうなった」

技官たちに確かめる。

「無事は間違いない。それはいい。だが通信は途絶えたな」

「はい。回線を切断されました」

「美結は、どうしてる？」

誰もが沈黙する。

「こっちからコールしてみろ」

「……応答ありません」

坂下技官が声を曇らせる。水無瀬はマイクに近寄って声を大きくした。

「チャールズ。お前は田中のビルのそばにいるんやろ。動きは？」

『動きはないよ』

チャールズの声は、気が抜けたように能天気だった。

『待って。バディが戻ってきた！』

6

轟音が遠ざかっていった。空飛ぶ死神も。

爆発音は起きなかった。無人戦闘機はどうやら、飛び去った。何の破壊も起こさずに。

目の前のビルは全く無事だ。つまり、美結も無事。

小西はニヤリとした。笑わずにはいられなかった。急いでアクアに駆け戻る。チャールズはバックシートにだらしなく身を投げ出していた。戻ってきた小西に気づいて、

「待って。バディが戻ってきた！」

とはしゃぐ。まだサイバーフォースと喋っているのか。

「お前が生きていて嬉しいよ」

そしてニヤニヤしながら小西に言ってきた。

「どうしてやめたんだ。田中を殺すのを」

小西の問いに、チャールズは異様なまでに快活な笑みを見せた。

「アスティが生きてた！」

「アスティ？　お前の妹か？」

「イエス」

「自殺したんじゃなかったのか？」

「なかったんだ。生きてたんだ！」

その場で身をよじって喜ぶ少年を見て、小西の顔も思わずほころんだ。

「それはよかったな」

「よかった。生きてた」

そしてチャールズは言った。

「*Do not kill,* だってさ。アスティは生きてた」

しつこいな、と小西はチャールズの顔を見た。喜びが溢れ出して、言っても言っても言い足りないのだと分かった。その場で跳ね上がってシートを叩き出す。ルーフに頭をぶつけて気絶するんじゃないかと心配になった。

「おい。これからどうするんだ、お前」

小西が訊くとチャールズは動きを止めた。

「そうだね」

そして呆けたような顔で、ウインドウから空を眺める。

「……自首でもしようかな」

小西は思わずその顔を見つめる。

「本気か？」

「バーカ。Cが捕まってどうするんだよ」

鼻で笑われた。

「そうか。そうだよな」

だが腹が立たない。小西もフッと笑った。

「好きにしろ」

再び車を離れた。改めてビルに向かう。

「どこへ行く？」

チャールズが驚いて呼びかける。

「美結を連れて帰る。心配だ、あんな男と会って何を吹き込まれてるか……」

するとチャールズは目玉をぐるりと回し、言った。

「ぼくも行く」

ドアを開けようとする。

「バカ言え」

小西は目を吊り上げた。

「お前がノコノコ現れたら殺すに決まってる。お前がそう言ってたんじゃないか」

バックシートの中でうん、と頷いた。

「じゃここで待ってろというのかい？　バディ」

「だから、好きにしろと言ってるだろ」

「つれないなあ」

チャールズは妙に眠そうな目になった。

「ぼくに手錠かけたらいいじゃん。逃げられないように」

「なんだと？」

「逮捕されるならお前だ、バディ」

チャールズの笑みは妙に透明だった。

「お前の手柄だぞ。世紀の大物、Cを逮捕したら英雄だぞ！」

「くだらねえ」

小西は吐き捨てた。

「俺は手柄が欲しくてやってんじゃねえ」

「人の好意はおとなしく受けるもんだよ」

「おい……本当に本気なのか？」

「バディの言うことが信じられないのかい？」

チャールズの笑顔は透明なまま。

小西は口の端を歪め、右の眉を上げて左の眉を下げた。額にシワを刻み、目玉を左右に震わせる。最後に鼻の頭を掻いて百面相を終えてから、言った。

「分かった。信じるよ」

そのまま離れていく。

「おとなしく待ってろ」

「ちょっと待って、手錠は？」

「お前は逃げない」

小西を振り返ってニヤリとした。

「バディの言うことを信じなくてどうする？」

「小西」

「すぐ戻る」

小西はまっしぐらにビルに向かった。

ビルの中に消えるバディを、肉親のような愛情深い目で見送ったチャールズはふいに、ハッと背筋を伸ばした。そして素早くタブレットPCを操作する。

「*That's enough. Let's disarm the other missile*」

そこで顔が強張った。

「*As I expected……My orders are not getting through*」

7

「長尾が……」

野見山のうちひしがれようは、水無瀬が目にしたことのないほどのものだった。

思い返せば、あの時以来だ。石垣公安部長が死んだ時。

胸を引き裂く痛みを、水無瀬は表に出さない。この人の前では、自分が悲しむ資格などないと感じた。

長尾昇《のぼる》警部。野見山とほとんど歳の変わらない刑事部の大ベテランは、野見山の懐《ふところ》刀《がたな》であり、現場の刑事の中で最も頼りにしている男だった。来るべき警察の大改革に際してもっとも重要な役割を担わせていた男が、自分を盾にして生きた証拠を守った。

「野見山さん。戦時下です。死者を悼《いた》むのは、決着がついてからで」

崩れ落ちそうなボスの前で、水無瀬は心を鬼にした。

「我々が追いつめた奥島に見切りをつけた何者かが、手を下した。だが長尾さんが阻止した。つまり失敗した。奥島が抵抗勢力の表の顔だとしたら、その裏にいる者。今までまるで正体を摑ませなかった奴。これぞ本物の闇です。そいつはおそらく——」

「田中から直接命令を受けている」

野見山が言う。水無瀬は頷いた。

「直接命令を受けているどころか、田中の分身とも言うべき奴かもしれません」

「誰なんだ？」

「分かりません。普段は立派な警察官なのです。誰一人疑わないような男でしょう」

「俺たちは、そいつに寝首を搔かれるのか」

ボスはすっかり悲観的になっている。水無瀬は声を張った。

「いや。奥島を連行中です。井上さんや雄馬君、龍太が必ず、奥島を吐かせる。それに」

水無瀬は口の端を上げてみせる。

「もう一人、田中のネズミを見つけました」

「何？　どういうことだ」

「実は、井上さんたちを罠に塡《は》めたのは、我がサイバーフォースの裏切り者です」

「なんだと⁉」

「ご安心ください。もう特定しました。俺が気づいたことに、そいつはまだ気づいていない。もう少し泳がせます」

「大丈夫なのか？」

野見山が老けて見えた。普段より十も。水無瀬は笑ってみせる。

「もちろんです。こいつを利用します。敵のところまで誘導してもらう」

「しくじるなよ」

悲痛な表情になった。

「福山。長尾。その上お前まで失ったら、俺は」

水無瀬は笑みをキープする。ひどく困難な仕事だった。

「確かに犠牲は甚大。小笠原さんの乱心も、悲劇の積み重ねの一つ。だが弱気は禁物です、長官」

水無瀬は背筋をぴんと張る。

「勝っても負けても、指揮官は最後まで威厳を保つもんです。犠牲ばかりやない。俺たちは、Cを手に入れられそうです」

野見山の両眼に光が灯る。

「現在、小西はもちろんのこと、美結。そしてSATの二人がチャールズのそばにいる。彼らの働きに賭けるしかない」

「連絡は？」

「現在、音信不通です。あのビル全体がジャミングで通信をブロックされている。田中がオンラインの連絡を許さない限り、話す手段がない」

「待つしかないのか」

「はい。若い警察官たちの力を信じるしか」

「そうか……」

残るのは沈黙のみ。

8

「田中さん」

訊かずにいられるはずがなかった。

「さっき……何とおっしゃいましたか」

「あわてないで。とぼけるつもりはないから」

その声は恍惚《こうこつ》としている。

「私は言った。君の家族を殺した犯人を教えると」

「それは……」

冗談ですか？　と美結は問うことができない。息がうまくできないのだ。

田中はパソコンに向かっている。インターネットでブラウザを開いているようだ。やがて画面に浮かび上がったのは、C――チャールズのサイトだった。

Cのロゴの下に制裁リスト。田中の名を筆頭に名前が並んでいる。美結は驚いた。また名前が増えていたからだ。いったいチャールズは何人制裁すれば気が済むのだ？

「あっ……」

思わず声が出る。目の前にあった無数の名前がみるみる薄れて消えてゆく。残ったのは――その前から掲げられていたリストだけになった。筆頭には変わらず、田中晃次。

「いま消えたのはおそらく、架空の名前かな」

田中は顎を掻きながら言った。

「あるいは短時間、警察を混乱させるための時限リスト。いずれにせよ、たいした制裁対象じゃない。だから消えたんだ。うーん、チャールズというのは本当に、端倪《たんげい》すべからざる少年だよ。見たまえ」

田中はモニタの自分の名前から、その下に続く名前を指でなぞってみせる。

「彼の制裁リストは、芸術品だ。実によく考えられ、名前が選び抜かれている」

「……どういう意味ですか」

田中はゆったりと脚を組み替え、どう説明したものかと考えを巡らせている。その間にも、美結の胸の中には真っ黒な不安が積乱雲のように湧いてくる。

「チャールズが各国の凶悪犯罪者の捜査に協力してきたことは、君も知っているだろう」

「はい……噂程度ですが。本当かどうかは……」

「本当なんだ。彼が制裁リストを発表したのは、初めてではない。表沙汰《おもてざた》になっているかどうかの違いだけ。彼は以前から、その辺の警察など及びもつかない調査力、そして推理力と直感力で、誰も辿り着けなかった犯罪者たちをあぶり出しリストに載せてきた。そこには、迷宮入りした事件の犯人も含まれている」

美結の血圧が下がり始めた。男の声が遠く虚ろになってゆく。

「ま……まさか……」

「分かったようだね」

田中はご満悦の笑みを浮かべる。

「チャールズは——君の仇を見つけ出した。そしてリストに載せたのだ」

「どの名前ですか⁉」

美結は絶叫していた。

「自分で見つけたまえ。もう、分かるだろう」

美結は必死にリストの名前を見つめる。その横にある写真……キャッチノレーズに目を走らせる。

一つの言葉に目が留まった。

三年ごとに三人

三、人。
ガタリ、と後退る。

——渡辺弘《わたなべひろし》
この男が？

「にしても、不親切だな。写真がない。そしてこの凡庸な名前……こんな男、日本に何千人といるぞ。この名に限って、手掛かりがあまりに少ない。チャールズに訊くか？　すんなり教えてくれるだろうか。相当なひねくれ者だってことは、君たちは身に沁みて知っているはずだね」

「…………」

「だが、私なら教えてやれる」

ハッと目を合わせる。田中は明晰な表情で美結を見返した。

「私は、この男を知っている」

美結は空間が罅割れる音を聞いた。鼓膜が圧力を受ける。視界が歪む。まるで一〇〇メートルも急降下したかのように。頭を振り、まばたきを繰り返し……声を振り絞った。

「どうして、あなたを信じられるでしょう」

その声は、血を吐く音にも似ていた。

「私を混乱させて……いたぶっているだけではないですか？」

「疑う気持ちも分かる。いや、信じたくないという気持ちだろう」

田中は包み込むような表情を作って見せた。熟練のサイコセラピストの顔。いや、親身な血縁者のような顔だ。

「君は、自分の仇を探し求めてきた。それだけが生きる目的だったこともあった。だが……いざそれが誰だかはっきりすると、向き合うことへの恐れが生まれている。その気持ちは分からないではない」

「……………」

「疑うのは当然だ。だから証拠を見せよう」

田中はマウスでカーソルを動かし、一点をクリックしてファイルを開いた。

美結は一瞬で釘付けになる。

田中はその反応に満足して言った。

「君が望みを果たせるようにどんな手助けでもする。まずは、この男の素性を教えよう。

そして居場所を」

何かが自分の背中を押している。その感情の正体がまるで分からない。

だが美結は、自分の望みを見誤ることはなかった。

「……教えてください」

ついに言った。

「いいだろう。ただし条件がある」

目の前の男の顔から一切の表情が消えた。

9

「待ってよ」

走り出そうとする相棒を梓は制した。

「部隊長に確認しないと——」

陣内はじろりと梓を見返した。

「ここはインカムが通じない。いや、通信機器は一切使えない。そして俺たちはＳＡＴだ。いざとなれば、外からの指令を待たず自分たちで判断する。いいか、俺たちの使命は田中氏を守ることだぞ？」

「でも——美結が刺客だなんて」

すると陣内に変化が起こった。ヒュウと息を吸い込んだのだ。

その瞬間が境目だった。

陣内はゆっくりと——ＭＰ５Ａ５の銃口を上げた。真っ直ぐに梓に向く。

理解が訪れた。心拍数が激しく上がる。

「——何をしてるの」

どうにか訊く。

「梓。田中は抹殺するべきだ」

声に宿る揺るぎない確信。そこには、陶酔の響きもあった。

「Ｃは正義を行おうとしている」

「あんたの方が——」

梓は微かに後退りながら言う。

「Ｃのシンパだったのね」

10

　小西は警戒しながらビルの正面扉に飛び込んだ。誰かに見咎められると思ったが全く人《ひと》気《け》がない。広いロビーを、誰にも邪魔されることなく横切っていく。逆に異様だったが前に進むしかない。奥にあるエレベータの前に立つとボタンを押す。

　押してから思い出した――エレベータは機能していないのだ。ロビーの明かりは点いている、電力はストップしていないのになぜかエレベータだけは。だから田中たちは逃げられなくなった。クソ、階段で上れっつうのか？　四十階建てを。俺はＳＡＴじゃねえぞ！

　だが他に方法がない。小西は仕方なく階段を探した。

　チン、と小さく音が鳴る。

　振り返るとエレベータの扉が開いていた。

　どういうことだ？　さっぱり分からないが、小西はともかく乗り込む。油断なく周囲を見ながら、一番上の階のボタンを押した。

　無事扉が閉じ、上昇を開始する。小西は念のため、警察手帳を取り出して備えた。ドアが開いた途端に、そこにいた誰かに侵入者と間違われて襲われてはたまらない。内ポケットのＭ37拳銃には手を添えるだけにする。外には出さない。

なめらかな箱の動きが、ふっと止まる。

扉が静かに開いた。緊張に身構えながら目を凝らす。

そこにあったのは——ただの薄暗い空間。何もない。

誰もいないフロアだった。どうやら最上階ではない。このエレベータは途中までしか来られないようになっている。あくまで外から来た人間用だ。このビルの主の元へ辿り着くには、また別のルートを使わなくてはならない。当然だと思った。城の構造と同じだ。天守閣に至るまでにはいくつもの関門がある。エレベータを降りると小西は全細胞をレーダーに変え、一部の隙もなく周囲を警戒しながら、上へ行くルートを探し始めた。

「……あれか」

やがて階段を見つける。防火扉を備えたごく標準的なビル階段だった。極力足音を立てないようにしながら上ってゆくと、

「むっ」

異臭を感じて足を止める。なんだ？　とっさに息を止め、警戒しながら階段をまた一段上る。上のフロアまで到達した。

信じがたい光景が広がっていた。

あちこちに人間が倒れている。そのほとんどがいかつい男。だが警視庁警備部のＳＰではない。顔を見れば分かる、恐らくは——田中のスタッフ。私設のＳＧ部隊だ。だが一人

としてピクリとも動かない。俺は何を見てるんだ？

ガスだ――小西は背広の袖で鼻と口を押さえて、手近の男の首に素早く手を当て脈を確かめる。しっかりしていた。毒ガスではない、催眠ガスだ。

だがむろん吸い込むことはできない。急いでこのフロアを離脱しないと息ができない。自分まで倒れてしまう。おそらく、このフロアに充満してからしばらく経っている。ガスはある程度拡散しているから吸い込んでも昏倒《こんとう》まではいかないだろうが、朦朧《もうろう》とした状態になるわけにはいかない。進むべき方向を探した。

幸い、階段はさらに上に続いている。駆け上ろうとして足を止めた。

階段にも倒れている人間がいたのだ。邪魔だ、こんなところで寝るなよと思った。跨《また》いで上りかけた。ところが……寝ているにしては手足の角度がおかしい。小西は目を凝らす。

階段を染めている赤いもの。それは今も、下へ下へと伝っていた。

撃たれてる――射殺死体だ。数は二つ。

ガスが効かなかったのだ、と直感した。

このSGたちは鋭かった。異臭に気づきとっさに息を止めて、上に逃れた賊を追跡しようとした。だがそれがかえって仇《あだ》になった。あえなく撃ち殺された――

つまり、殺った奴は上にいる。

小西の頭の中にサイレンが鳴り渡った。急がなくては……！　ひどい悪寒に耐えながらどうにか上のフロアに辿り着く。呼吸を止めるのは限界だった、深呼吸を繰り返すが、幸い苦しくもならないし眠くなりもしない。小西は安心して、そのフロアに広がる光景に目を移す。

また呼吸が止まりそうになった。

「なんだここは」

まばたきを繰り返しながら前に進む。壁やショーケースの中に様々な形の禍々しいものが収まっている。銃器だ。田中の商売道具か——銃だけではない。迫撃砲やロケットランチャーまである。

チャールズの動画に嘘はなかった。やはり田中という男は、日本人でありながら、世界に名だたる武器商人。この銃規制にうるさい国に、自分の企業の商品とはいえこれほどの武器を持ち込むとは……法が及ばない人間ということだ。

しかもあの男は武器をばらまくだけでなく、世界中の権力者や武装勢力を唆《そその》かして争いを煽っているという。もしそれが本当なら、擁護すべきところはないように思える。これほどタチの悪い人間が地上に存在するとは思いたくない。しかも、同胞。同じ都民。

殺そうとしたチャールズは正しかったのかもしれない。これだけ大量の武器を目にしてしまうと、生かしておいてよかったのか、とさえ思う。

いや——と小西は頭を振った。余計なことは考えるな。

とにかく美結を無事に連れ戻す。更に上に向かう階段を見つけ、小西は全速力で駆け上った。

11

梓は自分でも驚くほど落ち着いていた。向けられた銃口を意に介さず、ゆっくりと身体を陣内の正面に向ける。ペントハウスの扉を背にして。

「梓、どけ。お前を撃ちたくない」

陣内はMP5A5から手を離さずに言った。

「私がどかないのは分かっているでしょう」

さっき梓が飛び出してきたばかりのペントハウスの外扉は、いつの間にか堅く閉ざされている。見るからに頑丈そうな黒い金属製で、砲弾でも跳ね返しそうだった。ペントハウス全体がフル防備状態に入っている。

だがSAT隊員になら開ける術がある。爆薬を扱うのは陣内も慣れている。陣内の顔を見ればしっかり爆薬を持ち込んでいるのは明らかだった。梓が止めなければ、RDXで爆破して内部に突入する。

「俺は必ず目的を果たす」

陣内の目の鋭さが決意を物語っていた。

「制裁リスト――AAA《トリプルエー》が出た。つまり俺の出番だ。天の声が聞こえた気がしたよ、確実に正義をなせるチャンスだ」

「あんたは……」

いつからCのシンパなの。いつ、警察への忠誠を捨てたの？

そんな問いは無意味だった。今や敵なのだ。

この男は、Cの無人機空襲が失敗したことをむしろ喜んでいる。自分の出番が来たことが嬉しくてたまらないのだ。さっきまで姿が見えなかったのは――もしや、ミサイル攻撃に備えてビルの外に避難していたのでは？　バディのあたしを見捨てて。だとしたらやはり敵以外の何者でもない。梓はギリリと奥歯を噛みしめた。素早く考える、いったいどこからがCの策略なのか？　なぜ陣内はここへ入り込むことができた？

「不思議か？　どうしてCのシンパがここに居られるか」

梓の心中を察した陣内は言った。

「皇は――田中は、強い人間が好きだ。果断に人間を消して気にも留めない人間が好きなんだ。自分に似ているからな。そしてCは、そんな田中の性格を知り抜いてる。SATがタワー奪還に成功すれば、隊員を自分のところに招く可能性があると踏んでいた」

それで、SATの中にあらかじめシンパを用意していたのか？　だとしたらC――チャールズ・ディッキンソンは、まるで天才占い師か凄腕のギャンブラーだ。

「戸部、Cは本物の天才だ。あらゆる事態に備えて可能性を広げていたんだ。東京ジャックにあたって数多くのエリートシンパを用意した。俺もその一人。Cダッシュだ」

陣内は得意げにC賛美を謳《うた》った。

「チャンスが来る確率は低いと思っていたが、結果、俺は田中の城に大手を振って入ることができた。これが運命でなくて何だ？　俺は田中を殺してCの気高い意志を果たす！　そして何百万もの人間を救う」

恍惚とした表情が浮かんでいる。同居しているのは、ふてぶてしさ。そして覚悟。

この男は生身の人間を撃ったことがない。そう思っていたがとんだ間違いだった。経験不足のふりをしていただけだ。この男は相当嫌なものを見てきた。自分の手を血に染めてきた。この目にそれが表れている。あたしは迂闊だった、この男が秘めている闇は恐ろしく深かった――あの表情豊かな、よく笑う陣内はもはやいない。さすがSATでキャリアを積んできただけはある、隙がない。これから自分のなすべき任務について一片の疑念も迷いも見えない。そういう意味では特殊部隊員の鑑だ。

ただし、忠誠を誓ったのは警察でも日本政府でもない、Cだった。

「取り巻きはガスで眠らせた。今や、このビルで起きてるのは田中と一柳巡査、そして俺たちだけだ！　あの男がこんなに無防備になったことはない。常に権力者や金の亡者に守られてきたが、今が千載一遇のチャンスなんだ」

「エレベータを止めたのはあんただったのね」

梓は鋭く確かめた。

「動力部を見つけて、配線盤かシャフトに細工をした。全部のエレベータは無理でも、上層階に通っている箱を止められれば充分だものね。無人機飛来に合わせて、上層階の人間の退避が間に合わないようにした。地対空ミサイルを隠したのもあんた。あれを使われると困るから。分かれて警備しようと言い出したのは……」

もはや言うまでもない。結論は一つ。

「あんたは私も殺す気だった」

「言い訳する気はない」

陣内は神妙な口調になった。

「人類の敵を倒すためだ。俺だけ助かろうなんて思っちゃいない。俺はずっとビルの中にいたよ。命など惜しくはない。奴を殺せるならな。無人機が失敗したら、俺が代わりに奴を殺すだけだ」

そしてますます神妙になる。

「戸部。お前も手伝ってくれ。それぐらい大事な仕事だ。お前なら分かるだろ？」

梓は答えない。だが、動きもしない。

「目を覚ませよ」

梓の様子に、陣内は焦《じ》れ始めた。

「何のためにSATの隊員になった。クソみたいな悪者を倒すためだろう。戸部――あいつこそそれだ。史上最悪の人間だ」

陣内の言う通りだと思った。梓は動揺を顔に出すまいとなおも奥歯を嚙み締めたが、視線の揺らぎは止められない。陣内は好機と見て語気を強める。

「ここで殺らないと、あの男はこれからも世界中に死の種をばらまく。殺し合いを大きくするぞ」

「あたしたちは警察官でしょう」

梓は抵抗を試みる。

「どんな犯罪者でも法に基づいて逮捕して裁けって教わったよね」

「そんな手順が通用する相手か！」

陣内は怒鳴った。

「逮捕したってすぐ釈放になるだけだ。権力者はみんなあいつの味方なんだ」

「でも、特殊部隊員は命令に従うのが仕事。勝手なことをするのが仕事じゃない」

「SATである前に人間だろ」

陣内は疲れたように言った。

「俺にこんなこと言わせるな、こっぱずかしい。言わなきゃ分からないような女だったか？」

また口を閉じた梓に、陣内は畳みかけた。

「俺はSAT隊員でもなく警察官でもなく、人間、陣内大志として言う」

そう声を張った。

「人間の命を救うこと以上に大事な仕事があるか？」

「でも……」

「お前、こんなに分からず屋だったのか。アメリカ育ちだと言うから、もっと現実的な女だと思ってたよ。お前なんかSATに入れるんじゃなかった」

「あたしが協力すると思ってバディにしたの？」

梓は口端を歪めた。

「生憎《あいにく》だったね。あたしは自分しか信じない」

「ふん。お前が何を信じてるって言うんだ」

陣内は梓に負けじと口を歪める。

「力しか信じないくせに。俺が、お前のアメリカ時代の経歴を知らないとでも思ってるのか？」

梓は思わず身構える。陣内が銃弾よりも鋭い攻撃を放ってきたからだ。

「お前も自分の信念に従って人を殺してる」

実際に弾丸を食らったような痛撃だった。

「恋人を殺した男を殺したな。お前はまだ十五だったたし、正当防衛とみなされて訴追さえされなかったが……日本の基準だったら過剰防衛だよ、どう考えても。お前は四発もぶち込んでクズを殺したんだ」

梓は肩をすくめた。もはや開き直るしかなかった。

「お前も悪を許さない。力で制裁を加えるのがお前のやり方だろう。それが、どうした？　相手が大物すぎてビビッてるのか？」

「あたしのことを分かったつもりになってるみたいだけど」

もはや挑発に動じる気はなかった。

「あんたは何も分かってない。どうしてあたしがアメリカを捨てたか」

「分かってるよ。お前が憎んでいる人間も、お前が愛してる人間も全部な」

陣内がニヤリとした。梓は今度は、動揺を抑えられない。思わず半歩前に出た。

「今日は久しぶりの再会で、内心は泣いて喜んでたんだろう？　いじましい奴だ。お前は、日本人よりも日本人らしいよ」

「シャラップ」

梓が放つ紛れもない殺気を感じたのか、陣内は笑みを引っ込めた。

「おい」

その時、睨み合う二人の耳に声が届いた。

「お取り込み中のようだが……」

「誰だ⁉」

陣内が驚いて銃口を向ける。それも道理だ、階下の人間は全て眠らせたはずだ。

屋上に現れた男は賢明にも、両手を上げていた。

「墨田署の小西だ」

あっさりと名乗り、二人を見比べた。

「あんたら、SATだな」

「……なんで分かる」

陣内は低く言う。小西は淡々と答えた。

「TRTで見た。俺は、タワーの下でずっと見てたんだ。あんたらが到着して、タワーに入っていくのを」

「墨田署ってことは、一柳美結の同僚ね？」

梓が訊く。

「そうだ。あいつを迎えに来た。連れて帰る」

SATの二人は口を噤んだ。判断に迷っている。小西は、首を傾げた。

「美結はどこにいる？」

「そこのペントハウスよ。田中氏と一緒」

梓が答えると、小西は込み入った表情をした。

「一緒にミサイルでやられるところだった……全く、ヒヤヒヤだな」

「あんた知ってる？」

梓は訊いてみた。

「無人機のミサイルは、どうして逸れたの」

小西は梓を見て言った。

「Cの気が変わったんだよ」

「デタラメを言うな」

陣内が声を尖らせる。

「デタラメじゃねえ。俺は、あいつのバディだからな」

そう言って頬を引きつらせた。

「お前のような奴がバディだと？　馬鹿な」

陣内は血走った目で睨んだ。だが小西は迷いなく頷く。

「確かにバカみたいだが、チャールズは俺をそう呼んでる。まあ、戯言《ざれごと》だがな。こっちは大迷惑だ。今までお守りをさせられてたんだぞ。うんざりだ……で、あいつは結局、田中を殺すのをやめた。失敗したんじゃない、自分で止めたんだ」

「嘘をつけ！」

「嘘じゃない」

小西は目で真実を訴えた。

「お前の言うことなど信用ならない」

顔が紅潮している。梓は陣内の激しい動揺を見てとった。この男にしてみれば絶対に受け入れられない話だ。

「別に信用してくれなくていい。俺は、美結を連れに来ただけだ」

ペントハウスに向かって歩き出そうとする。

「待て」

陣内は鋭く命じる。銃口をしっかり向けながら。

「お前が同僚を連れて行くのは、田中が死んだ後だ」

小西は陣内の全身に漲る殺気を見て、全てを悟ったようだった。

「お前……Cのシンパか」

「俺は警備部の陣内巡査部長だ」

正々堂々と名乗った。

「だが同時に――Cダッシュだ。つまり分身。何よりも誇りに感じてる。そしてCは、こんな大切な仕事を覆すはずがない。小西巡査」

陣内はまるで敬虔な信徒のような表情になった。

「頼む、田中を生かしてはおけない。あんただって正義のために刑事になったんだろ？　あの男を殺すことが正義だ」

小西は一瞬視線を彷徨わせたが、やがて真下に向かって指を指す。

「お前が本当にCダッシュなら、Cに確かめろよ。下にいるぞ」

陣内は意表をつかれたように目を見開いたが、すぐ元に戻る。

「確かめている暇はない。そんなことしてたら田中に逃げられる」

「だけど、あいつは自分で止めたんだ。本当だ」

「なぜCが抹殺を中止する？　リストのAAA《トリプルエー》は絶対だ」

「妹が生きてたんだよ」

小西があっさり言った。

「なんだって⁉」

陣内は取り乱した。数秒間、強烈な迷いが陣内の中を駆け巡るのが傍目にも分かった。

梓は素早く腰に手をかける。この隙をつく――すぐしまった、と思った。自分の拳銃は美結に渡したのだ。

「だとしたら……がっかりだ」

陣内はようやく言った。

「田中は人類の敵なのに……妹が生きていたからといって、許すのか」

「そういう訳じゃないみたいだがな。あいつは田中を許したわけじゃない。ただ、妹がやめろと言ったんだ」

「………」

陣内は表情を戸惑いの極致に変えた。

それから首を振り、決意の目を向けてくる。

「俺は受け入れない。田中を殺す」

それがこの男の屋台骨。生きる理由になっている。

止めようがない、と梓は思った。

「仕方ねえな」

小西も同じことを感じたようだ。やれやれという感じで息を吐く。

「あいつの尻拭いは、バディの俺がやるしかないか」

そう言いながらゆっくり、ジャケットの懐に手を差し入れる。

「それ以上動くと撃つ！」

陣内は一喝した。だが小西は止まらない。陣内が向ける銃口を気にする素振りもなく、拳銃を取り出した。特殊部隊のサブマシンガンに比べればあまりにも貧弱な武器を。

しかし銃口は地面に向いている。小西は言った。

「下で男が二人、撃たれて死んでた。殺ったのはお前だな」

陣内は押し黙る。梓は食い入るようにその顔を見た。この男が、冷酷な殺し屋のような真似を？

「おかげでお前は後に引けなくなった……殺すしかなかったのか？」

「ガスが効かない奴がいた」

陣内は無表情に言った。

「あいつらは人間のクズだ。人を殺してもなんにも感じない連中だ。死んで当然だ」

「でもあんたは、王超《ワン・チャオ》殺害に失敗した」

梓は鋭く言った。ふいに悟ったのだ。

この男は、王超の急所を外したのではない。手元が狂ったのだ。自分をコントロールし切れなかった。ＡＡＡの標的を仕留めるつもりがやり切れず、この抹殺命令を全うできなかった。その失点を今度こそ取り返そうとしている。ＳＧを殺し自ら退路を断ったのだ。

陣内の表情が強張っている。その顔を見て考えていた小西が、口を開いた。

「俺は難しいことは分からん。だけど、やめろ」

この平の巡査の口調は、親切この上なかった。

「自分で刑を決めるな。お前も警察官だろう？　俺たちは、逮捕するのが仕事なんだ。考えるのは、それが得意な人間に任せろ」

「何を……」

呆れたように、しかしどこか胸打たれたように、陣内は言った。

「俺はそう決めた。もう、人を殺す奴はうんざりだ……自分で殺すのも真っ平だ」

小西のセリフの途中で、陣内はMP5A5を構え直した。

「分かったよ。つまり、俺の邪魔をするんだな」

今度こそしっかり狙いを定める。

「なら——お前も敵だ」

小西は銃を捨ててホールドアップするに違いない。梓は確信した。

だが違った。小西は、じりじりと銃口を上げ出したのだ。なんと無謀な……だが梓は感心した。この男には本物の根性がある。

二人の男の間の緊張が一気に高まった。

「バディ。撃たないで」

銃口を向けながら梓は言った。陣内に気づかれずに、地面からメガライフルを取り上げることに成功したのだ。小西の捨て身の行動のおかげだった。

巨大な銃口が自分に向いていることに気づいて、陣内は顔を歪めた。

「まだ俺をバディと呼ぶのか？」

ひどく悲しい笑みに変わる。

「なら、俺の邪魔はするな」

梓は答えられない。むろん撃つこともできない。もしこの怪物銃の弾が当たれば陣内の身体はバラバラに飛散する。

「俺は、自分の信じた使命を果たす」

そして陣内は、梓と小西の銃口をものともせず——歩き出した。

二つの銃口がピタリと陣内を追う。だが火を噴くことはない。

梓は敗北感をさえ感じた。陣内が眩しかった。小西の顔を見ると、同じような気持ちなのが分かる。この男は正しいのかもしれない。そう感じてしまう。その一歩一歩が梓の心の針を左右に揺らす——その時、脳裏をかすめる姿がある。

傷だらけの女。テロリストの落下を阻止した一本の腕。

「ねえ」

梓は隣の小西に向かって声をかけていた。

「あんた、福山さんの同僚だったんでしょ」

「……ああ」

小西は驚いて横目で梓を見た。

「福山さんなら何と言うと思う？」

梓は心の底から訊いた。

「田中を殺せって言う？　それとも」

「逮捕だ」

小西は迷いなく答えた。

「どんな憎い奴でも、最低最悪のクソ野郎でも、殺してしまえ、なんてあの人が言うわけがない。死んでも逮捕だ。あの人は警察官だった」

やっぱり、という思いを込めて梓は頷いた。

「陣内」

そしてバディに呼びかける。

「あたしたちSATの大先輩は、殺せとは言わなかった。あんたの行動は福山さんを裏切ることになる」

「黙ってくれ、戸部」

陣内は振り返って懇願した。今までで一番動揺していた。

「美結、聞こえる⁉」

梓は声を張り上げた。ここが勝負どころだ、あらゆる手段を使う。ペントハウスの中にいる同期にも力を借りるのだ。

「中にいても聞こえるでしょ？」

美結への警告と、陣内への牽制。二つの意味があった。中には警察官が、つまり仲間がいることを改めて印象づける。間違っても仲間を撃つなと陣内に伝えたい。美結に対しても同じだ。陣内と撃ち合うなんて場面は見たくない。

だが陣内の足は止まらなかった。アリルトスーツの腰のポケットに手を突っ込む。プラスティック爆薬を取り出そうとしている。

その時、黒い金属の外扉が音もなくスライドした。陣内がビクリとして後退る。

金属扉の向こうにガラスの扉が現れた。

梓は啞然とする。なぜ頑丈な外扉を開けた？　この扉も強化ガラスであることは容易に想像がつくが、中が丸見えだ。あまりに無防備だろう。田中は何を考えているのか。

その時、ゆらり——とガラスで覆われた入り口に人影が現れた。

一柳美結だった。

その顔に梓は釘づけになった。その両眼に炎が燃えているのが見えたのだ。

同時に、恐ろしく深い湖のような青もたゆたっている。どうしたんだ？　今までにこんな美結は見たこともない。少しの間に別の人間になったかのような——

陣内がとっさに銃口を向けた。田中ではないと知り、わずかに銃口を下げる。

「美結、無事か⁉」

小西が気遣って叫ぶ。ようやく後輩に再会したこの男は、かえって不安を感じている。

後輩の様子がおかしいからだ。

「帰ろう。こんなところにいつまでいる気だ」

ガラスの向こうの美結は驚きに目を見開いた。なぜここに小西がいるのか。直属の先輩を見つめる目はやがて、たとえようもなく悲しげなものに変わる。

それから、目を移した。

「陣内さん、やめて」

ガラス越しにくぐもった声で、殺気を放っている陣内へ話しかける。

「ここにいる人を、殺しては駄目」

「あんたも腰抜けか」

陣内は乾いた笑みで答えた。

「殺すべき奴も殺せないのか」

美結は力なく首を振る。

「それとも、まるめ込まれたか。この中で何をやってるんだ?」

陣内は一歩二歩とガラス扉ににじりよった。

「お願いだからそれ以上近づかないで」

美結が懇願した。

「どうした、美結」

小西は後輩の様子に何かを感じたようだ。

「何か仕掛けがあるのか？」

「トラップがある」

梓は察した。間違いない。あの死の化身のような男は、望まない人間は絶対に近づけない。それどころか、相手を抹殺する仕掛けを備えておくはずだ。

「陣内、それ以上進んだら、あんた死ぬよ」

すると陣内はチラリと振り返り、笑いかけた。

梓の胸は切り裂かれる。恐ろしく優しい顔だった。自分の運命をとうに受け入れているかのような。

そして――陣内は歩を進める。ガラス扉にゆっくり手を伸ばした。

「ここを開けろ」

陣内は迷っていた。爆薬を使えば一柳美結に危険が及ぶ。一番いいのは中から開けさせることだ。

「開けないなら……力ずくだ」

陣内はガラス扉に至近距離で銃口を向けた。

「そこをどけ！　撃つぞ」

強化ガラスの強度を試す気だ。実際にどれほどかは分からない。MP5A5の連射モードの威力はかなりのものだ。

「陣内！」

「やめろ」

梓と小西は口々に止めた。中にいる美結が激しく首を振っている。駄目だ、と梓は思った。たとえようもなく嫌な感触——死の臭い。

美結の肩に手がかかった。そして、美結を少し脇へ退《ど》ける。その後ろから現れた男——田中皇司。

陣内の殺気がマックスになった。背中から立ち上る炎が、梓の目に映る。

だが田中は薄く笑っている。目の前の男を、虫けらを見る目で見ている。

ああダメだ陣内は撃つ——と思った。頼む美結に当たらないようにして、美結よけて扉から離れて——ダダダダダダという容赦ない連射音。ビシリビシリとガラスに当たる音。

ついに引き金を引いた、陣内はそれを正義と信じ正義の指先となった——

ボウッ、という腹に響く音。

梓には何が起きたか分からなかった。

MP5A5の発射音が止む。陣内が完全に動きを止めている。

数秒の後、初めに見えたのは白い煙——そして、鼻をつく臭気。ものが焦げるきつい臭い。

そこからは一瞬だった。陣内の身体を包むアサルトスーツに火がついた。たちまち全身に広がる。火は内部から来ている——身体が耐えきれずに熱を放出した。そういう物理的事実を、梓の目ははっきり見てとった。虚ろに記憶が過る……これが、中国の民主活動家の娘を襲ったという人体発火……

ゴロリ、と陣内の身体が後ろ向きに転がった。炭で出来た人形のように。

「なんでだ」

小西が愕然としている。

「またレーザーが……」

空を見上げて声を震わせる。梓も見上げた。何も見えない。残酷なまでに青く透き通った空があるばかりだ。正面に目を戻す。

どう見ても陣内は既に絶命していた。燃料のように激しく燃える物体が、生きているはずがなかった。それは見る間に縮まり、燃えかすとなってゆく。

ガラスのすぐ向こうで美結が両手で口を押さえている。

美結は目の前で見たに違いなかった。陣内の顔が生者のそれではなくなり、ただの物体になる瞬間を。梓はガラスをぶち破って美結を守りたくなった。だが近づけば陣内の二の舞だ。炭になってまで美結を慰めたくはない。

「最大出力だと一瞬で炭化する」

微かな傷しかついていないガラス扉の向こうから、田中の声が聞こえた。

「実に有用な、自慢の最新作だよ」

田中はわずかに得意げな表情だが、それほど上機嫌というわけではなさそうだった。

「血が嫌いな私にとっては、欠かせないタイプのアイテムだ。燃えるのは好きだ——火は清潔だ。見苦しいものを消し去ってくれる」

梓も小西も思わず銃口を向けていた。ガラス越しの男に。

殺意を数値で測れるなら、二人のそれはメーターを振り切っていただろう。

梓は、自分が田中の命を握っていると感じた。目には目を——この田中の武器なら田中を殺せる。メガライフルは強化ガラスなどものともしない、とてつもない破壊力でこの男の肉体をバラバラにできる。レーザー？　そんなものが自分を燃やす前に引き金を引ける。一瞬で充分だ。

ただし、田中のすぐ横には美結がいる。

12

この男の息の根を止めたい。

純粋な殺意が、自分と、隣にいる女特殊部隊員の中に燃え盛っているのが分かったが、届かない。小西はそんな絶望を感じた。銃弾などこの男には通用しない。隣の女が構えているこの巨大なライフルであっても。

ふと思った。佐々木安珠なら見えるのだろう、宇宙からのレーザーが地上を撃ち、陣内を燃え上がらせた瞬間が。いま既に次の光線が地上を照らしているのかもしれない。小西は頭のてっぺんがじりじりと焦げる感覚に襲われた。レーザーを当てるにはマーカーが要るのではなかったか？　いや要らないのだ、ここでは。人工衛星からのレーザー照射には微妙な操作がいるはずだが、このビルは完全にデータに入っている。おそらく数ミリ単位で操作が可能。自分たちは既にロックオンされている、田中が断を下せば一秒後に死ぬだろう。ここが俺の死に場所か――

だが、熱が襲ってくる感覚はなかった。隣の女にも変化はない。まだ死ぬわけではなさそうだ。小西は思い切って訊いた。

「どうして中国の兵器を、あんたが」

ガラスの向こうに傲然と立つ男に向かって。

「共産党のものじゃない。私が作った、私のものだ」

田中は馬鹿にしたように言った。

「連中は神龍《シェンロン》などという名をつけて重宝していた。欧米との戦力不均衡を是正する切り札として、実験稼働を開始した。恰好のテストとして国家に反逆するものを何人も火あぶりにした。初めは国内で。そして日本で。だが連中はその威力にむしろ恐れをなした。最高権力者たちは活用に慎重になり始めたのだ。とんだ腰砕けだ、だが——連中にこれを扱う器量があるかどうかは初めから疑わしかった。そこへ折よく、業を煮やしたはぐれ工作員が現れ、私に懇願したのだ。指揮権を国から譲り受けたいと」

「王超《ワン・チャオ》……」

頷きもせず、田中は淡々と続けた。

「レーザー衛星の制御システムのオリジナルコードは開発者の私しか知らない。それを知って私を頼った。なかなか見所のある男だ！　その活動歴を見れば明らか。人間をただの数と見なし、引き算することに何の躊躇いもない男。実際に数多くの人間を消し去ってきた。これは優秀だと思って、試しに与えてみた。だが口ほどにもなかった。この、いま炭になった男に撃たれて重体。全く期待外れだ。凡愚めが」

この男の余裕は揺るぎない——小西は妙に冷めた頭で考えた。無人機が飛来しても逃げなかったはずだ。ミサイルなど怖くないのだ。宇宙からレーザーで追尾して撃墜するなど造作ないのか。あるいは、他の想像もつかないような兵器が何重ものガードとなって男を守っている。そうに違いない。

殺す事は事実上不可能であり、だがこの男の方は、好きな時に誰でも抹殺できる。この男は——まるで神。

「効率よく人を消すものであれば、兵器であれ人であれ何でも歓迎だ。だが、本物はなかなか現れない。万単位で次々と人を消す傑物は――私の眼鏡に適《かな》うものは、ごく稀《まれ》だ」

小西の背筋が痺れている。この男の目には、一人一人の人間など映っていない。つまり自分たちなど無に等しい。

生き残る理由が思い当たらない。

「警察の諸君。戻って上の人間に伝えてくれ」

ところが皇帝は、慈悲深くもこう宣《のたま》った。

「身近で騒がれるのは好きではない。私に刃を向けるのでない限り、無事は保証すると」

安堵など訪れない。

「黙れ」

逆に、とてつもない怒りが小西を突き上げたのだった。

「お前は今、仲間を殺した」

田中は小西を見て笑った。

「正当防衛だ。私は殺されそうだった」

そして笑みを消す。小西の手元を見た。

「撃ちたかったら撃っても構わない。だが、君たちも一瞬で炭になる。それでもいいならどうぞ」

小西の指にぐっと力が入る。自分がどうなろうと構わなかった。この男を今すぐ殺したいどうしても——

だが、そこで止まった。自分の指を止めたのが何なのか分からなかった。自分の弾はガラスを破れない、それもある。死にたくないから？　そうかもしれない。だが自分の命にかかわりなく、俺は撃たない。そうも感じた。なぜなら——先輩は撃たないだろうから。

小西は隣の女が心配だった。目の前でバディを無残に殺されたのだ。だがチラリと見ると、意外にその目は強い。自分を失っていないように見えた。

「美結はどこに行ったの？」

そのセリフに感心した。亡くしたバディより、生きている仲間の身を案じている。自分のコントロールができる女だ。

「美結を返して」

女の言う通りだった。いつの間にか美結の姿がない。小西はショックだった。こんな危地にいる仲間の運命を見届けることなく、奥に引っ込むとは——

「君たちを殺処理してもよかった」

ガラスの向こうに、この上なく爽やかな笑みが浮かぶ。

「そうしないのは、彼女のおかげだ。感謝するんだな」

「なんだって？」

「彼女の願いを聞き入れたのだ。そして彼女は――巡礼へと向かった」

「な……」

「自ら因果の矢となったのだ。私が弓の役を担った」

「何を言ってるの？」

女が、腹の底からの問いを発した。

田中の答えはこうだった。

「彼女から預かったものがある。君たちに渡してくれ、と頼まれた」

そして――ガラス扉がスライドし始めた。やがて全開になる。

皇帝が、生身をさらした。

そして一歩、二歩と前に出てくる。小西は背筋が寒くなった。丸腰の男がこれはど恐ろしいとは……隣の女も気圧されている。完全に硬直している。

小西は自分の左手で右手を押さえた。そうやって銃口を下げないと、恐怖で撃ってしまいそうだった。気がつくと田中晃次はもう目の前にいる。自分の腰に手を回す。

すらり――と何かを取り出した。

拳銃だった。

13

今度こそ撃つ、と梓は思った。当然だ自分は正気を失いかけている、田中晃次が要塞から身一つで出てきた。そして目の前で銃を取り出したのだ。

だが一目で分かった。田中が取り出したのは自分のＵＳＰコンパクトだった。美結に預けたものだ。なぜこの男が持っている……

「私は銃なんか撃たないよ」

皮肉な笑みを顔に貼りつけた皇帝が言う。

「これはもともと戸部巡査部長のものだ。返してくれと頼まれた」

そして梓に差し出してくる。

梓は——呆然としながら手を出した。ＵＳＰコンパクトの銃身を握る。

自分の銃が十数分ぶりに戻ってきた。

「それからもう一つ」

田中は今度はスーツの内ポケットに手を入れると、小さなものを取り出してきた。小西に向けて差し出す。

「何……」

小西は絶句する。日が飛び出しそうだ。

梓も痺れたように動けない。

――警察手帳だった。

「彼女は既に旅立った」

恐ろしく爽やかな笑みが、梓の視界を歪ませる。

「小西巡査。チャールズは元気かな？」

笑みを向けられた小西は、答えられない。その口から出てくるのは泡だけだった。田中は気にしない。

「彼に伝えてくれ。私を殺すのを諦めるなと」

言い捨てると、男はくるりと踵を返した。再び扉の向こうに戻る。

たちまちガラス扉がスライドした。その向こうでこちらを振り返った田中の薄い笑みも、やがて消える。ガラスを覆うように、真っ黒な金属の外扉が静かに閉ざされた。

立ち尽くした梓は、手の中にあるハンドガンを見つめた。

美結……あんたは何を考えてるの。どこへ行ったっていうの？

梓の肩に手が置かれた。

「ここから出よう」

梓は目を剝いて小西を見た。逃げるのか？　とでも言うように。

小西は小さく首を振る。それから、自分の手が握る警察手帳を見つめた。

「美結が助けてくれた命だ。ここは大事にして、帰るべきだ。あの男の気が変わる前に」

「でも……」

梓は少女のように駄々をこねる。小西は、父親のように笑った。

「負けて帰るわけじゃない。いつか俺たちはあいつを逮捕する」

梓も小西の手の中の警察手帳を見つめる。ふいに感情が沸き立った。

「あいつを逮捕？　そんなことができるの、あんたに？」

「そりゃ無理だ。俺一人ではな」

至極素直な答えが返ってきた。

「だが……仲間には、頼りになる人もいる。分かんねえぞ、勝負は最後まで」

「………」

梓は信じていない目で見た。それを感じて、小西は苦笑いして頭を振る。

「ともかく、仲間のところに帰って知恵を絞ろう。そうするしかない」

だが梓の足は動かない。

「美結はどこへ……」

自分が子供に返っているのが微かに恥ずかしかった。

「分からん。だが、見つけたら容赦しねえ」

小西は殊更に声を大きくした。

「ひっぱたいてやる。あいつは、警察官の魂を置いてった」

二人の警察官はしばし、道を失ったように立ち尽くした。

14

途中までは階段を使った。そして、稼働しているエレベータを見つけて地上を目指す間、小西は女に余計な言葉はかけなかった。地上に着くとロビーを抜けて正面扉から外に出る。真っ直ぐに巨大駐車場に向かった。

ブラックマイカ色のアクアは、まだ同じ場所に駐まっていた。後部座席には相変わらず少年が居座っている。

「なんだお前、逃げてなかったのか」

小西はつまらなそうに言ってやった。

英国少年は嬉々として見上げてくる。

「ぼくが待ってて嬉しいか？　小西」

「嬉しかねえよ。もう、お前の顔は見飽きた」

「ずいぶんだなバディ」

チャールズの笑みは少しも曇らない。

「でも許す。アスティは、生きてたんだから」

まだ言ってるのか、という目で小西は見やった。

「アスティにまた会えるなんて……夢みたいだ。小西！　ぼくの気持ちが分からないだろうな⁉」

これから捕まる人間とは思えない、喜びに溢れた若者の顔。

「この世は地獄じゃないかも知れない！」

「なら、福山さんも生き返らせてくれ」

小西はボソリと言った。

「お前はいいさ。俺たちはもう、福山さんに会えない」

チャールズが殴られたようにたじろいだ。笑みが一気にしぼむ。だが気を取り直したように、

「ミューを取り戻したのか」

小西の後ろから来た女性を見る。顔色が変わった。

「なんでＳＡＴが……ミューは？」

「消えた」

詳しくは言わない。女特殊部隊員を振り返った。

「あんた、前から美結のことを知ってるみたいだな。もしかして」

「同期」

女はぶっきらぼうに言った。

「名前は？」

「梓」

言いながらチャールズを睨む。

「こいつがＣ⁉」

呆れ返っている。すこぶる顔色が悪い。小西は同情した。この女が自分の足で歩いているだけで誉めてやるべきだと思った。大切な人間たちがものの数分で立て続けに消えたのだ。

「またお前のシンパは暴走したぞ」

小西は口調を変えて少年を叱った。

「Ｃダッシュならしっかり管理しろ！　お前の分身だろうが」

チャールズの顔に理解の色が現れる。

「どうなった？　陣内は」

「死んだよ」

詳しい説明は避ける。なんで俺が教えてやらなきゃならないのか。それに、梓の前だ。

バディを亡くしたのはこの女なのだ。

「そうか……」

チャールズはさすがにしゅんとした。

「中止命令が届かなかった」

こいつも努力はした。だが最後は、本人の判断に任せるしかなかったのだ。

小西は一気に力が抜けた。もう誰も責めたくない。これ以上に辛い顔ができるはずもないのだ。

だがどうにか前を向かなくてはならない。

「さて、これからどうするかな」

小西は独りごちた。田中からチャールズへの伝言など、伝えるつもりはなかった。

「決まってるだろ」

チャールズの目が輝く。

「ぼくを逮捕するんだ」

梓が目を円くした。だが小西は取り合わない。じっと考えている。

「バディ、でもさ、ぼくがまだ爆弾を持ってることを忘れないでくれよ。おとなしく連行されるには条件がある」

小西は聞いていない。チャールズは構わず続けた。

「アスティとゆっくり話す時間をくれること。そして、忠輔とも話す時間をくれること。それを約束してくれるなら——東京ジャックを終結する」

「何」

小西はようやくチャールズを見た。

「ほんとか」

チャールズはこくりと頷く。

「分かった。上に掛け合う」

「よし」

チャールズは少年らしい笑みを浮かべた。

「小西。梓。TRTにエンドマークも出しておいたよ。ほら」

チャールズは持っていたタブレットPCを渡して寄越した。覗き込むと、テレビの生中継画像が写っている。東京ライジングタワーが青空に映えている。

その塔身にあった〝C〟は消え、今はでかでかと、

〝THE END〟

という文字が灯っていた。

Cの東京支配が終わったことを告げる宣言。

「悪を滅ぼしてハッピーエンド、のつもりだったんだけどな」

少年の笑みが切なくなる。

田中は殺せなかった。だが、妹の命を得たのだ。

こいつはラッキーだった、と小西はつくづく思う。

それから三人ともが、申し合わせたようにガラスの摩天楼を見上げる。

畏怖と憎悪と、それぞれの決意を燃やしながら。

「さあバディ、手錠をかけろ」

やがて少年が言った。

「そして凱旋するんだ。アスティがぼくを待ってる」

「威張んなクソガキ」

小西は少年の肩に拳をぶつけた。

それから、頭に手を載せる。くしゃくしゃと頭を掻いてやる。

少年は子犬のように身体を縮めて喜んだ。

終曲――ネメシスの飛翔

私はビルから離脱した。もう振り返らない。

仲間だった人々の顔を見るのが辛かった。一秒でも早くここを離れたかった。

「これが、封印された捜査資料だ」

世界中から血を流させている男は言った。

「見たことはないだろう。限られた人間しか見ることができない」

その内容を、プロジェクターが壁に容赦なく映し出した。

見たこともない事実、証拠。そして――事件現場の写真を。

かつての家族を。

私の中のネメシスが息を吹き返す。唸りを上げながら身を起こす。怒りで髪の毛が燃え出すのではないかと思った。私は――取り戻した。あるべきあたしを。

今まで自分を生かし続けてきた業火を。

火を点けた男をあたしは見つめる。

そしてこの男は、殺すための道具を山ほど持っている。

「好きなものを持っていっていい。警察が使っているような貧弱な武器は一つもない。殺傷力は桁違いだ。望むなら一発で仕留められる——いや、君はそれを望まないだろうな？」

その通りだ、と私の中のネメシスが答えた。

怒れる女神は、ただ殺すことなど望んではいない。最大限の苦しみを与えた後でなくては息の根を止めない。それ以外に、正義はない。

だがその前に——とあたしは息を吐く。

これまでの自分を、きれいに捨てていかなくてはならない。

「これをあの子に返してもらえますか」

拳銃を差し出した。

「ＳＡＴの戸部さんにだね。了解した」

男は滑らかな動作で受け取る。

「それから——これも」

差し出した小さな手帳に、男は目を円くしてみせた。

「いいのか？」

「私はもう警察官ではありませんから」

「そうか。分かった」

男は手帳を受け取った。

「しっかり警察の諸君にお返しすること約束する」

「お願いします」

だが、と男は眉をひそめる。

「君は手配されないか？」

「あなたが口を噤んでくだされば、大丈夫です」

あたしは言った。

「私が何を手にし、何をしようとしているか誰も知らなければ……手帳を返すことによって身分を返上したのですから、規律違反にはあたりません。追われることはない」

「なるほど。むろん私は口を噤む。君の望みを叶える手助けをしたいから、君を呼んだのだ」

男は爽やかに笑った。

「君が本懐を遂げられるように祈っているよ」

あたしは礼を言わない。男の厚意をただ受け入れる。傲岸不遜なほどに。

そしてあたしは、ペントハウスのガラス扉の前に立ち、かつての同僚たちに無言で別れを告げた。背を向けた瞬間、自分はネメシスそのものとなった。

地下に降り、男に教わった秘密の出入り口を目指す。地上で誰かが見張っていたとしても、決して見つからない場所からあたしは地上に出た。すぐさまベイエリアを後にする。

そして――

この八年間、探し求めていた者のところへと向かう。

自分は火だと思った。柔らかい春の陽射しを撥《は》ねつけるように、ただただ燃え盛る炎だと。愛《いと》しさも、慕う気持ちも燃え尽き、全ての絆を断ち切る。

あたしの日が訪れた。

密やかなる女神が宿願を遂げる日が。

まもなく成就する。

引用・転載文献

『ギリシア神話物語事典』バーナード・エヴスリン　小林稔訳（原書房）
『アイゼンハワー回顧録2』
　ドワイト・D・アイゼンハワー　仲晃 渡辺靖 佐々木謙一訳（みすず書房）
『罪と罰』ドストエフスキー　工藤精一郎訳（新潮文庫）
『哲学入門』バートランド・ラッセル　高村夏輝訳（ちくま学芸文庫）

Special thanks to TULLY'S COFFEE 石神井公園店（2002〜2013）

中公文庫

ネメシス
——警視庁《けいしちょう》墨田署《すみだしょ》刑事課《けいじか》特命担当《とくめいたんとう》・一柳《いちやなぎ》美結《みゆ》3

2014年2月25日　初版発行
2014年7月5日　4刷発行

著　者　沢村《さわむら》　鐵《てつ》

発行者　大橋 善光

発行所　中央公論新社
〒104-8320　東京都中央区京橋2-8-7
電話　販売 03-3563-1431　編集 03-3563-2039
URL http://www.chuko.co.jp/

DTP　柳田麻里
印　刷　三晃印刷
製　本　小泉製本

Published by CHUOKORON-SHINSHA, INC.
Printed in Japan　ISBN978-4-12-205901-6 C1193

定価はカバーに表示してあります。落丁本・乱丁本はお手数ですが小社販売部宛お送り下さい。送料小社負担にてお取り替えいたします。

中公文庫既刊より

番号	タイトル	サブタイトル	著者	内容	ISBN
さ-65-1	フェイスレス	警視庁墨田署刑事課 特命担当・一柳美結	沢村 鐵	大学構内で爆破事件が発生した。現場に急行する墨田署らの一柳美結刑事。しかし、事件は意外な展開を見せ、さらなる凶悪事件へと……。書き下ろし警察小説シリーズ第一弾。	205804-0
さ-65-2	スカイハイ	警視庁墨田署刑事課 特命担当・一柳美結2	沢村 鐵	巨大都市・東京を瞬く間にマヒさせた"C"の目的、正体とは!? 警察の威信をかけた天空の戦いが、いま始まる!! 書き下ろし警察小説シリーズ第二弾。	205845-3
ほ-17-1	ジウⅠ	警視庁特殊犯捜査係	誉田 哲也	都内で人質籠城事件が発生、警視庁の捜査一課特殊犯捜査係〈SIT〉も出動するが、それは巨大な事件の序章に過ぎなかった! 警察小説に新たなる二人のヒロイン誕生!!	205082-2
ほ-17-2	ジウⅡ	警視庁特殊急襲部隊	誉田 哲也	誘拐事件は解決したかに見えたが、依然として黒幕・ジウの正体は掴めない。捜査本部で事件を追う美咲。一方、特進をはたした基子の前には謎の男が! シリーズ第二弾。	205106-5
ほ-17-3	ジウⅢ	新世界秩序	誉田 哲也	〈新世界秩序〉を唱えるミヤジと象徴の如く佇むジウ。彼らの狙いは何なのか? ジウを追う美咲と東495; 想像を絶する基子の姿を目撃し……!? シリーズ完結篇。	205118-8
ほ-17-4	国境事変		誉田 哲也	在日朝鮮人殺人事件の捜査で対立する公安部と捜査一課の男たち。警察官の矜持と信念を胸に、銃声轟く国境の島・対馬へ向かう。〈解説〉香山二三郎	205326-7
ほ-17-7	歌舞伎町セブン		誉田 哲也	『ジウ』の歌舞伎町封鎖事件から六年。再び迫る脅威から街を守るため、密かに立ち上がる者たちがいた。戦慄のダークヒーロー小説!〈解説〉安東能明	205838-5

各書目の下段の数字はISBNコードです。978－4－12が省略してあります。